Madeleine Urban écrit depuis qu'elle sait tenir un stylo. Elle a publié de nombreux romans parfois écrits à quatre mains. Elle vit dans le Kentucky avec son mari, qui est son plus fervent supporter, et deux chiens qui ne se laissent câliner qu'en échange de nourriture. Elle souhaite vivre à Disney World, où l'on trouve de la poussière de fée, parce qu'elle est convaincue qu'avec du travail, un peu de chance, l'amour d'une famille et le soutien des amis, les rêves se réalisent.

Abigail Roux est une ancienne star du volley spécialiste du sarcasme et de l'exactitude historique. Elle partage son temps entre son poste de coach pour l'équipe de volley du lycée et l'exploration du mystère de la maternité avec sa fille adorée. Elle possède un boxer, quatre chats adoptés… et des centaines de compagnons dans la tête.

Ce livre est également disponible
au format numérique

Madeleine Urban & Abigail Roux

Après l'effort

Traduit de l'anglais (États-Unis) par Marianne Richard

Milady Romance

Milady est un label des éditions Bragelonne

Titre original : *Caught Running*

ISBN : 978-2-8112-1555-2

Bragelonne – Milady
60-62, rue d'Hauteville – 75010 Paris

E-mail : info@milady.fr
Site Internet : www.milady.fr

Après l'effort est pour tous ceux qui
ne sont pas devenus ce qu'ils imaginaient
mais ont tout de même trouvé le bonheur.

À mon âme sœur, Willow,
pour son amour et son soutien.
Je ne serais jamais arrivée jusqu'ici sans elle.
Madeleine

À mon cher mari,
qui m'a épousée en me sachant folle.
Abigail

Chapitre premier

— Hé, coach ! Où sont les ballons de basket ?

Jake Campbell leva les yeux de son porte-bloc et les posa sur Jeremy, élève de première et membre de l'équipe de football au poste de running back. Son habitude de catégoriser les gamins en fonction de leur nom, de leur classe et de leur position sur le terrain, lorsqu'ils jouaient dans l'une des équipes qu'il entraînait, le fit sourire intérieurement.

— Pas de basket, aujourd'hui, répondit-il en cochant le nom de Jeremy sur la liste d'appel.

— Oh non ! Ça veut dire qu'on va courir ?

— Oh que oui ! répondit Jake avec un petit sourire satisfait. Et dehors, en plus. Dans le froid.

L'adolescent baissa la tête et se dirigea vers la sortie du gymnase, qui donnait sur le terrain de football entouré de la piste d'athlétisme. Jake laissa échapper un petit rire et secoua la tête, tout en continuant à noter la présence des élèves qui quittaient les vestiaires en traînant des pieds.

Jake adorait son boulot à Parkview High. Les élèves l'aimaient bien, et le sentiment était mutuel.

Il entraînait toute l'année : football, lutte et baseball. Et il gagnait. Dans l'État de Géorgie, la victoire était primordiale.

Les cours d'éducation physique n'étaient qu'un petit échauffement de quatre ou cinq heures, simple avant-goût à ce qu'il considérait comme son véritable boulot : entraîner les équipes. À l'époque où il fréquentait ce même lycée en tant qu'élève, des années auparavant, tout le monde se fichait déjà des cours d'éducation physique. Apparemment, c'était un combat perdu d'avance. Jake soupira et cocha le dernier nom sur sa liste. Il lui restait deux heures de cours ennuyeux à tirer avant de pouvoir aller s'éclater sur le terrain avec ses joueurs. Et, cerise sur le gâteau, l'après-midi serait consacrée aux sélections pour le baseball. Il avait hâte d'y être !

— Non, Carolyn, dit Brandon Bartlett en secouant la tête. Tu ne peux pas saisir l'association de défense des animaux pour échapper à la dissection de cette grenouille. Elle est déjà morte. Elle a donné son corps à la science. Tu ne voudrais pas qu'elle se soit sacrifiée pour rien, pas vrai ?

Il se dirigea vers l'avant du labo en regardant les élèves enfiler leurs gants en latex et leurs masques en tissu.

— Pas de feu aujourd'hui, Jimmy, signala-t-il en passant. Éteins-moi ce bec Bunsen.

Il entendit quelqu'un souffler, et la flamme du petit appareil s'éteignit. Il rappela quelques consignes à Callie, puis retourna devant le tableau blanc. Il prit ses lunettes dans la poche de sa chemise et jeta un coup d'œil à ses notes de cours.

— Vous avez tous eu les consignes pour la dissection. Et elles n'ont pas changé depuis que nous les avons vues ensemble hier. Oui, Kelly ?

— Monsieur Bartlett ? Et si mon uniforme se retrouve couvert de boyaux ? demanda la pom-pom girl.

— Tu trouveras des tabliers dans le placard. Voilà qui devrait te protéger de façon efficace, Kelly. Drake ?

— Est-ce que je peux lui couper la tête tout de suite ?

— Est-ce que sectionner la tête fait partie des consignes ?

— Non, monsieur Bartlett.

— Tu connais le sort réservé à ceux qui ne respectent pas les consignes ?

— Quel sort ?

— Récurer les plateaux de dissection tous les après-midi pendant une semaine.

— Oui, monsieur ! Pas de décapitation, monsieur !

— Sage décision, approuva Brandon en levant les yeux au ciel.

Ah, ces élèves de seconde ! Plus aussi naïfs et effrayés qu'en début d'année, mais pas encore bien autonomes.

Il profita du fait que les élèves se mettaient au travail par groupes de deux pour noter les absences et les noms de ceux à qui avaient été confiés les instruments. Il observa la salle avec un petit sourire. Ce labo était le sien. Après presque dix ans de carrière, vingt-cinq demandes de subvention, et une bonne prise de tête avec le proviseur et le conseil d'administration du lycée, il avait réussi à obtenir cette grande salle tout équipée. Il était fier de son travail à Parkview High. D'autant plus qu'il y avait été élève pendant quatre ans. Il s'y sentait un peu comme chez lui, même si, chaque année, les élèves lui paraissaient de plus en plus jeunes. Non pas qu'il se sente particulièrement vieux, mais…

En vérifiant son emploi du temps, Brandon se rappela qu'il avait une heure de vie scolaire avant le dernier cours de la journée. Il en profiterait pour passer par la salle des profs pour récupérer son déjeuner dans le frigo. Il n'avait pas pris le temps de manger à la pause, et ses facultés cérébrales étaient en train de le lâcher. Lorsqu'il leva les yeux, il surprit Drake et Aaron en train de se balancer des boyaux de grenouille et laissa échapper un soupir. Certains jours, il avait l'impression de sentir son cerveau se liquéfier et s'écouler lentement par ses oreilles.

Au même moment Jake, qui avait une pause d'une heure avant son prochain cours, s'asseyait à la table située dans un coin de la salle des profs et attaquant un sandwich en lisant. Il avait dissimulé un livre de poche dans le cahier Sports du journal du matin et, chaque fois que quelqu'un entrait, il cachait un peu plus le livre pour le mettre à l'abri des regards de ses collègues, qu'il suivait d'un œil noir. Il n'avait pas la moindre envie de supporter les blagues débiles de ces intellos coincés sur les capacités de lecture d'un prof de sport.

Adossé au mur, pieds sur la table, il attendait que l'un des autres entraîneurs le rejoigne et espérait que personne ne ferait l'effort de lui adresser la parole. Au lycée, dans une autre vie, il avait eu le premier rôle : celui du beau gosse athlétique et populaire. Devenu entraîneur dans son ancien établissement, il devait supporter un troupeau de profs constitué d'anciens élèves tout aussi coincés qu'à l'époque et qui, par principe, méprisaient ce qu'il représentait. Il s'était toujours senti exclu. La seule différence, c'était qu'aujourd'hui il se fichait royalement de ce qu'on pouvait penser de lui.

Brandon avait retrouvé Rhonda dans le couloir et marchait à ses côtés en parlant boutique. En tant que prof de chimie, elle avait demandé officiellement la mise en place d'une option « chimie avancée », pour les élèves qui voulaient suivre cette spécialité à l'université. Comme Brandon avait le même projet pour sa matière, ils discutaient de leurs programmes respectifs pour les neuf semaines à venir. En arrivant dans la salle des profs, Brandon regarda autour de lui et aperçut Jake Campbell, assis seul dans un coin et plongé dans sa lecture.

Ils étaient, et avaient toujours été, diamétralement opposés. En terminale, Jake était le roi de la promo et, bien évidemment, le roi du bal de fin d'année. Bref, l'Idole du lycée. Brandon, lui, avait été major de sa promo et capitaine de l'équipe académique qui participait aux quiz inter-établissements. L'intello coincé dans toute sa splendeur, même s'il n'était pas vraiment reconnu par ses semblables du fait de son parcours scolaire atypique, en dehors du système classique. Plongé dans ses souvenirs, il attrapa son déjeuner et s'assit à la table ronde au milieu de la salle afin de poursuivre sa conversation avec Rhonda.

Jake s'affala sur sa chaise et leva son journal un peu plus haut, histoire d'éviter le moindre contact visuel, tout en surveillant alentour.

Impossible de croiser son regard ou de le saluer d'un signe de tête. Brandon avait souvent tenté de se montrer amical envers Jake, Misty ou Troy – tous trois anciens élèves du lycée avant d'y enseigner –, mais aucun ne lui avait accordé la moindre attention. Apparemment, ils étaient restés fidèles à leurs préjugés d'antan. À quoi bon même essayer ? Hochant la tête en réponse à ce que disait Rhonda, Brandon s'attaqua à son repas.

Jake ressentait physiquement la présence de certaines personnes lorsqu'il se trouvait dans la même pièce qu'elles. C'était le cas avec Brandon Bartlett, même s'il n'avait jamais su dire pourquoi. Peut-être lui rappelait-il l'époque du lycée, un souvenir particulièrement vivace. Peu importait combien on pouvait changer et évoluer, les années lycée n'étaient jamais loin. Et même si Jake n'avait jamais pris son pied à humilier ses camarades de classe, certains de ses soi-disant amis ou des membres de son équipe de sport ne s'étaient pas gênés. Il n'avait pas oublié comment ils harcelaient Brandon et tous les types dans son genre. C'était un point douloureux : bien que Jake n'ait jamais participé, il ne s'était pas non plus interposé pour les arrêter.

S'apercevant qu'il lisait la même phrase depuis un bon moment, Jake s'agita sur sa chaise. La porte de la salle des profs s'ouvrit de nouveau, révélant Gerald et Lena. Jake n'était plus le seul paria : ses collègues entraîneurs venaient à la rescousse. Ils étaient une espèce en voie de disparition. Les autres entraîneurs dignes de ce nom, comme Troy, ne bossaient qu'à temps partiel. Pour le reste, on recrutait des assistants parmi les étudiants de la spécialité ou toute personne, comme Misty, ayant touché un ballon au moins une fois dans sa vie. À ses yeux, il n'y avait rien de pire. Ils jouaient les fiers parce qu'ils ne se contentaient pas de leur simple emploi de prof et qu'ils pensaient représenter l'alliance parfaite du corps et de l'esprit.

Pourtant, rares étaient ceux qui faisaient bien leur boulot. Et, en général, ceux qui assuraient vraiment se fichaient des barrières sociales invisibles qui séparaient les profs en deux clans que tout opposait : les intellos et les sportifs.

— Salut, beauté, lança Jake d'un ton nonchalant en repliant son journal.

Son regard se posa d'abord sur Gerald, un grand musclé au teint hâlé, avant de s'arrêter sur Lena, la blonde sculpturale qui l'accompagnait.

— Et bonjour à toi aussi, Lena, ajouta-t-il avec un petit sourire moqueur.

Tout en continuant de discuter avec Rhonda, Brandon leva les yeux en direction des nouveaux arrivants qui s'étaient dirigés droit sur Jake sans leur accorder le moindre regard. Résigné, il ouvrit son Tupperware et proposa une grappe de raisin à sa collègue.

— Espèce de pervers ! s'exclama Lena avec un petit rire avant de se diriger vers le frigo.

— Salut, coach ! Qui a gagné hier soir ? demanda Gerald de sa belle voix grave en s'asseyant. Mais as-tu même remarqué que tu tiens ton journal à l'envers ?

Il donna un petit coup sur le coin d'une page et éclata de rire.

Jake esquissa un sourire gêné et rougit légèrement, avant de poser lentement son livre sur ses genoux et de remettre le journal à l'endroit.

Lorsque Rhonda fut prise d'un petit rire en plein milieu d'une phrase, Brandon fronça les sourcils et tourna la tête pour observer l'échange entre Jake et l'autre entraîneur de football.

— Tu m'expliques ? demanda Brandon à sa collègue.

— Jake tenait son journal à l'envers, répondit-elle à mi-voix. Tu sais, celui qui le passionnait tellement qu'il n'a même pas daigné nous saluer ?

Brandon haussa les sourcils, et un large sourire apparut sur son visage.

— C'est vrai ? chuchota-t-il en s'empêchant de tourner la tête. Je trouve ça très drôle que Gerald l'ait surpris.

Jake donna un coup de pied à Gerald sous sa chaise et rougit de plus belle, avant de se recroqueviller un peu plus sur son siège et de poser son livre sur la table. Beau joueur, il se joignit à l'hilarité générale.

— Tu ne trouves pas qu'il est canon ? demanda Rhonda en se penchant vers Brandon. Je le trouve vraiment beau comme un dieu.

— Qui ça, Gerald ? répondit Brandon, surpris.

— Mais non, voyons ! Jake ! souffla-t-elle.

Où était passée la prof de chimie raisonnable et mesurée que connaissait Brandon ? Elle avait au moins dix ans de plus que lui !

— Ah ! J'étais au lycée avec lui, révéla-t-il, mal à l'aise.

— Tu ne m'avais jamais dit que vous étiez amis ! s'exclama-t-elle. Tu pourrais peut-être lui parler de moi…

Elle avait prononcé ces derniers mots d'une voix douce et enjôleuse, en lissant sa chevelure rousse derrière ses oreilles.

Oh non !

— J'ai juste dit qu'on était au lycée ensemble, pas qu'on était amis. Et puis tu sais, Rhonda, si tu veux l'approcher, je pense que tu es tout à fait capable de te débrouiller seule. Il ne m'aimait pas trop à l'époque. Et je crois que ça n'a pas changé, d'ailleurs.

Rhonda l'écoutait en jetant des regards suggestifs par-dessus son épaule.

— Alors, l'équipe de cette année, ça donne quoi ? demanda Lena en s'asseyant.

Elle entraînait l'équipe de softball fastpitch, et une certaine forme de rivalité régnait entre leurs joueurs.

Jake haussa les épaules et se redressa sur sa chaise.

— Difficile à dire, répondit-il avec un petit sourire en coin, qui déclencha le rire de Gerald.

Percevant des bribes de conversation venant de l'autre table, Jake s'y intéressa.

La prof de chimie l'observait en battant dangereusement des cils. Jake n'en croyait pas ses yeux. Sans réfléchir, il lança un regard interrogateur à Brandon, histoire de voir s'il devait battre en retraite ou s'il pourrait s'en sortir en se servant de Gerald comme bouclier.

Brandon s'aperçut que Jake l'interpellait du regard. Malgré lui, il lui adressa une petite grimace et un petit signe de tête désolé en direction de Rhonda.

— Euh… je crois que j'ai oublié de fermer le robinet des douches, dit soudain Jake.

Gerald redoubla d'hilarité en se tapant sur les cuisses. Quant à Lena, elle regarda Jake se lever, un peu vexée par ce qu'elle considérait comme une tentative pour éviter la discussion. L'entraîneur en chef leur adressa un signe de la main en rassemblant ses affaires.

Poussé par un soudain sentiment d'empathie inattendu, Brandon croisa une nouvelle fois le regard de Jake et lui indiqua discrètement la porte pour lui signifier qu'il valait mieux qu'il s'échappe avant que la situation dégénère. Puis Brandon se tourna vers Rhonda et s'éclaircit la voix.

— Alors, Rhonda, dit-il tu allais me raconter comment s'était passée ta demande officielle de classes avancées. Que t'a répondu la direction, au juste ?

— Tu ne pourras pas me fuir éternellement, Campbell ! s'exclama Lena.

Jake se retourna et la gratifia d'un sourire narquois avant de jeter un regard à la table où se trouvait Brandon qui, visiblement, tentait de détourner l'attention de sa collègue de chimie. Jake lui adressa un petit sourire, suivi d'un signe de tête reconnaissant, et s'éclipsa.

Surveillant du coin de l'œil la sortie de Jake, Brandon se concentra sur Rhonda, qui, à la limite de l'hystérie, l'abreuvait de détails inintéressants sur la paperasserie nécessaire à son projet. Il venait vraiment de faire sa B.A. de la journée. Voire de la semaine.

*

— Comment ? Tu veux que je donne des cours d'éducation à la santé aux troisième ? répéta Brandon, sous le choc.

Il se trouvait dans le bureau de M. Berry, qui avait jadis été son prof de géométrie avant de devenir principal.

— Je suis déjà au maximum avec l'option biologie, plus la classe de seconde et de première en biologie, et celle de troisième pour les TP de sciences physiques. Je ne pourrai jamais caser un cours d'éducation à la santé.

Il était certain de l'avoir convaincu.

— Pourtant, lui rappela Tom avec un petit sourire, tu as postulé pour l'option biologie avancée, non ? (Il s'enfonça dans son siège avec un soupir et secoua la tête.) Écoute : je sais que ce n'est pas ton truc, mais je n'ai personne sous la main qui puisse décemment assurer ce cours. C'est un enseignement obligatoire, je suis coincé. Mais souviens-toi de ces cours, Brandon : tu leur passes n'importe quelle vidéo sur les services de secours et pendant qu'ils s'endorment devant tu en profites pour avancer dans ton boulot.

— Tu ne peux pas me refuser l'option, Tom ! s'insurgea Brandon. Pourquoi tu ne cherches pas un remplaçant ? Je ne sais pas, moi, un contractuel qui pourrait venir une heure et demie par semaine, par exemple. Et puis je me souviens très bien des cours d'éducation à la santé. C'est justement ce qui me fait flipper. Masser un mannequin, parler de maladies atroces ou enfiler des capotes sur une banane, non merci !

— On s'est débarrassé des capotes, rétorqua Tom avec un sourire ironique. Ça ne plaisait pas aux parents.

— Je n'y crois pas ! marmonna Brandon en s'écroulant sur sa chaise. Génial. Vraiment génial. Il ne manquait plus que ça. Bon sang, Tom ! Très bien. J'accepte. De toute façon, je n'ai pas vraiment le choix, pas vrai ?

Il avait posé la question sans trop espérer.

— Eh bien, répondit Tom en haussant les épaules, techniquement, tu peux toujours démissionner. En plus, et tu m'en vois désolé, ce cours est placé en dernière heure. Ce qui veut dire que tu devras faire basculer ton heure de vie scolaire en deuxième heure, à la place de l'option qui, de toute façon, ne pourra pas être créée cette année.

Il était visiblement contrarié d'avoir à solliciter Brandon. Mais il n'avait pas le choix.

— On a perdu pas mal de collègues pendant les vacances de Noël, tu n'es pas sans le savoir. Un ou deux congés maternité, des départs à la retraite imprévus… Sans compter qu'il nous fallait aussi un entraîneur pour l'équipe de baseball. Mais, heureusement, le poste vient d'être pourvu par un volontaire.

Brandon poussa un petit grognement évasif. Il réfléchissait déjà aux conséquences de ces modifications sur son emploi du temps. Il se fichait des questions de rotations de personnel.

— Félicitations, Brandon, ajouta Tom, moqueur. Merci de te porter volontaire.

Il ponctua ses paroles d'un petit sourire, le regard pétillant, à la fois tendre et amusé.

Tétanisé, Brandon cligna des yeux, avant de les poser lentement sur l'homme qui l'avait conseillé toutes ces années et qui était devenu son ami.

— Quoi ? s'exclama-t-il.

— Ne t'en fais pas, s'empressa d'ajouter Tom. D'après ce qu'on m'a dit, l'équipe première tourne très bien. Ils ont juste besoin d'une paire de bras supplémentaire. Je ne sais pas vraiment ce que tu seras censé faire, mais ça ne m'a pas l'air bien compliqué. Et comme, en plus, tu as toutes les qualités requises pour le poste, je ne vois personne d'autre à proposer. Tu es le plus qualifié.

— Bon sang ! Comment tu as pu t'imaginer ça ? s'écria Brandon, incrédule. Et puis de quelles qualités tu parles ?

— Tu es un mec et tu es assez costaud pour maîtriser les joueurs, expliqua Tom sans laisser à Brandon le temps de répondre. Et tu as bien étudié l'anatomie et la physiologie, non, coach ?

Prenant soudain conscience de sa mâchoire béante, Brandon referma brusquement la bouche. L'air toujours hagard, il regarda Tom, avant de se passer les mains sur le visage.

— Autre chose ? demanda-t-il d'un ton lugubre.

— Brandon, insista doucement Tom, je sais que ce n'est pas ton truc et je suis sincèrement navré. Mais l'équipe a besoin de toi, tu peux comprendre, non ? Dis-toi que c'est pour les élèves.

Le prof de sciences soupira et relâcha les muscles de ses épaules. L'argument était irréfutable, et Tom le savait. Brandon était prêt à tout pour ces gosses. C'était pour cela qu'il se levait à cinq heures moins le quart tous les matins, se tapait quarante minutes de route pour arriver à 6 heures et assurer son heure de soutien, service que ses collègues fuyaient comme la peste.

— OK, Tom, capitula-t-il d'un air las.

— Merci, Brandon. (Le principal se leva et tendit la main par-dessus le bureau.) Et sache que contrairement au soutien, ajouta-t-il d'un ton optimiste, les entraîneurs sont payés en heures sup.

Brandon laissa échapper un petit rire et serra la main de Tom.

— C'est toujours ça. J'imagine que, pour l'instant, le cours d'éducation à la santé est pris en charge par un remplaçant ?

— C'est Jake Campbell qui s'y colle. En parallèle avec son cours d'éducation physique avec les terminale. On s'est arrangés comme ça en attendant de trouver un titulaire. Pour le baseball, c'est à lui que tu dois t'adresser. D'ailleurs, vous étiez dans la même promo à l'époque, non ?

Brandon confirma d'un bref hochement de tête.

— On a passé le bac la même année. Tu étais encore prof de géométrie en ce temps-là, ajouta-t-il avec un petit sourire en coin.

— Et j'avais encore tous mes cheveux, aussi, rétorqua Tom en esquissant un sourire. Tu veux que je fasse appeler Jake après la fin des cours ?

Il désigna la réception, où se trouvait le système de sonorisation interne du lycée, et Brandon grimaça.

— Non. J'irai faire un tour au gymnase. Je devrais pouvoir retrouver son bureau.

Il plissa les yeux vers le plan du lycée affiché au mur.

— C'est un vrai courant d'air, l'avertit Tom en riant. Tu auras de la chance si tu réussis à mettre la main sur lui. Il n'a jamais pu tenir en place. Enfin, bref… Merci encore, Brandon. Je m'en souviendrai.

Brandon hocha la tête et sortit du bureau, se dirigeant vers le complexe sportif en traversant les couloirs vides et silencieux.

Une fois arrivé dans le couloir des bureaux et après avoir vérifié toutes les portes, il se retrouva devant celle du prof de sport. Sur la vitre près de la porte, une pancarte annonçait : « Coach Campbell ». Ne voyant pas de lumière à l'intérieur, Brandon fit demi-tour pour rejoindre le gymnase. Des élèves de première et de terminale étaient assis dans les gradins pendant que d'autres s'entraînaient à tirer des paniers. Aucun signe du prof.

Dépité, Brandon fronça les sourcils, avant de se souvenir de ce que lui avait dit Tom à propos de la modification de l'emploi du temps de Jake : il assurait le cours d'éducation à la santé en même temps que celui d'éducation physique pour les terminale. Ces derniers géraient seuls leur travail au gymnase pendant que lui s'occupait des troisième. Brandon se dirigea vers la salle où se déroulait le cours en regardant sa montre. Il lui restait cinq minutes avant les annonces de l'après-midi.

Dans la salle de classe située juste à côté du gymnase, Jake observa le vol d'une boulette de papier qui s'immobilisa sur le rebord de la poubelle, chancelant un instant comme si elle voulait s'y accrocher, avant que Jerome – élève de troisième et membre de l'équipe de lutte –, assis à une table à quelques mètres de là, souffle dessus frénétiquement. Jake laissa échapper un petit rire. La boulette de papier vacilla quelques secondes et retomba misérablement sur le sol.

— Mince !

— Oh, oh ! jubila Jake. Un dollar pour chaque tir raté.

Il tendit la main. *Par ici la monnaie.*

— Punaise ! grommela Jerome en sortant de sa poche quatre pièces de 25 cents, qu'il alla déposer dans la main de Jake. La prochaine fois, je marquerai, annonça-t-il sans se démonter.

Il ramassa la boulette et la lança dans la poubelle, avant de retourner s'asseoir. Devant leur ardeur au travail, Jake avait dit aux troisième que, si leurs lancers de boulette étaient réussis, il jugerait leur talent en fonction de la difficulté du tir. En revanche, en cas d'échec, ils devraient payer 1 dollar pour avoir eu la flemme de se déplacer jusqu'à la poubelle.

Brandon, appuyé contre le chambranle de la porte, observait la scène en réprimant un sourire. Que leur avait promis Jake en cas de réussite ? Au bout d'un moment, deux filles se mirent à murmurer bruyamment en le regardant. Surpris, Brandon se demanda si quelque chose clochait dans sa tenue. Baissant les yeux, il se rappela que, juste avant de passer voir Tom, il avait enlevé sa cravate, remonté ses manches et déboutonné – nerveusement – les deux boutons du haut de sa chemise. Quant à ses lunettes, elles étaient restées sur son bureau. Il avait même passé plusieurs fois la main dans ses cheveux et défait le catogan qui, normalement, retenait sagement ses mèches mi-longues en arrière. Bon sang, il devait faire sacrément négligé !

Lorsque Brandon releva les yeux, trois filles chuchotaient et le montraient du doigt en rougissant. Étonné, il reporta son attention sur le prof à l'avant de la salle. Jake, alerté par les murmures, se retourna vers la porte.

— Monsieur Bartlett ! lança-t-il.

Comme à son habitude, il dissimulait sa surprise et son trouble derrière une attitude à la fois chaleureuse et impertinente.

— Que me vaut l'immense plaisir ?

Les filles se mirent à glousser sous cape et les garçons à ricaner, tandis que Brandon secouait la tête.

— Je suis le nouveau prof d'éducation à la santé, déclara-t-il.

Sa réponse ne fit qu'accroître l'hystérie féminine. Mais qu'est-ce qui leur prenait ?

Jake lança un regard réprobateur aux jeunes filles de troisième et adressa un sourire gêné à Brandon.

— Mille excuses, lâcha-t-il avec un petit sourire ironique.

Il s'avança vers la porte, ce qui provoqua les huées moqueuses des élèves.

— C'est ça, foutez-vous de moi, rétorqua Jake. Vous feriez mieux de pratiquer vos tirs. Ils sont tout à toi, ajouta-t-il à l'intention de Brandon.

Il s'arrêta un instant et s'appuya contre le mur près de la porte, avant de jeter un dernier coup d'œil à l'intérieur.

— Ils sont plutôt cools, d'habitude, murmura-t-il à Brandon. Ça devrait bien se passer.

Il dévisagea son collègue quelques secondes, un peu surpris. Il le trouvait différent. Mais, en dehors de son apparence un peu moins stricte que d'habitude, il avait du mal à expliquer pourquoi. L'absence de lunettes, peut-être ? Ou celle de la cravate ? Ou alors cette petite lueur d'irritation dans le regard ? Préférant ne pas insister, il se redressa.

— Tu veux que je reste pendant les annonces ?

Les haut-parleurs grésillèrent, et Brandon esquissa un sourire.

— Si ça ne te dérange pas, répondit-il. Tom m'a conseillé de discuter avec toi.

Sa voix était déjà couverte par la voix forte de la secrétaire.

Lorsque la sonnerie retentit, les élèves se précipitèrent à l'extérieur, à l'exception de quelques filles qui s'attardaient volontairement.

— Au revoir, M. Bartlett. À demain, M. Bartlett. J'adore les cours d'éducation à la santé, M. Bartlett.

Brandon, de plus en plus perplexe, regardait la salle se vider, tandis que Jake arborait un large sourire.

— On peut dire que tu leur fais de l'effet, lança-t-il, amusé. Un vrai tombeur, ma parole ! En quoi puis-je t'être utile ?

Brandon haussa les sourcils, abasourdi. Lui, un tombeur ? Première nouvelle.

— Tom vient de me refourguer ce cours. Un vrai coup de massue. Mais ce qui m'a achevé, c'est qu'il m'a aussi demandé de rejoindre l'équipe des entraîneurs.

— Des entraîneurs ? s'exclama Jake en fronçant les sourcils.

C'était sûrement une mauvaise blague.

— Et pour quelle équipe ? demanda-t-il, méfiant.

— La tienne, répondit Brandon, un peu agacé. D'après lui, votre équipe de baseball manque d'entraîneurs. Et, apparemment, ils raclent vraiment les fonds de tiroir.

Toujours contrarié, il avait marmonné cette dernière remarque.

Jake, incrédule, clignait des yeux, bouche bée. En manque d'entraîneurs ? Première nouvelle.

— Tu y connais quelque chose en baseball ? s'enquit-il, sceptique.

— Je regarde les matchs. Et je suis même fan des Braves d'Atlanta.

— Tant mieux pour toi, mon grand, rétorqua Jake, légèrement irrité. Mais tu t'y connais assez pour entraîner une équipe ?

— J'en doute. C'est ce que j'ai essayé de faire comprendre à Tom, mais son visage a commencé à virer au rouge. Et on sait tous ce que ça veut dire. (Brandon croisa les bras.) D'après lui, poursuivit-il, c'est parce que je suis « un mec et assez costaud pour maîtriser les joueurs ». Ça doit compter pour quelque chose, non ?

Il baissa les yeux, vexé par la question de Jake qui sous-entendait qu'il n'était pas capable d'assumer ce nouveau rôle et ne tenait pas compte de ses qualités de prof.

— Enfin bref ! conclut-il, désireux d'en finir. Si tu trouves cette idée absolument atroce, tu peux toujours aller voir Tom. Et on en reste là.

— Désolé, je ne voulais pas te manquer de respect, s'excusa Jake en soupirant. C'est juste qu'on vise le championnat national, cette année, et je ne savais même pas qu'il nous manquait un entraîneur. Je suis désolé. Bon sang, qui avons-nous perdu ? marmonna-t-il tout bas.

Brandon releva la tête, frappé par sa franchise, et haussa les épaules.

— C'est bien connu, lança-t-il pour détendre l'atmosphère, le porteur de mauvaises nouvelles s'en prend toujours plein la gueule. Cela dit, plus sérieusement, je peux sûrement me rendre utile. J'assure plutôt pas mal en tant que prof. Ça ne doit pas être si différent du rôle d'entraîneur, au moins dans les grandes lignes. Le championnat national, ce n'est pas rien.

— C'est clair, répondit Jake d'un ton dur. Et je ne parle pas seulement de sport. On a huit gamins qui devraient être recrutés cette année. C'est leur avenir qui est en jeu.

— Alors, ne rejette pas mon offre, répliqua Brandon, plus que résolu.

Jake croisa son regard et finit par hocher la tête, avant de pousser un petit soupir.

— Dans ce cas, il va falloir que tu sois crédible. Puisque ça vient de te tomber dessus, j'imagine que tu n'as pas encore de tenue ? demanda-t-il, désignant les vêtements de Brandon.

Bon sang, il ne lui manquait que le costume en tweed et les lunettes de protection !

— Une tenue ? répéta Brandon, étonné. J'ai un short de course, un tee-shirt et des baskets dans la voiture.

— Non, pas une tenue d'entraînement, lâcha Jake avec un soupir de dédain. Un entraîneur se doit de porter la même tenue que ses joueurs. Dans notre cas, des chaussures à crampons, un pantalon de baseball, un tee-shirt de compression à manches longues et un maillot. (Il fit signe à Brandon de le suivre.) Au fait, tu as un numéro préféré ?

Un pantalon de baseball ?

— Non, ça m'est égal, répondit le prof de sciences. Mais tu sais, je me disais qu'être « crédible » n'était peut-être pas une bonne idée. Vu leur niveau, tes gamins vont vite se rendre compte que je n'y connais rien. Peut-être que ça serait mieux de leur dire que je suis juste là pour observer.

— Au contraire. Sinon ils vont te marcher dessus, riposta Jake. Il faut qu'ils te respectent ou tu vas perdre ton temps. On trouvera une solution. Entraîneur de troisième base, peut-être. Il te suffit d'apprendre quelques signaux pour communiquer avec les joueurs et de connaître quelques techniques simples.

Ils étaient arrivés dans le gymnase et se dirigeaient vers son bureau. Quelques jeunes traînaient encore dans les gradins, et Jake fronça les sourcils. Ses élèves auraient déjà dû vider les lieux.

— Vous n'avez rien d'autre à faire ?! lança-t-il soudainement.

Sa voix résonna dans le gymnase, et les élèves sursautèrent avant de se disperser rapidement.

Brandon recula d'un pas avant de suivre Jake dans son bureau, amusé. Cette façon de hurler lui rappelait le terrain de football de leurs années lycée, où Jake brillait au poste de quarterback.

— Ta voix n'a pas beaucoup changé, tu sais ? dit-il sans réfléchir.

— Comment ça ? demanda Jake, étonné, en se dirigeant vers l'armoire métallique calée dans un coin de son minuscule bureau. Changé par rapport à quoi ?

— Je me rappelle que tu hurlais de la même façon pendant les matchs. Je t'entendais du haut des gradins ! expliqua Brandon.

Les mains dans les poches, il regardait Jake fouiller dans son placard.

Ce dernier tourna la tête dans sa direction et sortit un pantalon de baseball blanc immaculé.

— Ah ! répondit-il en rougissant légèrement. Je ne savais même pas que tu assistais aux matchs.

— Si, quelquefois, admit Brandon. Je voulais savoir pourquoi votre montée au niveau régional provoquait un tel raffut.

Il n'avait pas appris grand-chose sur le football, mais ça avait été une sacrée expérience.

— Ah bon ? s'exclama Jake.

Il se souvenait du « raffut » en question. La foule excitée et rugissante, la fanfare beuglant depuis les tribunes, le bruit des équipements de protection qui s'entrechoquent, les grognements des joueurs qui se plaquent, le froid, les lumières aveuglantes, l'odeur de la transpiration et de la pelouse, ces soirées d'automne parfaites… Bon Dieu, il adorait ça ! C'était toute sa vie à l'époque.

— C'était un monde dans lequel je n'avais pas ma place. Mais c'était impressionnant à voir, répondit Brandon d'une voix douce.

Jake avait le regard perdu au loin, tout à coup, et Brandon resta silencieux pour le laisser donner libre cours à sa nostalgie. Il aurait bien aimé avoir de tels souvenirs. Cela devait ressembler à la sensation de calme et de sérénité qui le traversait lorsqu'il courait pendant des heures dans la campagne à travers les champs à perte de vue et les forêts verdoyantes. Un moment magique.

Jake le dévisagea un instant avant de hocher la tête. Ce type l'intriguait. Il avait toujours eu un physique d'athlète, mais jamais Jake ne l'avait vu pratiquer le moindre sport. Même en troisième, ils n'avaient pas suivi les cours d'éducation physique communs puisque Brandon n'était arrivé à Parkview qu'en seconde. À l'époque pourtant, il était déjà presque aussi grand que lui et aussi large d'épaules, même s'il paraissait plus longiligne. En fait, il n'avait jamais voulu exploiter ses capacités physiques et avait privilégié ses seules facultés intellectuelles.

— Bon, lâcha Jake, ça devrait faire l'affaire. (Il lui tendit un pantalon, un tee-shirt moulant bleu satiné et un maillot ample assorti.) Tu fais quelle pointure ? (Il leva le pied et regarda ses baskets en fronçant légèrement les sourcils.) J'imagine que pour cette fois de simples baskets feront l'affaire. Au fait, merci d'avoir fait diversion tout à l'heure.

Brandon coinça les vêtements sous son bras, un peu déconcerté, avant de se rappeler l'épisode Rhonda.

— Ah oui ! Ce n'est rien. Je sais comment peut réagir Rhonda quand elle a une idée en tête. Elle ne lâche jamais rien, un vrai pitbull. Que ce soit pour un projet, obtenir une bourse ou quoi que ce soit d'autre. Et, là, j'ai bien vu qu'elle avait ce regard un peu flippant. (Il marqua une pause.) Du 45, au fait.

— Tu peux prendre ma paire de rechange, proposa Jake. C'est du 45,5 parce que je dois porter une semelle spéciale d'un côté à cause de ma cheville.

Il attrapa ses chaussures à crampons et en tapota l'intérieur. Elles étaient éraflées et usées, mais entretenues avec le plus grand soin.

— En fait, la semelle est encore à l'intérieur, expliqua-t-il. Et puis il y a ces autocollants que je n'ai jamais enlevés. Sinon, je marche en prenant mes appuis sur l'extérieur de la plante des pieds, alors les semelles sont usées un peu bizarrement, mais ça devrait aller si tu ne veux pas investir tout de suite dans une nouvelle paire. Je crois que ça doit coûter 50 dollars, environ.

— Merci, je vais les essayer. Je n'ai plus qu'à me changer. Les vestiaires sont bien au bout du couloir ?

— Ouais, mais… (Jake toussota et rougit légèrement avant de prendre le taureau par les cornes.) Slip ou caleçon ? lâcha-t-il.

Brandon observa le pantalon d'un air dubitatif avant de lever les yeux vers Jake.

— Ne me dis pas que je suis censé mettre quelque chose en dessous de ce truc ! lança-t-il, visiblement amusé.

Impossible. Jamais il ne réussirait à enfiler ce pantalon par-dessus un caleçon.

— En fait, normalement, ça se porte avec un caleçon long en lycra, mais, comme on ne va pas faire de match, ça serait un peu bizarre. Un slip blanc conviendra parfaitement, expliqua Jake aussi sérieusement que possible.

L'image de Brandon, nu sous son pantalon, venait de lui traverser l'esprit, et cette idée n'était pas pour lui déplaire.

— OK, c'est toi, le pro, répondit Brandon, toujours dubitatif. J'en ai pour une minute.

Il quitta le bureau et traversa le couloir. Dans les vestiaires, après avoir posé la tenue de baseball entre les rangées de casiers, il commença à se déshabiller et poussa un soupir de soulagement. En s'habillant au réveil, comme il prévoyait d'aller courir dans le parc directement en rentrant du lycée, il avait pensé à enfiler un caleçon blanc en lycra, qui ne serait pas voyant sous ce pantalon. Il aurait eu l'air stupide avec un boxer rouge ou noir.

Il enfila le tee-shirt moulant à manches longues, étonné qu'il soit aussi confortable. Le pantalon, en revanche, lui colla à la peau dès qu'il essaya de l'enfiler, et il dut se dandiner à plusieurs reprises avant de pouvoir le faire glisser jusqu'en haut, regrettant presque de ne pas avoir de talc. Mission accomplie. Il se regarda dans le miroir. Il aurait tout aussi bien pu être nu ! Il enfonça le tee-shirt tant bien que mal dans le pantalon et, maillot sur le bras, retourna pieds nus dans le bureau de Jake.

— Si tu me commandes un pantalon, je crois que tu peux me prendre une taille ou deux au-dessus, lança-t-il en entrant.

Jake leva la tête de son livre et regarda Brandon en clignant des yeux. Il l'observa d'un air approbateur, remarquant pour la première fois à quel point son collègue était musclé. Le tee-shirt de compression lui collait à la peau comme s'il était mouillé et soulignait des muscles que Jake ne s'attendait pas à voir sur un prof de biologie. Quant au pantalon, la taille était parfaite : suffisamment large pour accueillir une coquille de protection sans pour autant entraver les mouvements sur le terrain. *Bon sang !*

Il haussa un sourcil et inclina la tête sur le côté.

— Non, non. Je le trouve parfait, répondit-il distraitement.

Brandon abaissa les yeux sur son pantalon, avant de hausser les épaules et de se passer une main dans les cheveux.

— Si tu le dis. Mais il va me falloir un temps d'adaptation.

Puis il s'assit sur l'autre chaise et enfila les chaussettes bleues que Jake avait préparées.

Jake cessa de cligner bêtement des yeux et se concentra de nouveau sur sa grille de Sudoku, un autre passe-temps qu'il cachait à ses collègues du lycée. Il déplaça lentement son classeur pour la dissimuler avant de regarder Brandon, les sourcils froncés. Avec le tee-shirt moulant et le pantalon blanc immaculé à la place de sa chemise et de sa cravate habituelles, l'homme avait tout d'un véritable athlète. Le genre de mec que Jake aurait très bien pu draguer dans un bar. Détournant une nouvelle fois la tête, il prit son livre de poche pour le dissimuler à son tour. En tant que prof de sports et entraîneur, il n'était pas censé avoir un cerveau. Si l'on vous surprenait en train de faire quelque chose considéré comme intelligent, la lecture par exemple, il fallait s'attendre à des commentaires débiles comme : « Et sans les images c'est pas trop dur ? » On ne lui demandait jamais si son bouquin était intéressant. Il n'avait aucune envie que Brandon se moque de lui.

Jake s'éclaircit la voix et hocha la tête.

— Tu vas apprécier de le porter, tu peux me croire. L'entraînement commence à 15 h 30, à l'arrivée des élèves, et on ne finit jamais avant 17 heures, voire 19 heures. Quand la nuit tombe, il fait un peu frisquet. Sans compter l'humidité. À moins qu'il ne pleuve ou qu'on ne soit en salle de musculation, on est toujours dehors.

Il se mit à tapoter pensivement sur la table avec un crayon.

—À part ça…, murmura-t-il. (Il regarda autour de lui, comme s'il attendait que quelqu'un lui souffle quoi dire.) On se déplace pas mal et, parfois, on dort sur place. Il faudra que tu préviennes ta copine ou ta femme… (Il sortit un planning et l'étudia.) Il y a des matchs le vendredi ou le samedi. Un tournoi aura lieu en Floride pendant les vacances de printemps. Et normalement, début mai, on emmène les élèves au stade de Turner Field pour voir un match ou deux. On dort sur place. (Il tendit le planning à Brandon.) Être entraîneur, c'est un boulot à plein-temps, prévint-il doucement.

C'était un truc que les profs des autres matières avaient du mal à comprendre. Ils géraient seulement leurs élèves de 7 h 30 à 14 h 30. La plupart s'en contentaient, même si certains animaient des clubs ou donnaient des cours particuliers. Mais, en général, ils passaient vite à autre chose et rentraient directement chez eux. Les entraîneurs, eux, passaient des nuits, des week-ends, voire des étés entiers, avec leurs élèves. Ils les aidaient à trouver une université. Ils répondaient à leurs questions quand les jeunes avaient trop picolé ou quand ils avaient des problèmes de cœur. Ils restaient en contact avec eux des années après qu'ils avaient quitté le lycée. À l'université, lorsque Jake avait compris qu'il était sans doute bisexuel, la première personne qu'il avait appelée avait été son entraîneur de football du lycée.

— Je ne suis pas marié, se contenta de répondre Brandon d'une voix calme.

Il pensait aux heures d'entraînement, aux matchs du week-end et aux déplacements. Impossible de reculer maintenant qu'il s'était engagé. Il ne lui resterait plus qu'à faire de son mieux. Grimaçant intérieurement mais d'apparence sereine, il évaluait les heures de sommeil en moins. Sans parler des longues journées. Encore plus longues qu'avant. Chaque matin, il se levait à 4 h 45, arrivait au lycée à 6 heures pour une heure de soutien et enchaînait les cours de 7 h 30 à 14 h 30. Le temps qu'il passait à bosser sur sa thèse en fin d'après-midi serait remplacé par l'entraînement et les matchs de baseball. Un dernier coup d'œil au planning lui confirmait également qu'il devrait bosser le soir après 21 heures pour préparer des cours et des devoirs, ou corriger des copies. Cela voulait dire : plus aucun samedi de libre ni même de dimanche, son seul jour de repos. Où allait-il pouvoir caser ses heures de footing ? Peut-être après avoir bossé sur sa thèse, le soir. Il pourrait toujours courir autour du lac près de chez lui.

— Par où veux-tu que je commence ? demanda-t-il à l'entraîneur.

— Tu m'as l'air un peu pâle, fit remarquer Jake sans répondre à la question. Tu verras : on s'amuse bien à l'entraînement. Une fois qu'on s'est débarrassé des chouineurs.

Il se redressa sur son siège et posa les pieds sur le bureau.

Brandon ne put s'empêcher de rire.

— Les chouineurs, hein ? Et pourquoi ils chouinent ? Parce qu'on leur balance des balles dans l'entrejambe ?

— C'est pour ça qu'on porte des coquilles, rétorqua Jake.

C'était la réponse habituelle lorsque quelqu'un se plaignait d'éventuels chocs sur cette zone sensible.

— Quand on prend un coup dans les roubignolles, c'est qu'on n'a pas abaissé son gant. Faut savoir ce qu'on veut. On n'est pas là pour dorloter ces gamins, insista-t-il. Je sais bien que vous autres, les intellos, vous pensez qu'on les ménage, mais s'ils ne sont pas à fond on les vire de l'équipe. Qu'on soit blessé ou malade, il faut être là. Je peux t'assurer que mes joueurs sont les champions de l'assiduité. C'est pour ça que dans tes cours tu en verras toujours un avec les doigts bandés, un strapping autour du genou, de la cheville, ou de tout autre affreux hématome plus ou moins bien dissimulé.

Il parlait d'un ton à la fois protecteur et irrité. Il savait ce qu'enduraient les athlètes au lycée. On les traitait de « gros musclés » et on les mettait dans des classes au niveau peu élevé même s'ils étaient de brillants élèves, et, lorsqu'ils réussissaient sur le plan scolaire, on mettait ça sur le compte de la chance. Sans parler des blessures, des séances d'entraînement éprouvantes, ou des déchirements inhérents à la passion du sport. Jake inspira profondément pour se calmer et s'affala sur sa chaise, avant de faire rouler les muscles de ses épaules et de fermer les yeux.

Brandon haussa les sourcils devant cet emportement soudain. Il savait qu'il avait touché un point sensible qui remontait probablement à l'époque du lycée. Au fur et à mesure que Jake parlait, il comprenait davantage la situation. Il hocha la tête lentement. L'entraîneur avait raison. Si on se moquait des intellos et s'ils se sentaient rabaissés à cause de leur physique, les « gros musclés », eux, souffraient de leurs notes ou de leur assiduité. Il commençait à comprendre qu'aucun des deux groupes n'avait une position enviable.

— Je suis désolé, dit-il d'une voix douce.

Jake l'observa un instant avant de lui offrir un sourire désarmant. C'était une autre de ses spécialités : surfer sur les vagues d'émotion puis les mettre de côté, histoire de les oublier au plus vite. Il était aussi très doué dans le rôle de la brute épaisse en cas de besoin. Les masques du quotidien.

— Je m'emporte facilement, admit-il.

Le rictus ironique reparut en même temps que la lueur chaleureuse dans ses yeux bruns.

— C'est ce qui arrive quand je suis privé de jus de fruits au déjeuner, plaisanta-t-il avec un sourire penaud.

Il se massa lentement la nuque, faisant bruyamment craquer ses vertèbres.

Sur son bureau, le téléphone sonna de manière péremptoire. Jake fusilla l'appareil du regard puis leva la main pour signifier à Brandon de patienter, avant d'enlever ses pieds du bureau et d'appuyer sur la touche « haut-parleur ».

— SOS Illettrisme, à votre écoute, annonça-t-il en prenant une voix grave et nonchalante digne d'un professionnel. Après le bip sonore, veuillez laisser vos coordonnées ainsi qu'une phrase utilisant le mot étudié aujourd'hui. Le mot choisi aujourd'hui est « outrecuidant ».

— Tu es avec un élève ? lança la voix circonspecte de Troy Paterson.

— Non, répondit Jake en adressant un clin d'œil à Brandon.

— Alors, va te faire foutre, maugréa Troy. C'est toi qui as envoyé l'annonce qui doit être faite demain matin ?

— Quelle annonce ? demanda Jake, faussement naïf.

Il avait du mal à garder son sérieux.

Brandon inclina la tête et sourit devant le changement d'attitude de son collègue. Il avait le don pour passer d'une humeur à l'autre en un rien de temps. C'était un peu déstabilisant.

Troy, orthophoniste et collègue entraîneur de Jake, répondit en lisant vraisemblablement l'annonce en question.

— Je cite : « À 11 h 42 précises ce matin, le service de maintenance a prévu de dépoussiérer les lignes téléphoniques. Tous les enseignants sont tenus de recouvrir d'un sac l'écouteur des téléphones à l'intérieur de leur classe afin de recueillir la poussière qui doit être évacuée. »

Brandon haussa les sourcils, réprimant un fou rire. Jake écoutait tout en riant silencieusement, les épaules frémissantes et une main plaquée sur la bouche.

— C'est pas moi, réussit-il à dire.

— Je vais la balancer telle quelle, je te préviens. La faute retombera sur tes magnifiques épaules d'athlète, chéri, prévint Troy avant de raccrocher.

Jake manqua de s'étrangler de rire, et Brandon laissa échapper un petit gloussement.

— C'était drôle, commenta-t-il, le regard pétillant.

Il se rendait compte tout à coup que, derrière le stéréotype du « gros musclé », se dissimulait en fait une personnalité beaucoup plus complexe.

— Faut bien que je m'amuse un peu, lança Jake en riant, avant de prendre son porte-bloc et de se lever. Et le plus marrant, tu verras, c'est que je suis sûr que certains vont le faire, ajouta-t-il.

Ses grilles de Sudoku glissèrent sur le sol. Brandon se baissa pour les ramasser et regarda celles remplies par Jake.

— Bon sang, je déteste ces trucs ! dit-il en les lui tendant. J'ai un mal fou à les résoudre. Je n'ai pas la patience. Je préfère de loin les mots croisés.

Jake laissa échapper un rire gêné et hocha la tête en saisissant les feuilles.

— Les mots croisés, c'est plus compliqué que de savoir compter jusqu'à neuf, marmonna-t-il.

La sonnerie pour le dernier bus retentit, annonçant qu'il était déjà 15 h 10.

— Merde, il faut que je me change ! s'exclama-t-il.

Il déposa son porte-bloc et contourna Brandon pour récupérer son sac.

Un peu déconcerté par l'autodérision exprimée par Jake, Brandon se leva.

— Je t'attends dehors, sur le terrain principal.

Le complexe sportif du lycée comprenait plusieurs terrains : deux de baseball et un de softball, un terrain de football avec une piste d'athlétisme, deux terrains de soccer et six courts de tennis.

— Ouais, ouais, on doit tous s'y retrouver aujourd'hui, avant de se séparer en différentes équipes, répondit distraitement Jake.

Déjà, il enlevait son tee-shirt et le balançait sur sa chaise.

— Au fait, merci, ajouta-t-il doucement, en levant les yeux vers Brandon et en commençant à enlever son short.

Brandon se figea, surpris, pour ne pas dire stupéfait, par le torse sculpté qui venait de se dévoiler. Le sourire direct et chaleureux qu'il offrit à Jake en retour n'en laissait pourtant rien deviner.

— Y a pas de quoi, répondit-il.

Il referma la porte derrière lui et sortit, un peu déconcerté par l'effet que lui avait causé la vision soudaine de ce torse… et par le grand plaisir qu'il prenait à y penser. *Et merde* !

Chapitre 2

Quelques minutes plus tard, Jake ajustait son tee-shirt dans son pantalon et s'élançait en petites foulées en direction du terrain. Devançant tous ses élèves, il rejoignit les trois étudiants qui l'assisteraient au cours de l'année, debout aux côtés de Brandon et de Jonathan, l'entraîneur de l'équipe des troisième. Ils attendaient les clés de la remise où étaient stockés les équipements, derrière l'abri des joueurs.

— Mon bureau est de plus en plus loin tous les ans, je vous jure ! bougonna Jake en sortant le trousseau de son sac avant d'ouvrir la porte.

Pendant que les assistants sortaient le matériel et préparaient le terrain, il se tourna vers Brandon et regarda autour de lui.

— Et Troy, qu'est-ce qu'il fout ? demanda-t-il d'un air renfrogné.

Il prit des graines de tournesol dans une boîte en carton et les glissa dans sa poche arrière. Au loin, un flot d'élèves vêtus de bleu commença à filtrer du bâtiment, et Jake poussa un petit grognement.

— Il va se prendre une batte dans le cul s'il n'arrive pas tout de suite.

Brandon prit aussitôt la sage décision de rester silencieux, même s'il savourait d'avance l'idée de voir Jake en mettre plein la gueule au vénéré Troy. À cet enfant prodige, autre seigneur du royaume, roi du bal quand Jake était absent, play-boy notoire du lycée, alter ego lumineux de Jake. Un duo à la limite du sacrilège. Brandon secoua la tête et se posta sur le côté du terrain pour observer les assistants, au cas où il doive lui aussi un jour installer le matériel. Ils s'étaient montrés plutôt sympas avec lui, même s'ils ne le connaissaient pas, n'ayant pas fréquenté Parkview à la même époque que lui.

Le crissement de petits pneus et le bruit du moteur électrique d'une voiturette de golf que l'on arrête annoncèrent l'arrivée de Troy. Jake grommela tout bas en regardant le jeune homme sauter par-dessus la chaîne de l'autre côté de la remise et le rejoindre à petites foulées. Troy souriait de toutes ses dents, conscient qu'il était limite, et Jake l'accueillit d'un coup de gant sur le côté de la tête.

— Aïe ! protesta Troy.

Il se frotta l'oreille d'un air renfrogné avant d'apercevoir derrière Jake le prof de sciences en tenue de baseball.

— Ma parole, c'est Bartlett ! s'exclama-t-il.

— Il vient de rejoindre l'équipe d'entraîneurs, répondit sèchement Jake.

Dès qu'il posait le pied sur le terrain, son sens de l'humour disparaissait.

— Et si tu tiens à y rester, je te conseille de te bouger le cul, menaça-t-il.

Troy soupira et hocha la tête avant de rejoindre, tête basse, ses collègues qui installaient le matériel. Il connaissait l'humeur de Jake quand il était sur un terrain, que ce soit de baseball ou de football. Il se métamorphosait, et il valait mieux éviter les conneries. En tout cas, tant que les équipes n'étaient pas constituées.

Jake accueillit les élèves qui arrivaient en courant.

— Dix tours de terrain ! gronda-t-il.

Sa voix, qui résonnait dans tout le complexe sportif, fit sursauter les élèves de troisième. Les plus âgés baissèrent immédiatement la tête et se mirent à courir en petites foulées sur la piste, montrant l'exemple aux nouveaux arrivants. Point de cérémonie d'accueil ni de discours expliquant les attentes de l'entraîneur. Et encore moins de rappel des règles à respecter en matière de ponctualité ou d'assiduité. Les élèves savaient déjà à quoi s'en tenir. Et s'ils avaient le malheur de ne pas s'en souvenir, ils apprenaient très vite ou démissionnaient au bout de deux jours. Les élèves de terminale de Jake veillaient à faire passer le message.

Souverain au centre du diamant, l'entraîneur les observait attentivement de son regard noir, dominant le terrain de sa hauteur. Il repérait les élèves à la traîne après un premier tour de piste. Il se souviendrait d'eux. Il repérait ceux qui papotaient en courant, et s'en souviendrait également. Concentré, il commençait à éliminer ceux qui n'étaient pas assez doués pour intégrer l'équipe première.

— Qui veut les faire courir aujourd'hui ? demanda-t-il à ses entraîneurs d'une voix douce, montrant sa cheville pour s'excuser de ne pas s'en charger.

Brandon regarda les autres entraîneurs. Les trois assistants traînaient des pieds, un jeune entraîneur qu'il ne connaissait pas semblait hésitant, et Troy faisait comme s'il n'avait rien entendu.

— Je veux bien m'y coller, proposa-t-il, téméraire.

Jake haussa un sourcil et l'observa de la tête aux pieds. Brandon avait un physique de coureur, aucun doute là-dessus, mais il valait mieux ne pas se fier aux apparences. Troy avait l'air de savoir ce qu'il faisait, et pourtant… C'était peut-être la même chose avec Brandon.

— C'est parti, dit-il en faisant signe à Brandon de se rapprocher. Pour les décrasser un peu, expliqua-t-il, on leur fait faire une série de courses suicides contre un entraîneur.

Le premier essaim de joueurs commençait déjà à franchir la ligne de troisième base.

— S'ils te battent, ils ont le droit de se la péter. Si tu les bats…

Il s'interrompit et afficha un sourire diabolique tout en désignant le terrain.

— Des courses suicides ? murmura Brandon.

— Tout à fait ! répondit Jake en montrant la troisième base.

Les assistants plaçaient des cônes sur le terrain pour matérialiser des lignes pendant que les joueurs les plus anciens allaient se ranger docilement sur la ligne blanche en faisant comprendre aux débutants de leur emboîter le pas.

— Le départ est sur la ligne blanche, expliqua-t-il en montrant les cônes. Tu cours jusqu'à la première ligne de cônes et tu reviens. Ensuite, tu cours jusqu'à la deuxième et tu reviens. Et ainsi de suite pour les cinq lignes. (Il tendit le doigt vers les cônes.) Si tu préfères, je peux demander à un des nouveaux élèves de le faire. (Il baissa la voix en faisant un signe de la main aux assistants.) Faut bien qu'ils servent à quelque chose, après tout. Je touche 9,50 dollars de l'heure pour les torturer à volonté.

Le prof de sciences eut un petit rire.

— Non, non, pas de problème. Et le but de ce truc, c'est la vitesse de pointe ou l'endurance ? Est-ce que je fais une seule série à fond ou plusieurs à la suite ?

— La vitesse. Si tu les bats, ils savent ce qu'ils risquent. Mais je te préviens : ils vont s'accrocher.

Il se dirigea vers l'abri pour attraper son porte-voix.

— Comme s'il avait besoin de ça pour se faire entendre, souffla l'entraîneur des troisième à Brandon. La bonne blague ! Même quand il chuchote, tout le monde l'entend. (Il s'approcha de Brandon et lui tendit la main.) Quoi qu'il arrive, surtout ne les laisse pas gagner. Ne les ménage pas, OK ? Il déteste ça.

Brandon accepta la poignée de main en souriant avant de s'étirer.

— Je m'appelle Brandon. Je suis le nouvel entraîneur-assistant. Enfin, à ce qu'il paraît.

— Jonathan, répondit l'homme. L'entraîneur des troisième. Mais, en général, on me donne du « hé, toi ».

La voix de Jake résonnait déjà dans tout le terrain. Pourtant, il n'utilisait pas encore le porte-voix.

Continuant ses étirements, buste penché, Brandon eut un petit rire en regardant Jake.

— Tu avais raison pour le porte-voix, fit-il remarquer.

Il se redressa et fit lentement pivoter les hanches tandis que des élèves s'approchaient d'eux.

— Tu es prof ? demanda Brandon à Jonathan qu'il suivait vers la ligne de départ.

— À Trickum, le collège au bas de la rue, répondit Jonathan tandis que les élèves s'alignaient. Bonne chance, coach !

Après une petite tape sur la hanche de Brandon, il s'éloigna en courant.

Surpris par ce contact familier, Brandon n'en laissa rien paraître en rejoignant la ligne de départ. Au moins, il y avait quelqu'un ici qui ne le jugerait pas sur son passé, contrairement à Jake ou à Troy. Lorsque les élèves se furent alignés à ses côtés, il se rendit compte que certains d'entre eux ne le connaissaient pas non plus, puisqu'il n'avait qu'une classe de troisième cette année. Quant à ceux de première et de terminale, il les avait eus à un moment ou à un autre au cours de leur scolarité.

Parmi ceux-là, certains étaient aussi grands que lui et paraissaient au top de leur forme. Brandon espérait qu'il parviendrait au moins à ne pas se faire distancer. Il n'avait pas l'habitude de ce type de course. Après un rapide coup d'œil à Jake, il s'accroupit légèrement pour trouver une position stable. Après tout, c'était une course comme les autres. L'important était de bien respirer.

Jake était posté près du diamant et scrutait la ligne de départ, veillant à ce qu'aucun participant ne cherche à gagner quelques centimètres en se penchant un peu trop vers l'avant. Après avoir porté son sifflet à la bouche, il croisa brièvement le regard de Brandon, puis donna un coup bref.

Aucun des élèves ne le bousculant, peut-être parce qu'il était prof, Brandon prit un départ rapide et toucha la première ligne du bout du pied avant de faire demi-tour, en tirant avantage de ses longues jambes.

Au niveau de la deuxième ligne, il était toujours dans la course. À la troisième, il avait distancé la plupart des élèves. Entre la troisième et la quatrième, Brandon trouva son rythme de foulée et de respiration, et il retint un sourire en revenant vers le marbre, au coude à coude avec une poignée d'élèves de terminale.

Jake, un instant stupéfait par le départ en flèche de Brandon, était encore plus étonné de voir que, pour une fois, les apparences n'étaient pas trompeuses. Ce type savait courir. En même temps, il essayait de repérer parmi les élèves ceux qui couraient suffisamment bien, ceux qui avaient l'air de jeunes faons sur la glace et ceux qui étaient vraiment à la traîne. Lorsque le groupe de tête s'approcha de la ligne d'arrivée, il détacha une dernière fois son regard de Brandon pour se concentrer sur le sprint final. Deux des garçons, les fusées de l'équipe, étaient en train de coiffer Brandon au poteau d'une fraction de seconde. Jake n'en croyait pas ses yeux.

— Bon sang, c'était serré ! marmonna-t-il à l'intention de Troy qui était venu le rejoindre pour regarder la fin de la course.

— Ce mec sait courir, s'exclama le jeune homme. Il cache bien son jeu !

Jake secouait la tête en regardant les traînards passer la ligne d'arrivée.

À peine essoufflé, Brandon affichait un grand sourire, d'autant plus que les élèves les plus âgés qui le connaissaient venaient le féliciter. « Waouh, monsieur Bartlett, je ne savais pas que vous couriez ! » « Monsieur Bartlett, vous assurez grave ! » « Jolie course, professeur ! » « Vous courez trop bien pour quelqu'un qui passe son temps enfermé dans un labo ! »

Brandon se contentait de sourire tout en s'étirant.

— Vous pouvez remercier Marshall et Tyler. Grâce à eux, bande de minables, la course est terminée, tonna Jake en s'approchant.

En passant, il donna une petite tape machinale sur la hanche de Brandon, comme l'avait fait Jonathan un peu plus tôt. Il se mit à répartir les élèves par classe et leur attribua un assistant. Une fois tous les groupes dispersés, Jake se tourna vers Brandon avec un grand sourire.

— Jolie course ! commenta-t-il en lui donnant une claque sur le bras.

C'était un compliment sincère et mérité.

— Pour aujourd'hui, on fait équipe. Ça te permettra de prendre la température, ajouta-t-il.

Une petite tape, un compliment et une claque sur l'épaule, il n'en fallait pas plus pour rebooster l'ego de Brandon. Il hocha la tête en rougissant, heureux d'avoir réussi son entrée en matière. Courir, c'était dans ses cordes. Il avait peu de risques de se planter ou de déclencher les foudres de l'entraîneur. Il regarda Jake lancer la séance d'entraînement en se disant que cet homme n'était pas seulement un bon prof, mais un prof génial. Une vraie révélation.

Lorsque la nuit commença à tomber sur cette première séance d'entraînement, Jake envoya l'un des élèves allumer les projecteurs, dont la lumière chassa peu à peu l'obscurité.

Il parlait d'une voix forte en passant au milieu des élèves occupés à faire des séries de pompes, comme des soldats.

— Si vous êtes déjà en train de penser à ce que votre chère maman vous a préparé à dîner, autant virer vos fesses de mon terrain et rentrer chez vous ! Votre petite maman, ici, c'est moi ! Et c'est moi qui vous dis quand vous pouvez manger ! Votre petit papa chéri, ici, c'est moi ! Et c'est moi qui vous dis quand vous pouvez dormir ! Mais si avez besoin d'une nouvelle paire de chaussures, alors là je ne vous connais plus.

Sa voix résonnait dans l'obscurité. Il circulait entre les élèves dégoulinant de sueur, haletants et gémissants. Faire partie de l'élite, ça se méritait.

Brandon, en simple spectateur, se tenait en retrait à côté de Jonathan. Ces gosses avaient du cran, il fallait le reconnaître. Cela dit, quand on veut jouer au niveau national, il faut savoir souffrir. Il n'était pas devenu coureur de fond en une nuit. Non, il lui avait fallu des mois et des mois de courses pénibles, éreintantes et abrutissantes pour se mettre en condition. Et il n'était pas au bout de ses peines. Alors oui, il compatissait pour les élèves. Parce qu'il savait très bien ce qu'ils traversaient. Combien allaient tenir le choc ? Jonathan lui avait dit qu'aujourd'hui avaient lieu les sélections.

— Ce sont les première qui risquent le plus gros, murmura Jonathan. Ils ne peuvent pas se rabattre sur l'équipe de réserve, ils sont trop vieux. Les terminale sont avantagés parce qu'ils étaient tous dans l'équipe première l'an dernier. Les première vont vraiment déguster cette semaine.

Jake les fit souffrir encore une minute avant d'arrêter la torture.

— Voilà ! gronda-t-il. Vous levez vos fesses et vous filez à la douche ! Rentrez chez vous !

Ses ordres furent accueillis par des grognements et des gémissements de gratitude.

— Et je vous préviens : si demain je trouve le moindre équipement sur le terrain, vous allez regretter d'être nés ! menaça-t-il.

Les élèves se précipitèrent pour ramasser tout le matériel qui avait été utilisé.

Leur réaction docile fit sourire Brandon. Visiblement, Jake n'avait aucun problème de discipline. Sa méthode était très différente de la sienne, certes, mais d'une efficacité redoutable.

Mains sur les hanches et ne lâchant jamais les élèves du regard, Jake conserva la même présence imposante et menaçante jusqu'à ce que les élèves s'en aillent. À ce moment-là seulement, il sembla se détendre un peu, perdre un peu de son envergure, un peu de sa distance. Il se tourna vers ses entraîneurs, un petit sourire aux lèvres.

— Qu'est-ce que vous en dites ? demanda-t-il en s'adressant à tous.

Brandon jeta un coup d'œil aux autres. Il avait conscience de ne pas être le mieux placé pour donner son avis tout de suite, même il s'était déjà fait une idée sur certains élèves. Cela dit, le peu qu'il avait vu ne suffisait pas pour une analyse fiable. Il lui fallait recueillir davantage de données pour en tirer des conclusions probantes.

Personne ne répondit.

— Ouais, moi aussi. Je crois qu'il vaut mieux rentrer chez vous, les gars. À demain, lança Jake avant de se diriger vers le portail d'une démarche un peu raide.

Étonné, Brandon salua Jonathan de la tête et emboîta le pas à Jake jusqu'au gymnase. Il devait récupérer ses vêtements et repasser par sa salle de classe pour y prendre deux tas de copies à corriger et quelques cours à préparer. Valait-il mieux qu'il reste au lycée pour travailler un peu ou qu'il rentre chez lui ? En guise de réponse, son estomac se mit à gargouiller.

Jake se retourna et, voyant que Brandon le suivait, s'arrêta une seconde pour le laisser le rattraper et marcher à sa hauteur.

— C'est pour moi, ces borborygmes ? plaisanta-t-il. Ta grappe de raisin n'a pas réussi à te faire tenir jusqu'à 18 heures ?

— Ce n'était que mon dessert, en fait, répondit Brandon en riant. Je m'étais enfilé un sandwich dans mon bureau juste avant.

Surtout ne pas donner de détails sur le sandwich, cela lui éviterait d'autres sarcasmes. Il avait un faible pour le beurre de cacahuètes et la confiture.

— Mais oui, mon estomac crie famine : 11 heures, c'était il y a une éternité.

— À qui le dis-tu ! grommela Jake. Si tu te décides à voler à la cafèt' avant l'entraînement, évite le truc gris. Tu mets combien de temps pour rentrer chez toi ? demanda-t-il, changeant soudainement de sujet.

La référence au « truc gris » fit grimacer Brandon.

— Une quarantaine de minutes, ça dépend des jours, répondit-il. J'habite à Mountain Park.

— Bon sang ! s'exclama Jake, réagissant comme d'habitude sans réfléchir. Eh ben, c'est pas la porte à côté, dis donc. Et sinon… c'est peut-être un peu abuser, mais tu crois que tu pourrais me déposer chez moi ? J'habite dans une petite rue pas très loin d'ici, expliqua-t-il, et parfois, quand il fait beau, je rentre à pied. Mais, ce soir, ma fichue cheville me fait des misères.

Un léger rougissement couvrit sa nuque avant de gagner ses joues. Jamais il n'avait révélé à personne combien ses blessures le faisaient souffrir constamment. Ç'aurait été reconnaître que toutes ces années dévouées à la pratique passionnée des sports qu'il adorait lui avaient fait plus de mal que de bien.

Si Jake avait le courage d'avouer que sa cheville lui faisait mal et de demander de l'aide, Brandon était suffisamment adulte pour l'entendre.

—Aucun problème, répondit-il. Il faut que je me change et que je passe récupérer des trucs dans ma classe, mais ensuite on peut y aller.

Ils arrivaient dans le gymnase.

—Le trajet n'est pas si pénible, en fait. À peine quarante kilomètres. C'est juste qu'il y a pas mal de petites routes de campagne assez sinueuses. (Brandon ouvrit la porte des vestiaires). On se retrouve ici ?

—Non, je te rejoins dans ta salle, répondit Jake automatiquement, avant de contourner la porte des vestiaires. (Il s'arrêta et se tourna vers Brandon.) Euh…, en fait, je ne sais pas où est ta classe, admit-il. Tu me trouveras en train d'errer près du parking, Tu pourras pas me rater, ajouta-t-il en riant et en se dirigeant vers son bureau.

—OK. Au cas où, sache que je suis dans la salle du vieux Rayburn, annonça Brandon avant de disparaître pour aller se changer.

En entrant dans son bureau, Jake retira sa veste d'entraînement et la posa sur la table. Cette première séance s'était plutôt bien déroulée. La grosse surprise avait été Brandon Bartlett. Jake ne pouvait s'empêcher de penser à lui tandis qu'il enlevait son pantalon de baseball pour le remplacer par son short kaki. Il savait très bien à quel point ça pouvait être flippant de se retrouver plongé dans une situation qu'on ne maîtrisait pas. L'effet de chute libre sur l'estomac et sur les nerfs. Jake respectait la façon dont Brandon avait géré. Il était resté silencieux, avait su observer en restant à sa place, sans craindre de se jeter à l'eau alors qu'il était en terrain inconnu. Une vague de culpabilité s'abattit sur Jake à la pensée qu'il pourrait respecter Brandon, voire le trouver sympathique. Malgré tout ce qu'il avait cru apprendre depuis l'époque du lycée, il découvrait encore des aspects de sa propre personnalité qui ne lui plaisaient pas beaucoup.

Après s'être changé, Brandon rassembla ses vêtements de baseball en se disant qu'il pourrait s'en resservir le lendemain sans les laver. Bon sang ! Voilà qu'il était entraîneur. Secouant la tête, il sortit des vestiaires et traversa les bâtiments de l'école, plongés dans la pénombre, pour rejoindre son bureau. Il glissa plusieurs tas de copies, son cahier de bord et son agenda dans son sac à dos – il ne s'était jamais résolu à utiliser un cartable –, puis posa sa tenue de baseball sur le dessus. Il prit également les chaussures à crampons, histoire de les aérer, et se mit en route.

Jake se trouvait dans la zone où les parents déposaient et venaient chercher leurs enfants, un espace circulaire à l'arrière de l'école. Il avait son gros sac de sport sur l'épaule et le visage tourné vers l'obscurité froide du ciel. Tout son corps le faisait souffrir. Rien à voir avec les courbatures agréables que l'on peut ressentir quand le corps n'est plus habitué à faire d'efforts. Non, c'était une douleur bien réelle. Cloué sur place, il attendait son chauffeur.

En sortant du bâtiment, Brandon aperçut Jake et se dirigea directement vers sa voiture pour lui éviter de marcher. Après avoir déposé son sac à dos et les chaussures sur le siège arrière, il s'installa au volant de sa Jetta. Comme il avait de longues jambes, les sièges étaient repoussés au maximum. Si sa voiture était assez spacieuse pour lui, elle devrait être confortable pour Jake. Quelques secondes plus tard, il s'arrêtait devant l'entraîneur, abaissait la vitre et lui décochait un sourire spontané.

— Je vous dépose quelque part ?

Jake soupira sans savoir quoi répondre, avant de se diriger vers la voiture et d'ouvrir la porte arrière. Il aurait bien aimé faire semblant de jouer à l'auto-stoppeur, mais il ne se sentait pas encore assez proche de Brandon pour tester son humour. Il posa soigneusement son sac sur le siège arrière et s'installa à l'avant.

— Je n'avais pas aussi mal quand je jouais, grommela-t-il en étirant son long corps.

Le prof de sciences haussa légèrement les épaules.

— C'est pas cool de vieillir, marmonna-t-il.

Parfois, quand il courait, il sentait une douleur dans les genoux, mais sa carrière sportive universitaire n'avait pas duré assez longtemps pour laisser des dommages irréparables. Aujourd'hui, s'il courait, c'était pour garder la forme et se faire plaisir, rien à voir avec une pratique sérieuse.

— On va où ? demanda-t-il poliment.

— À droite en sortant, répondit Jake en fronçant les sourcils. Et je ne suis pas vieux. Parle pour toi.

Il jeta un regard en coin à Brandon et esquissa un sourire.

Suivant l'indication de son passager, Brandon tourna à droite puis observa Jake qui, les traits marqués, avait l'air un peu plus vieux. Mais il n'osa pas le dire.

— Je ne disais pas qu'on était vieux, expliqua-t-il. Juste qu'on vieillissait. On a à peine dépassé la trentaine. Il nous reste encore autant de temps avant de commencer à être vieux.

— Pfft, soupira Jake en regardant l'école s'éloigner. Je me suis senti vieillir à dix-sept ans.

Il avait atrocement mal à la cheville et aux genoux.

Percevant la tension dans la voix de Jake, Brandon se tourna une nouvelle fois vers lui.

— Ça va aller ? demanda-t-il doucement.

Il ne voulait pas être indiscret, mais Jake avait vraiment l'air d'être au supplice.

— Ce n'est rien, un peu de glace là-dessus, et je serai comme neuf ! répondit Jake, en tentant un sourire.

Brandon hocha la tête sans insister, content que Jake ne l'ait pas envoyé balader.

— Tu as une idée de ce que je vais pouvoir faire avec l'équipe ? demanda-t-il, tout en se laissant guider par Jake.

Un rire bref et tranchant lui répondit.

— Bon Dieu ! Et en plus il veut que je réfléchisse ! s'exclama Jake, sarcastique.

Il décocha tout de même un sourire à Brandon pour lui faire comprendre qu'il plaisantait.

— Pour l'instant, je dirais que tu vas bosser avec moi sur l'équipe première. Entraîneur de troisième base, peut-être. Puisque tu es fan de baseball, ça devrait aller. (Il fit une courte pause.) Tu n'as pas appris à courir tout seul, n'est-ce pas ? lâcha-t-il soudain.

Il savait reconnaître les années de pratique et d'entraînement.

Surpris de sa perspicacité, Brandon profita d'être arrêté à un feu rouge pour regarder Jake.

— Non. J'ai appris à l'université. Comment as-tu deviné ?

Jake haussa les épaules et regarda par la vitre. Ils se trouvaient au croisement sur lequel, ce matin même, son talon avait décidé de piquer sa crise.

— Une impression générale, répondit-il vaguement.

Difficile de définir ce qui faisait que les athlètes se reconnaissaient entre eux.

— Un peu comme un radar gay, ajouta-t-il, avec un petit rire, mais pour les athlètes.

Brandon affichait un large sourire. Si seulement Jake savait à quel point il avait raison.

— Je n'ai jamais donné cette impression à personne jusqu'ici, reconnut-il alors que le feu passait au vert. À la fac, avec les cours et les tonnes de boulot, j'avais besoin d'un truc pour compenser. Mon conseiller m'a fait rencontrer des mecs de l'équipe d'athlétisme, en pensant que courir m'aiderait à me concentrer. Et comme, apparemment, mon truc, c'était l'endurance, je suis passé au cross-country.

— Tu cours toujours ? demanda Jake.

Au fond de lui, il avait toujours un peu méprisé ceux qui faisaient de l'athlétisme. Au lycée et à l'université, quand on faisait de l'athlétisme, c'est qu'on n'avait pas de « couilles ».

— Oui, au moins une heure par jour si possible, répondit Brandon. Dix, douze kilomètres, à peu près. Ça m'aide à y voir plus clair, expliqua-t-il en entrant dans un quartier résidentiel paisible. Je cours dans le parc près de chez moi ou autour du lac quand il fait beau. Ce n'est pas toujours facile à caser dans mon emploi du temps, mais j'essaie de m'accrocher. Je me sens mal quand je ne cours pas.

Pourquoi racontait-il tout cela à Jake ? Sans doute parce que cela faisait un bout de temps que personne ne s'était intéressé à lui. En dehors du boulot, il n'avait pas d'amis. Difficile d'avoir une vie sociale quand on bosse tout le temps. Et il n'y avait pas de raison que ça change.

— Je n'ai jamais trop aimé la course à pied, admit Jake malgré lui. Je finissais toujours par me parler à moi-même.

— Oui, c'était pareil pour moi au début. Trop de trucs dans la tête. Si tu veux vraiment apprécier, il faut passer cette étape. Enfin, pour la course de fond, bien sûr.

Brandon gara la voiture dans une allée. Ils se trouvaient à un peu plus d'un kilomètre de l'école, quatre cents mètres à peine à vol d'oiseau, dans un quartier ancien plutôt chic et arboré, qui lui faisait un peu penser à Mountain Park. Il se pencha pour découvrir une maison aux boiseries de couleur verte.

— Joli, fit-il remarquer, impressionné.

— Merci, répondit Jake en ouvrant la portière. Tu veux boire un verre ?

Au même moment, l'estomac de Brandon choisit de gargouiller sans aucune retenue.

— Je crois qu'il vaudrait mieux que j'aille me trouver un truc à manger. Mais merci.

Il inclina la tête, songeant tout à coup que Jake devait être aussi affamé que lui.

— Tu vas manger ? demanda-t-il.

— Ça m'arrive, oui, répondit Jake avec un petit rire.

En réalité, le soir, il préférait souvent éviter d'avaler autre chose que ses comprimés antidouleur, qui faisaient effet plus rapidement l'estomac vide. Mais ce n'était pas facile à avouer.

— J'ai de quoi faire des sandwichs, proposa-t-il en haussant les épaules.

— Eh ben, je me disais qu'on pourrait aller chez *Mimi's* une fois que tu aurais récupéré ta glace, mais un sandwich, c'est super. Moi non plus, la cuisine, c'est pas trop mon truc. Je suis abonné à la charcuterie, au micro-onde et aux gâteaux industriels.

— Parle pour toi. Je peux te préparer n'importe quel repas à condition d'avoir un téléphone et quelqu'un pour ouvrir la porte au livreur.

Il sortit de la voiture et referma la porte, avant de récupérer son sac à l'arrière.

— Il me faut une bière, ajouta-t-il en refermant le coffre.

— À moins qu'ils ne se soient mis à vendre de l'alcool chez *Mimi's*, dit Brandon en descendant de voiture, c'est toi qui régales. Si tu veux, je m'occupe des sandwichs pendant que tu récupères la glace.

— Je valide, acquiesça Jake en s'étirant le dos, le faisant craquer doucement. Mais je te préviens, ajouta-t-il en agitant le doigt, ne compte pas sur moi pour t'aider à faire tes trucs de prof.

Il prit les clés dans sa poche et se dirigea vers la porte.

Brandon s'arrêta à hauteur du capot de la voiture.

— Mes trucs de prof ? répéta-t-il.

Cela signifiait-il qu'il pourrait corriger des copies pendant leur repas ?

— Ouais, tu sais, répondit Jake, les trucs que tu fais avec un papier et un crayon. Ce à quoi je touche rarement.

Ça devait sûrement vouloir dire qu'il le pourrait. Brandon récupéra son sac à dos sur le siège arrière et se mit à courir pour rattraper Jake.

— Comment ça se fait que tu n'utilises pas de crayons ou de papier ? Je me rappelle avoir fait des interros en cours d'éducation physique.

Comment faisait-il pour noter ses élèves sans leur faire passer de tests ? Voilà qui était intéressant.

— Des interros ? s'exclama Jake, incrédule. Non, c'est fini tout ça. Ce qu'on évaluait à cette époque, c'est les profs d'éducation à la santé qui s'y collent maintenant.

Il ouvrit la porte et entra chez lui. L'intérieur sentait le frais, et il flottait un parfum de melon. Jake alluma les lumières et se dirigea vers la cuisine.

— En éducation physique, à part les tests de fitness organisés par le gouvernement pour les classes de quatrième, il n'y a plus rien. On donne simplement une appréciation.

Tout en suivant son hôte, Brandon regardait autour de lui. C'était vraiment une très jolie maison. Rien à voir avec ce auquel il s'attendait de la part d'un prof de… Il grimaça en se rendant compte du tour que prenaient ses pensées. Se mordant la langue en pensée, il rejoignit Jake dans la cuisine. D'autres lumières s'allumèrent tandis qu'il posait son sac à dos sur le banc près de la table. Il fallait vraiment qu'il revoie ses préjugés. Ce n'était pas la première fois qu'ils en prenaient un sacré coup.

— J'ai grandi ici, expliqua Jake. Mes parents se sont installés en Floride il y a cinq ans.

Voilà qui expliquait comment son salaire de prof lui permettait d'avoir une telle demeure.

— Ils m'ont filé la maison, et, en échange, j'ai déménagé toutes leurs affaires en Floride. (Il rejoignit le frigo en souriant.) Tu veux une bière ? proposa-t-il.

— Avec plaisir, répondit Brandon en observant les lieux.

Dehors, un jardin vallonné et boisé séparait les maisons voisines d'une bonne cinquantaine de mètres.

— J'ai eu ma maison un peu de la même façon, ajouta-t-il. Par héritage, je veux dire.

Il se tut un instant en songeant à ses parents, disparus depuis plusieurs années, avant de se retourner brusquement vers Jake et de se concentrer sur des choses plus pragmatiques.

— OK. Glace ? Blender ? Qu'est-ce qu'il te faut ?

Jake éclata de rire.

— Tu as tellement de choses à apprendre ! se moqua-t-il.

Il sortit une poche de gel réfrigérée du congélateur. Après l'avoir posée sur le comptoir, il en prit une deuxième, suivie d'une housse en tissu souple pour l'appliquer sur la cheville.

Brandon hocha la tête. Il avait déjà vu ce genre d'appareil.

— La technologie fait des merveilles, dit-il en en posant sa bière sur la table. Et pour les sandwichs, qu'est-ce que tu proposes ?

Brandon tentait vainement de ne pas regarder fixement la nuque dégagée de Jake. *Oh, oh, Bartlett. Tu joues avec le feu. Circule, y a rien à voir par ici.* Il se dirigea vers la boîte à pain, souleva le couvercle d'une main experte et révéla la miche.

— Tu trouveras tout ce qu'il te faut dans le frigo, indiqua Jake en désignant de la tête l'appareil en acier inoxydable.

Il posa le pied sur un tabouret et se massa brièvement la cheville avant de la glisser dans la housse de compression. Il ajusta précautionneusement les bandes Velcro pour que la glace repose bien sur son talon. Ensuite, il contourna Brandon pour attraper dans le congélateur une poche similaire qu'il enroula autour de son genou.

Moutarde et mayonnaise calées au creux du bras, Brendan était occupé à chercher des paquets de charcuterie, lorsqu'il sentit le corps de Jake près du sien. Il se décala pour lui permettre d'ouvrir la porte du congélateur. En fouillant dans les bacs, il tomba sur deux sortes de fromages en tranches, de la laitue en sachet et quelques tomates. Il déposa ces victuailles sur la table en compagnie du pain.

— Assiettes ? Couteau ? Planche à découper ? demanda-t-il à Jake qui ajustait son attelle.

Ses gestes indiquaient qu'il était rompu à ce rituel. Avait-il continué à être lanceur à l'université, ou était-il devenu joueur de champ ou de première base ?

Jake tapota un tiroir pour montrer à Brandon où se trouvaient les couteaux puis, juché sur une jambe, pressant de la main le bloc de gel autour de son genou, il se retourna pour attraper la planche à découper et la posa sur le comptoir.

— Je t'apporte les assiettes dans une minute, marmonna-t-il.

Il avait un peu trop serré les sangles de son attelle, et la poche de gel appuyait un peu trop violemment contre l'intérieur de son genou. Il rajusta les sangles avant de soupirer profondément et de se redresser.

En l'observant, Brandon commença à comprendre un peu mieux ce que vivait Jake chaque jour, sans jamais l'exprimer. Une heure plus tôt, il n'aurait jamais pensé que le coach souffrait, mais, là, ça sautait aux yeux. Toutefois, s'il avait appris une chose cet après-midi, c'était que Jake préférait le silence aux bavardages. Mieux valait ne rien dire. Il attrapa la planche à découper et un couteau, s'installa à la table et s'attaqua au découpage des tomates.

Jake l'observa en attrapant les assiettes dans l'un des placards vitrés.

— Je me suis explosé le genou pendant ma première année à l'université, expliqua-t-il soudain, comme s'il avait lu dans les pensées de Brandon. Il me fait encore souffrir, surtout quand il fait froid, comme en ce moment.

Brandon leva les yeux vers Jake, impassible. Il n'avait pas pitié de lui. Jake se jetait probablement à corps perdu dans le sport à l'époque, mais il n'aurait souhaité ce genre de souffrance à personne.

— J'ai vu des coureurs à qui c'est arrivé, dit-il doucement sans cesser de couper les tomates. C'est très douloureux. Les ligaments, c'est quelque chose.

Jake haussa un sourcil mais resta silencieux. Quand on trottine sur une piste d'athlétisme, on se fait rarement plaquer par des mastodontes en armure. Mais qu'en savait-il ? Et encore, il ne lui avait pas parlé du bec osseux à sa cheville ou de son épaule en bouillie, cadeau de ce crétin d'entraîneur de baseball au lycée, qui s'obstinait à lui attribuer le poste de lanceur. Préférant ne pas s'attarder sur le sujet, il prit une bière et la décapsula à mains nues.

— Bon, vu que ce sont les réserves de ton frigo, j'imagine que tu manges de tout, dit Brandon.

Il confectionnait deux énormes sandwichs généreux en viande et en fromage tout en observant à la dérobée les émotions qui défilaient sur le visage de Jake. Sa curiosité était piquée, mais il ne voulait pas se montrer indiscret.

Malgré leurs années en commun au lycée, en tant qu'élèves puis enseignants, Brandon se rendait compte qu'il ne savait que peu de chose à son sujet. Se retrouver dans sa cuisine à lui préparer des sandwichs était définitivement une expérience aussi étonnante que nouvelle.

— Je suis capable de tout avaler, répliqua Jake. Même un bout de bois. Tant que tu l'arroses de bière, ça me va.

Il avala quelques comprimés et les fit descendre à l'aide d'une grande gorgée de bière.

— Du bois ? répéta Brandon. C'est sûr que pour les fibres, il n'y a rien de mieux.

Il déposa l'assiette avec le plus gros sandwich devant Jake sur le bar, en face du coin repas, avant de s'installer à la table et de fouiller dans son sac pour récupérer une pochette de copies. Il hésita avant d'enfiler ses lunettes, sans comprendre d'où venait la gêne qu'il ressentait puisqu'il les portait quotidiennement au lycée.

— Ça te va ? s'enquit-il.

Installé sur le tabouret de bar le plus proche, Jake lui répondit d'un grognement appréciateur, la bouche pleine. Il regardait Brandon en train de corriger ses copies, ravi de ne pas avoir à faire ce genre de boulot.

Brandon hocha la tête et croqua dans son sandwich avant de se lancer à l'attaque de ses corrections. En haut de chaque copie, il inscrivait une note qu'il entourait d'un cercle avant de poser la feuille à côté de lui. Il mangeait et corrigeait, absorbé par son travail. Il leva la tête pour prendre une bière et croisa le regard de Jake. Il se figea, en se demandant pourquoi il n'avait pas senti ces yeux sombres posés sur lui.

— Qu'est-ce qu'il y a ? demanda-t-il, sur la défensive.

— Rien, répondit Jake avec un petit sourire. Je me rends compte à quel point je suis content de ne pas être à ta place.

Il éclata de rire et inclina sa bière en direction du paquet de copies, arrachant un large sourire à Brandon.

— Tu m'as déjà fait savoir que tu ne m'aiderais pas avec mes « trucs de prof ». Salaud ! ajouta-t-il tout bas.

— C'est ce que dit la rumeur, rétorqua Jake d'un air satisfait.

Il repoussa son assiette et termina sa bière. Il posa lourdement la bouteille sur le comptoir, avant de se pencher en arrière sur son tabouret pour atteindre le frigo sans avoir à se lever.

— Bouge pas, je m'en charge, proposa le prof de sciences.

Il remonta ses lunettes sur son nez et se dirigea vers le frigo. Il attrapa une bière qu'il tendit à Jake, avant de retourner à son sandwich et à ses copies.

— Merci, marmonna Jake, en observant attentivement Brandon, les sourcils froncés.

Soit ce type aimait qu'on profite de lui, soit il était trop gentil. Et les gens trop gentils, mieux valait s'en méfier.

— Ne va pas t'y habituer, lança Brandon sans lever le nez, concentré sur ses copies.

Combien de temps Jake allait-il le supporter avant de le mettre dehors ? Il avait déjà pas mal avancé dans ses corrections.

— Mouais, marmonna Jake.

Il prit une grande gorgée de bière. C'était son rituel du soir. Rentrer, sortir les poches de glace, avaler des cachets, et les oublier en picolant. Il savait qu'il aurait dû se sentir gêné de ne rien changer à ses habitudes en présence de Brandon, mais franchement, après dix ans de ce régime, il se fichait de ce qu'on pensait de lui. Le regard des autres l'avait rarement affecté. C'est sans doute ce qui expliquait sa popularité constante.

— Ça me fait penser que tous les mercredis, avec les autres entraîneurs, on passe la soirée ensemble sous prétexte de parler boulot. (Il regardait bouger le stylo de Brandon.). En général, on se retrouve pour boire et se moquer du *Dugout Club*, tu vois le genre, mais on se marre bien. Si ça te dit ?

Brandon leva la tête… Jake l'invitait à une soirée ? C'était nouveau ! Il le dévisagea par-dessus ses lunettes.

— Le *Dugout Club* ? répéta-t-il, amusé.

— Ouais, tu sais, les parents qui se prennent pour des pros du baseball et qui nous harcèlent non-stop ? Surtout, ne me lance pas sur les Diamond Girls, prévint-il.

Le petit sourire de Brandon se transforma en éclat de rire.

— Tu te doutes bien que je vais vouloir en savoir plus. Mieux vaut que je sois au courant maintenant plutôt que d'avoir l'air d'un abruti quand il sera trop tard pour demander.

— Les pom-pom girls de l'équipe de baseball, grogna Jake. Ça devrait être interdit.

— On a des pom-pom girls pour le baseball ? s'exclama Brandon, interloqué. Bon sang ! Ne me dis pas que c'est encore une idée de Misty. Je savais qu'elle faisait tout pour avoir une bonne raison de rôder sur le terrain en début de saison, mais, là, j'hallucine.

— Ne prononce pas ce nom devant moi, lança Jake. J'ai essayé de les en empêcher, mais elles ont crié à la discrimination.

— Seigneur ! lâcha Brandon en retirant ses lunettes. Et l'équipe de softball, elle a aussi des pom-pom girls ?

— Pas que je sache, siffla Jake. Tant qu'elles ne s'approchent pas trop près du banc des joueurs, elles sont gérables. C'est un autre truc que tu dois savoir. Quand tu seras avec les gars, arrange-toi pour leur faire comprendre qu'ils ont intérêt à se tenir à carreau.

La bière commençait à faire effet.

— Tu sais pourquoi vous avez des pom-pom girls, non ? demanda Brandon.

Ce n'était un secret pour personne. Misty était incapable de se taire. Elle en avait même parlé dans les toilettes. Enfin, d'après ce que lui avait dit Rhonda. La coach des pom-pom girls voulait se caser, et si possible avec le roi du bal. Normal, pour la reine du bal.

Jake se pencha en arrière et regarda Brandon en plissant des yeux.

— Non. Pourquoi ? demanda-t-il avec un soupçon d'inquiétude dans la voix.

Brandon était mal à l'aise. Les histoires de mecs, comparer la longueur de sa bite ou son tableau de chasse, ça n'avait jamais été trop son truc. Ce genre de conversation le dérangeait.

— Tu te souviens de la manière dont Rhonda te regardait ? demanda-t-il. Comme si tu étais un hors-d'œuvre appétissant ?

Jake acquiesça, visiblement gêné.

— Oh, ça ! marmonna-t-il. Misty est un vrai pitbull.

— Elle te regarde comme si tu étais un filet de bœuf, confirma Brandon, compatissant

— Elle s'accroche depuis des années, confessa Jake en haussant les épaules. En terminale, elle était prête à tout pour que je sois son cavalier au bal de fin d'année. Du coup, un après-midi, j'ai séché les cours, je suis allé à Berkmar et j'ai invité la première nana sur laquelle je suis tombé. J'en avais marre que Misty me prenne la tête.

Brandon en était bouche bée.

— Waouh ! Pas étonnant que ça l'ait foutue en boule. Je comprends mieux maintenant sa crise d'hystérie en plein milieu de la cafétéria. Tout le monde l'entendait. Je crois que ça m'a détourné à vie de… (Il referma brusquement la bouche et secoua la tête.) Tu as été malin, ajouta-t-il.

Jake attendait que Brandon finisse sa phrase, mais il préféra ne pas insister. En repensant à cet épisode, un sourire tendre apparut sur son visage.

— J'ai failli épouser cette fille, avoua-t-il. Mais elle n'a pas réussi à supporter la prétendue brutalité des sports que je pratiquais. Et moi, je n'ai pas réussi à supporter l'idée du mariage.

— Presque marié, hein ? fit Brandon en inclinant la tête pour croiser le regard de Jake. Je ne suis jamais allé jusque-là.

Il haussa les épaules et termina son sandwich.

— Trop occupé par les études ? hasarda Jake.

Brandon tripotait ses lunettes. La discussion prenait un tour qui lui déplaisait. Elle s'aventurait en terrain miné.

— Ouais, ça doit être ça. La fac, le début de ma thèse tout en donnant des cours et puis mon retour ici… Tout ça et le fait que sortir avec les filles, ça ne m'intéressait pas tant que ça. Comme tu le sais, au lycée, j'étais loin d'être un tombeur.

— Je trouve ça plutôt cool. Au moins, Misty ne reste pas obsédée par toi quinze ans après !

Brandon secoua la tête et grimaça.

— Comment une fille aussi jolie peut-elle être aussi atroce ? Je n'arrive pas à comprendre.

— Les apparences sont trompeuses, répondit doucement Jake. En tout cas, en ce moment, je ne sais pas pourquoi, mais je repense pas mal à cette époque. On est vraiment nul à cet âge. Je suis sûr que je suis passé à côté de plein de rencontres, parce qu'on m'avait collé l'étiquette du « mec qui fait du sport ». Et ça n'a pas beaucoup changé.

Les clivages restent les mêmes entre les élèves ou les profs, songea Brandon.

— Tu sais, dit-il, je n'aurais jamais cru me retrouver un jour dans ta cuisine à corriger des copies.

Il pensait à tous ces groupes auxquels il fallait appartenir au lycée. C'était ça ou rien. Et les frontières étaient rarement franchissables. Il ne fallait surtout pas se mélanger.

— Au lycée, on n'est pas encore capable de faire la part des choses, ajouta-t-il tranquillement.

Il en avait conscience, et il sentait que Jake aussi.

— En tout cas, lança-t-il pour détendre l'atmosphère, je suis sûr que j'étais tout aussi nul que toi.

Jake se raidit, avant de soupirer. La bière et les cachets lui faisaient dire des choses qu'il regretterait le lendemain.

— Je n'étais pas si horrible que ça, marmonna-t-il, sur la défensive.

Brandon observait attentivement Jake qui avait baissé les yeux. Non, c'était vrai. Il y avait eu pire que lui. Pris d'une tension soudaine, Brandon eut tout à coup envie de disparaître. Il n'était pas sûr d'apprécier la réaction de son corps face à celui de Jake. *Bon sang!*

— Je ferais mieux de rentrer. J'ai encore pas mal de boulot. Et demain, après les cours, il paraît que j'ai entraînement de baseball. Tu y crois, toi ?

Il se leva et fourra ses papiers dans son sac à dos, dissimulant avec peine le trouble qui l'avait envahi.

Jake posa son regard sombre sur Brandon.

— J'ai dit un truc qu'il ne fallait pas ? demanda-t-il, intrigué.

— Hein… ? Non, répondit Brandon en se laissant retomber sur son siège.

Il se camouflait derrière ses lunettes, comme au boulot.

— Je suis un peu handicapé social, tu sais, avoua-t-il. Cette histoire de baseball, c'est un vrai défi pour moi. Et je ne parle pas de toutes les règles à intégrer.

Il avait vécu replié sur lui-même pendant si longtemps qu'il avait encore du mal à se lâcher complètement. Quand il enseignait, c'était différent.

— Handicapé social ? répéta Jake, de plus en plus perdu. Oh, je vois ! (Il se tut un instant.) Enfin, non, pas du tout, ajouta-t-il en se levant.

La poche de gel autour de sa cheville fit un drôle de bruit, mais il n'y prêta aucune attention.

— Je vais te raccompagner, proposa-t-il.

Brandon prit son sac et se dirigea vers la porte. Son malaise l'avait repris. Voilà pourquoi il avait du mal à fréquenter les autres. Il s'arrêta sur le pas de la porte et se retourna pour regarder le prof de sport, qui avait l'air épuisé.

— Merci pour le sandwich. J'espère que ça ira mieux demain.

— Hey ! lança Jake en s'appuyant contre le chambranle. Une bonne nuit de sommeil et je serai frais comme un gardon, tu peux me croire. Au fait, n'oublie pas de mettre un sac sur ton téléphone, demain.

Il souriait comme un gamin.

Brandon le dévisagea, déconcerté. Un sac ? Son téléphone ? Il cligna des yeux, perplexe. Oh, mais oui ! Il venait de capter. Il se mit à rire, en levant les yeux au ciel.

— Bien sûr. J'espère juste que je réussirai à garder mon sérieux quand Troy passera l'annonce. Ce serait outrecuidant de ma part de ne pas suivre le règlement, n'est-ce pas ?

— Tu sais, moi, les mots de plus de deux syllabes…, railla Jake avec un sourire. À demain, mec. N'oublie pas ta tenue.

Déjà dans l'allée, Brandon le salua de la main et hocha la tête. Il monta dans sa voiture et démarra, un peu gêné par le fait que Jake le suive des yeux.

Jake attendit que les feux arrière disparaissent dans la nuit pour retourner à l'intérieur et refermer lentement la porte derrière lui. C'était une habitude qu'il tenait de son père : regarder partir ses invités jusqu'à ce qu'il ne les voie plus. Il en prenait conscience pour la première fois. Il soupira et se traîna jusqu'à la douche au premier étage. Quelque chose chez Brandon le dérangeait. Un détail qui le perturbait et le rendait un peu nerveux. Et Jake ne supportait pas cette sensation.

Jamais le trajet retour n'avait semblé aussi court à Brandon. Son esprit était occupé par un flot d'images et de sensations tellement nouvelles. Le baseball, le pantalon blanc moulant, le cours d'éducation à la santé, Jake Campbell… Perdu dans ses pensées, il sortit de la voiture en regardant la petite maison blanche un peu rustique, entourée de fleurs sauvages.

Elle était si différente de celle de Jake. Ce soir, pourtant, il avait découvert qu'ils avaient certains points communs. Il se dirigea vers la porte d'entrée en se disant qu'après avoir corrigé ses copies et préparé ses cours il irait courir autour du lac. La nuit allait être longue. Et ce ne serait pas la première.

Chapitre 3

Le prof de sciences était appuyé sur la barrière de la ligne de troisième base à côté de Jonathan, qui s'interrogeait sur certains des exercices choisis par Jake pour sélectionner ses joueurs. Quatre élèves avaient déjà abandonné depuis la veille, ce qui, selon l'entraîneur des troisième, était moins que prévu.

Sur le terrain, Jake en imposait. Même Troy, le beau gosse, était éclipsé par cette autorité naturelle. Brandon voyait de nouveau le roi du bal, admiré de tous. Avec le temps, cependant, Jake avait gagné en assurance et l'assumait totalement. Encore une fois, Brandon s'efforça de réprimer un intérêt qui dépassait le cadre professionnel, et qu'il était bien déterminé à étouffer avant même qu'il puisse voir le jour.

Il avait accepté de faire les courses suicides, bien que Jonathan ait proposé de le remplacer. Il se souvenait de la souffrance de Jake la veille au soir et voulait éviter que celui-ci ne s'impose de courir. Cette fois, trois élèves au lieu de deux avaient battu Brandon, mais seulement d'un cheveu, ce qui lui avait donné envie de travailler sa vitesse dans le parc près de chez lui.

Jonathan soulignait la motivation des adolescents, occupés à se déplacer latéralement en pas chassés. Si Brandon reconnaissait leurs efforts, il voyait bien que, côté équilibre, la plupart n'étaient pas du tout au point. Et le fait que Jake se mette soudain à les fustiger n'arrangeait pas les choses.

— Et vous n'avez même pas encore de gant à la main ! lança l'entraîneur. Comment comptez-vous attraper une balle sans tenir sur vos jambes, nom de Dieu ?!

Il circulait entre les lignes de joueurs appliqués à l'effort, cherchant à leur inculquer la mémoire musculaire nécessaire pour avoir le réflexe de se retourner rapidement pour se mettre à courir. En même temps, cet entraînement de base à la course permettait d'éliminer tous ceux qui, encore indécis, s'accrochaient depuis la veille.

— On lève les pieds, mieux que ça ! cria Troy de l'autre côté du quadrillage que formaient les élèves.

Tels deux rapaces, le duo implacable les assiégeait. Jetant un coup d'œil aux autres entraîneurs qui encourageaient les garçons, Jake songea qu'ils ne s'en sortaient pas trop mal dans la répartition des rôles : les gentils flics d'un côté et les méchants de l'autre. Il observa un instant Brandon qui discutait avec Jonathan, avant de détourner le regard pour ne pas se laisser distraire. Il se souvenait de certaines des confidences de la veille, et cela le troublait : il regrettait de s'être livré ainsi. Sa vie privée ne regardait personne. Et puis cet intérêt soudain envers cet homme, ce n'était pas une bonne idée.

— Pour une première fois, je pense que je ne ferais pas mieux qu'eux, fit remarquer Brandon. Côté équilibre en revanche, je m'en sors plutôt pas mal.

Il regarda Jake un bref instant avant de se concentrer sur les élèves.

— On n'est pas censés intervenir ?

— Non, mieux vaut attendre la fin des exercices, répondit Jonathan. Ils n'ont pas besoin de nous. Notre rôle, c'est de repérer les brebis galeuses.

Brandon hocha lentement la tête, ajoutant ces nouvelles informations à celles qu'il avait déjà glanées la veille et notées dans le petit carnet qu'il avait glissé dans la poche arrière de son pantalon.

— Tu jouais au baseball au lycée ?

— Ici même à Parkview, confirma Jonathan. J'étais en troisième quand Jake était en terminale. (Le soleil le faisait cligner des yeux.) Il arrivait qu'on passe nos entraînements à observer l'équipe première, histoire d'en prendre de la graine. (Ce souvenir le fit rire.) Bon sang, ils étaient vraiment doués ! Certains auraient pu faire de sacrées étincelles.

Perdu dans ses pensées, Brandon observait Jake, impitoyable, qui relevait énergiquement par la ceinture un élève écroulé sur le terrain.

Réprimant un rire à la vue du visage terrifié du gamin, Brandon se retourna pour faire face à son interlocuteur.

— Je ne savais pas que tu avais étudié ici. Je me demande combien d'anciens finissent par revenir !

Il essaya de faire le calcul. S'il en avait vu certains, surtout quand il avait commencé à enseigner à Parkview, beaucoup de ceux qui étaient devenus profs avaient postulé dans des établissements plus prestigieux d'Atlanta, voire dans d'autres États.

— À mon avis, quand on revient ici, c'est qu'on a foiré ses études, glissa Jonathan en indiquant Jake d'un signe de tête.

— Le prochain qui s'effondre aura droit à un tour supplémentaire ! hurla l'entraîneur.

Il remit le gamin en piste et reprit ses allées et venues, à l'affût de la moindre faiblesse. Au bout de quelques minutes, il cessa la torture, juste avant que les élèves commencent à s'effondrer pour de bon.

— Allez vous rafraîchir ! ordonna-t-il en retournant vers la barrière.

Derrière lui, certains rampaient littéralement jusqu'au banc.

Brandon, un instant déstabilisé par la remarque de Jonathan, venait de comprendre qu'il parlait en fait des sportifs. Jake était devenu prof parce qu'il n'avait pu mener à bien une carrière sportive. Son genou blessé expliquait beaucoup de choses, et notamment le fait qu'il soit revenu à Parkview sans avoir brillé au niveau professionnel. Brandon se rappelait que ça avait fait pas mal de bruit à l'époque. En voyant Jake s'approcher, il se redressa un peu et sortit son carnet pour prendre quelques notes, et vérifier les numéros de certains joueurs.

Jake vint s'appuyer contre la barrière et jeta un regard étonné au bloc-notes.

— Ce petit gars te fera un excellent premier frappeur, lança-t-il à Jonathan. Tu peux me faire confiance. (Il indiqua un jeune troisième qui faisait moins d'un mètre soixante.) Au poste d'arrêt court.

Jonathan hocha la tête. Il ne connaissait pas cet adolescent, qui venait d'un autre collège, mais il voyait tout à fait ce que Jake voulait dire.

— Des remarques ? demanda Jake à Brandon, tandis que Troy arrivait à longues foulées.

Brandon baissa les yeux sur ses notes.

— Jack sera un bon coureur, tout comme Evan, commença-t-il en parlant de deux première. Jimmy n'est pas très rapide ni très doué pour la course, mais il est solide. Première base, peut-être. Quant à Junior : joueur de champ extérieur. Il a l'endurance nécessaire pour tenir la distance. Même si je ne suis pas sûr qu'il ait l'œil.

Quand il leva les yeux, il s'aperçut que les trois hommes le dévisageaient, ce qui était très perturbant.

— Quoi ? demanda-t-il, agacé.

Jake retint un rire et secoua la tête.

— OK, très bien, dit-il sans répondre à la question. On fait les équipes.

Il s'éloigna de la barrière et lança ses ordres à la cantonade.

— Je dois m'inquiéter ? marmonna le prof de sciences à Jonathan alors qu'ils emboîtaient le pas à l'entraîneur.

— Dieu seul le sait ! répondit son collègue en riant.

Les élèves revinrent docilement sur le terrain et attaquèrent la même série d'exercices que la veille. Jake les épuisa jusqu'au coucher du soleil avant de les libérer, non sans leur rappeler qu'ils devaient ranger le matériel.

— Le jour où vous pourrez vous payer quelqu'un pour faire ça à votre place, assena-t-il en les regardant tour à tour droit dans les yeux, vous pourrez peut-être passer outre. Si j'en prends un qui essaie de s'esquiver, je vous garantis qu'il va en baver !

Près de la troisième base, Brandon regardait les adolescents épuisés s'agiter dans tous les sens, et cela suffisait à le fatiguer. Très vite, le terrain se vida, et il rejoignit les autres.

— Demain, on commence à établir des listes, dit Jake à ses entraîneurs regroupés autour de lui.

On n'y voyait plus grand-chose, mais le terrain semblait correctement rangé.

— D'ici à vendredi, on aura formé les équipes. Ça vous va ?

Tous acquiescèrent docilement, et Jake se retint de lever les yeux au ciel.

— Vous pouvez rentrer chez vous, les gars, conclut-il.

Il donna une claque vigoureuse dans le dos d'un jeune étudiant assistant avant de tourner les talons et de se diriger vers la sortie.

Jonathan adressa à Brandon un signe de la main, et ce dernier hocha la tête en se dirigeant à son tour vers le gymnase. Troy fila dans sa voiturette de golf – où diable avait-il dégotté ce truc et pourquoi Jake acceptait-il une telle excentricité ? –, et Brandon se retrouva seul dans l'obscurité au milieu du parking. La nuit était calme et fraîche, et un frisson le parcourut.

Jake s'affala sur une marche près de l'entrée, enleva ses chaussures, enfila ses baskets et se releva lentement, avant de hisser son volumineux sac de sport sur son épaule tout en regardant partir les autres. Il observa Brandon un instant, complètement indécis. Pourquoi cet homme le perturbait-il ainsi ? Jake étira son long corps, puis il se retourna et décida de rentrer chez lui à pied.

Sans réfléchir, Brandon le héla.

— Prêt à rentrer, coach ? demanda-t-il d'une voix neutre.

— Oui, lança Jake en se retournant. J'ai prévu de m'attaquer à Troy et de lui piquer sa voiturette. Même s'il essaie de me renverser, je ne risque pas grand-chose, ajouta-t-il avec un petit rire.

— Pourquoi tu l'autorises à conduire cet engin ? demanda Brandon avec un sourire amusé.

Jake coupa par la pelouse et le rejoignit sur le parking.

— Il vient avec au boulot. Il habite à moins de deux kilomètres d'ici. Il est un peu radin, et surtout c'est une feignasse. Si tu ajoutes à ça son côté sans-gêne et débrouillard, tu obtiens un cocktail assez détonant.

Brandon se contenta de secouer la tête.

— J'hallucine, lâcha-t-il, les yeux pétillants.

Jake répondit par un petit sourire et hocha la tête, le regard fixé sur la route qu'il devait prendre, plongée dans l'obscurité. Les sentiments contradictoires qui l'assaillaient l'intriguaient au plus haut point. Tout en souhaitant rentrer chez lui, il aurait bien aimé poursuivre la conversation avec un type dont il n'avait pourtant jamais rien eu à faire jusqu'ici. Il n'y avait qu'une solution pour résoudre son problème.

— Tu sais, dit-il en se tournant vers Brandon, je ne dirais pas non si tu proposais de me raccompagner. La nuit tombe tôt en ce moment.

— Pas de problème, répondit aussitôt Brandon en s'arrêtant devant la porte. Le temps de prendre mon sac et de changer de chaussures. J'en ai pour une minute !

Il disparut dans le bâtiment, laissant derrière lui l'écho de ses crampons sur le plancher.

Jake poussa un petit grognement de satisfaction et se laissa tomber sur une marche. Il faudrait bien qu'il se décide un jour à venir au lycée en voiture. Le matin, cela ne lui faisait rien de marcher mais, après douze heures de boulot, c'était une autre paire de manches.

Quelques minutes plus tard, Brandon réapparaissait.

— Je me suis garé à côté, ce matin, dit-il en montrant sa voiture non loin sur le parking. Je me suis dit que ça serait plus facile pour partir.

Il tendit la main à Jake, qui l'accepta spontanément et se releva avec un petit gémissement.

— C'est plus de mon âge ! maugréa-t-il pour la forme tandis qu'ils rejoignaient la voiture.

— Tu disais hier que tu n'étais pas vieux ! s'amusa Brandon.

— Ça dépend de quelles parties de mon corps on parle, rétorqua Jake en remontant son sac sur son épaule avec un grand sourire.

— Ce qui compte, répondit Brandon en prenant ses clés dans son sac, c'est de garder l'esprit jeune. Je sais que c'est un cliché, mais je le trouve assez juste. En ce qui te concerne, en tout cas.

— Ah oui ? s'exclama Jake, amusé. Explique-moi ça.

— Quoi donc ? Que ce cliché te corresponde ? (Brandon déverrouilla les portières de la Jetta et jeta son sac à l'arrière.) Ce que je veux dire, c'est que le jeu te passionne toujours autant. Et c'est ce qui compte avant tout, même si, parfois, tu te demandes ce que tu fous là et que le soir tu as mal partout. Au fond, tu adores ça.

Jake se sentit rougir dans la pénombre. Il s'éclaircit la voix en ouvrant la portière arrière.

— Eh bien... oui, marmonna-t-il en déposant son sac sur le siège arrière avant de refermer la portière.

Brandon esquissa un sourire en voyant la gêne de Jake. Il n'insista pas et s'installa derrière le volant, puis démarra la voiture. Ils rejoignirent la route conduisant à la maison de Jake, la radio réglée sur la station de rock classique qu'il écoutait en venant.

Jake ne savait pas trop quoi dire. Il sentait qu'il fallait qu'il parle, tout en se disant qu'il ne connaissait pas assez bien Brandon pour être complètement à l'aise. Il aurait bien discuté du boulot, mais ils avaient beau être tous les deux profs, ils n'avaient pas grand-chose en commun.

— Donc... euh... est-ce que tu avais déjà rencontré Jonathan avant l'entraînement d'hier ? demanda-t-il, se souvenant de leur complicité sur le terrain.

— Non, pas du tout. Je crois qu'il ne sait même pas que j'ai fréquenté ce lycée, moi aussi. En tout cas, ajouta-t-il pour taquiner Jake, il se souvient bien de toi. C'était un de tes plus grands fans, à l'époque.

Jake rougit de plus belle et se mordit la lèvre.

— Ouais, lâcha-t-il en regardant par la fenêtre.

Beaucoup de gens l'avaient admiré. Ils étaient tous persuadés que si une personne devait réussir à percer et à atteindre le sommet ce serait lui. Il avait reçu des bourses pour jouer au football et au baseball à l'université, et il avait été remarqué par les clubs professionnels.

Pourtant, il était toujours là.

Brandon n'insista pas. Il ne voulait pas que sa tentative d'humour tourne au vinaigre. Il traversa rapidement le carrefour, s'engagea dans l'allée de la maison de Jake et se gara.

— Au fait, comment tu te sens aujourd'hui ? Je n'ai pas eu le temps de te le demander avant l'entraînement.

— Bien, répondit Jake de façon automatique. Pour la cheville, il m'a suffi de mettre une semelle, et ça a été. Merci de demander.

— Bien, dit Brandon en hochant la tête.

Il n'avait plus rien à ajouter. Il avait beau chercher un truc, n'importe quoi, il était à court d'idées. Il n'y comprenait rien. Ou plutôt il comprenait trop bien la raison de son trouble. Il refusait simplement de l'admettre.

— Je t'offrirais bien une bière ou un truc à manger, mais… je ne suis pas très sociable après 15 heures, dit Jake avec un petit sourire.

Brandon se mordit la lèvre pour retenir un éclat de rire.

— Hier soir, tu étais tout à fait aimable, répliqua-t-il.

Cela dit, il comprenait. Cette soirée avait été une erreur. Il valait mieux qu'il parte. Ce n'était pas comme s'il n'avait rien d'autre à faire.

— Bonne soirée, murmura-t-il en observant dans la pénombre le visage de Jake, qui sourit.

— On me trouve toujours très aimable « hier soir », plaisanta-t-il en donnant un coup de coude à Brandon. À demain. Merci pour la balade.

Brandon secoua la tête et le salua d'un geste.

— Salut, lança-t-il tranquillement.

Il devait absolument qu'il calme cette agitation qui l'habitait et qu'il redescende sur terre. Il détourna la tête pour repartir en marche arrière.

Jake recula avant de revenir d'un bond et de tapoter le toit de la voiture, faisant sursauter Brandon Il se pencha pour ouvrir la portière et passa la tête à l'intérieur.

— Demain soir, c'est soirée entraîneurs, lança-t-il. On se retrouve tous ici après l'entraînement. Au programme, pizza, bière et… bière.

— J'imagine que je suis invité puisque je suis entraîneur, maintenant, dit Brandon en souriant. J'apporte quelque chose ?

— Seulement si tu veux une bière ou des chips particulières, dit Jake. Sérieusement, c'est juste une excuse pour picoler. Mais, si tu débarques avec de la bière sans alcool, attends-toi à te faire casser la gueule, ajouta-t-il avec un clin d'œil.

— Ne me dis pas que Jonathan t'a déjà fait le coup ?

— Non, mais Troy ne s'est pas gêné, dit Jake en riant.

— Bon sang, mais où est-ce qu'il a été éduqué ? Si quelqu'un s'était amusé à faire ça à la fac de sciences, il se serait fait balancer d'un pont !

— Il a juré que c'était une blague, se moqua Jake. Mais, à mon avis, c'est juste un homo refoulé. (Il ricana et secoua la tête, avant de se redresser et de frapper la voiture du plat de la main.) À demain ! lança-t-il avant de se diriger vers la porte de sa maison.

Immobile, Brandon le regardait partir, soulagé que l'entraîneur ne puisse pas le voir. Son visage aurait dévoilé des sentiments qu'il préférait ne pas montrer. Un « homo refoulé ». *Bordel !* Brandon se passa la main dans les cheveux puis sortit de l'allée. Il espérait que la plaisanterie de Jake n'était qu'une petite pique affectueuse et non une insulte aussi ignorante que violente.

Il avait eu sa dose de ce genre de commentaires.

— Bonjour, monsieur Bartlett, lança une pom-pom girl pleine d'entrain, le lendemain matin.

— Bonjour, coach, dit le garçon qui l'accompagnait.

Il gratifia Brandon d'un signe de tête respectueux et d'un sourire, et tous deux allèrent rejoindre leur place.

— Katie, répondit distraitement Brandon, en cochant son nom sur la liste.

En revanche, le salut de Jimmy l'avait déstabilisé, et il leva la tête en rajustant ses lunettes, désireux de se reprendre.

— Ah, bonjour, Jimmy !

Un autre « Bonjour, coach » résonna, suivi d'une poignée d'autres au fur et à mesure qu'entraient les élèves. D'habitude, lors de la première heure de cours, ils s'affalaient sur leur chaise, à peine réveillés et ronchons. Aujourd'hui, tous les élèves qu'il avait vus sur le terrain pendant ces deux jours d'entraînement l'avaient salué d'une manière presque enjouée.

Brandon se rappela ce que lui avait dit Jake sur l'assiduité des joueurs. En jetant un œil sur la liste d'appel, il se rendit compte que l'entraîneur avait raison. Les membres des équipes étaient tous présents et ne manquaient jamais un cours. Agréablement surpris, Brandon rejoignit son bureau dans un coin de la salle pour récupérer les papiers qu'il avait préparés pour le cours de la matinée.

— Très bien. Vous allez vous répartir en groupes de quatre, s'il vous plaît. Vous pouvez déplacer les tables. Aujourd'hui, on fait des exercices interactifs.

En général, ce genre d'activité était toujours bien accueilli. Le travail en groupes changeait de la routine habituelle. Brandon était persuadé qu'on apprenait mieux en faisant qu'en regardant ou en écoutant. Perdu dans ses pensées, il donna le départ de l'activité, un genre de Pictionary adapté à la biologie. Les élèves travaillaient en autonomie tandis que lui circulait de groupe en groupe.

Au bout de quelques instants, le haut-parleur près de la porte se mit à grésiller. C'était l'heure des annonces. La voix bourdonna sans grand intérêt, comme à son habitude. Apparemment, l'élève chargé de lire savait très bien que tout le monde se fichait de ce qu'il pouvait raconter. À la fin pourtant, le ton changea :

— Coach Campbell souhaite rappeler à l'ensemble des élèves que la prochaine fois qu'il en surprend un en train de balancer du papier-toilette humide sur le plafond des vestiaires, il… Une minute, vous êtes sûr que je peux dire ça au micro ? Je ne sais pas si je pourrai.

Un toussotement se fit entendre, suivi d'un marmonnement indéchiffrable, puis l'élève reprit :

— Enfin bref… vous pouvez me croire, vous feriez mieux d'arrêter.

Dans la classe, quelques garçons riaient sous cape, en essayant de rester discrets. Visiblement, ils voyaient très bien ce que signifiait la menace de leur entraîneur. Brandon haussa un sourcil. Il imaginait tout à fait ce dont Jake était capable. Il laissa échapper un petit rire, avant de donner une petite tape sur la tête de Cynthia et de lui indiquer sans un mot la poubelle pour son chewing-gum. Dommage que Troy ne trouve pas plus d'élèves de première ou de terminale pour lire les annonces dans le même esprit. Au moins, ça mettait de bonne humeur pour toute la journée.

En passant d'un groupe à l'autre, Brandon s'aperçut qu'un des élèves de l'équipe de baseball avait du mal à dessiner. Il utilisait sa main gauche au lieu de la droite. En voyant que ses doigts étaient entourés d'un strapping, Brandon s'abstint de tout commentaire et se contenta de l'observer. Malgré ses difficultés, l'élève s'accrocha, et les autres finirent par trouver la réponse attendue. Brandon lui sourit et lui tapota l'épaule.

— Bon travail, dit-il avant de passer au groupe suivant.

— Merci, coach, souffla l'élève.

Le reste de la journée se déroula plus ou moins de la même façon. Pendant la troisième heure de cours, une pom-pom girl arriva avec une genouillère et dut étendre sa jambe pour s'asseoir. Le cours d'après, c'était un joueur de softball qui avait le poignet immobilisé. Ensuite, Brandon eut droit à un joueur de lacrosse avec un cocard. Comment avait-il fait jusqu'ici pour ne pas remarquer ce genre de choses, pourtant évident ? Il était attentif et attentionné, mais jamais il ne s'était rendu compte de ces blessures ou de la manière dont les élèves les géraient. Cela le faisait culpabiliser.

Un peu avant sa dernière heure, il fourra ses papiers et ses classeurs dans son sac, attrapa son sac de sport sous le bureau et se dirigea vers le gymnase pour le cours d'éducation à la santé tant redouté. Il avait prévu un cours d'anatomie un peu spécial, qui devrait amuser les élèves. Rien de tel pour briser la glace avec une classe qu'on ne connaissait pas. Il arriva dans la salle située dans le complexe sportif juste avant la sonnerie.

Quelque part dans le labyrinthe qui reliait le gymnase aux vestiaires, aux bureaux et aux salles de classe, un hurlement de colère résonna sur le carrelage et à travers les portes ouvertes. Il reprit plus distinctement, accompagné par des bruits de pas de course.

— Plus perfides que des serpents, ces gosses, lança une voix amusée alors que Brandon s'immobilisait dans le couloir.

Le prof de sciences se retourna et se retrouva face à l'agent de police affecté à la surveillance de l'école. Il était appuyé contre le mur, au bout du couloir, dans la pénombre. Avec ses menottes et son arme, il ne semblait pas du tout à sa place dans un lycée. Un autre cri retentit, suivi d'un claquement de porte.

— Ça fait des semaines qu'il essaie de coincer ces petits cons, ajouta le flic en riant.

— Qu'est-ce qui se passe ? demanda Brandon.

— Des gosses qui traînent dans les vestiaires, répondit l'agent. Ils ont plus peur de Campbell que de moi !

Avec un petit rire, il cracha discrètement un peu de tabac dans la canette de Pepsi qu'il venait de porter à ses lèvres.

Brandon ne put s'empêcher de sourire.

— Tu m'étonnes ! s'exclama-t-il. Même à moi il me fait peur.

Son sourire s'élargit lorsque deux gamins surgirent brusquement par les portes battantes, avant de filer en direction de la passerelle qui conduisait au bâtiment principal.

L'agent éclata de rire lorsque les adolescents passèrent devant lui. Une seconde plus tard, les portes s'ouvraient de nouveau, cette fois-ci sur Jake.

— Bande d'enfoirés ! gronda-t-il. La prochaine fois, mon gars, lança-t-il au flic, n'hésite surtout pas à les flinguer. Je ne dirai rien à personne.

Brandon et l'agent échangèrent un regard avant d'éclater de rire.

— Oh, la ferme ! grommela Jake avant de pousser les deux portes qui s'ouvraient sur le grand gymnase. Nom de Dieu ! hurla-t-il. Vous allez me lâcher ce panier !

Les portes se refermèrent en grinçant derrière lui.

— Bienvenue à l'asile, lança l'agent avant de s'éloigner d'un pas nonchalant.

Lorsque la sonnerie retentit, Brandon entra dans la classe et attrapa son carnet de notes. Assis sur le bord de son bureau, il commença à faire l'appel, essayant de mettre un nom sur chaque visage.

— Mesdemoiselles, messieurs..., commença-t-il. Et Rodney, ajouta-t-il pour attirer l'attention d'un élève au regard perdu par la fenêtre.

L'adolescent tourna brusquement la tête, déclenchant quelques rires.

— Au programme aujourd'hui : petite leçon d'anatomie.

Des rires moqueurs et des sifflets fusèrent. Seules les quatre filles qui regardaient Brandon en battant des cils et deux élèves qui le connaissaient en tant qu'entraîneur restèrent calmes et silencieux.

— OK. Est-ce que quelqu'un a pris le temps de lire les passages demandés ? Il n'y en avait que cinq, je vous le rappelle. Levez la main.

Quelques mains se levèrent, et quelques élèves toussotèrent.

— J'ai regardé les images, lança un insolent.

Brandon lui fit signe de s'approcher.

— Comment t'appelles-tu ? Larry Wallace ? Très bien.

Regardant les mains levées, Brandon choisit finalement d'interroger l'une des filles les plus calmes.

— Lève-toi, Melissa, et viens me rejoindre. Le but de cet exercice est d'identifier différentes parties du corps et de les nommer correctement.

Melissa rougit jusqu'aux oreilles en entendant son nom, mais elle s'avança docilement pendant que Larry souriait à ses camarades, visiblement aux anges d'être ainsi au centre de l'attention. Brandon observait les réactions de ses deux « volontaires ».

— La règle de l'exercice est de toucher du bout du doigt la partie de l'anatomie en question.

Une vague de gloussements déferla, et Melissa vira au cramoisi.

— Vous êtes sûr, monsieur Bartlett ? couina-t-elle.

Brandon lui serra l'épaule en guise d'encouragement.

— Si tu ne respectes pas la règle, Larry, précisa-t-il, c'est-à-dire si tu tentes de peloter Mélissa, tu risques deux choses.

— Recevoir une claque ou pouvoir continuer, rétorqua Larry en ricanant. C'est toujours comme ça avec elles.

— Tu devras t'expliquer avec le père de Melissa... ou avec l'entraîneur Campbell,

Le sourire de Larry s'évanouit, et ses épaules se voûtèrent tandis que la classe riait de plus belle. Brandon poursuivit ses explications.

— Cette règle est aussi valable pour Melissa, bien sûr. Je l'imagine tout à fait en train d'expliquer à Mme Wallace pourquoi elle pelotait le derrière de son petit chéri, pas vrai ? OK. Donc, est-ce que vous vous sentez tous les deux assez à l'aise pour faire une démonstration ou dois-je trouver deux autres volontaires ?

Les deux élèves acquiescèrent, l'air dubitatif, et échangèrent un regard noir en guise d'avertissement silencieux. Brandon avait du mal à garder son sérieux.

— Ah, j'allais oublier ! ajouta-t-il, faussement naïf. Est-ce que je vous ai dit qu'on comptait les points ?

Les deux élèves frémirent de nouveau.

Une heure plus tard et alors même que la porte était fermée, de grands cris d'encouragement résonnaient dans le couloir. Ils s'arrêtaient et reprenaient. Puis s'arrêtaient et reprenaient encore, suivis de huées et de nouvelles acclamations. Certains élèves entonnaient même des chants : « Ry-an, Ry-an, Ry-an, Ry-an » ou « Allez, Nelly ! Allez, Nelly ! Allez, Nelly ! »

La porte s'ouvrit brusquement, et Jake passa la tête par l'embrasure, les yeux plissés. Il resta bouche bée devant le spectacle qu'offraient Brandon et ses élèves. Les tables avaient été poussées le long des murs pour laisser place à l'arène où s'affrontaient une fille et un garçon. Les autres élèves, divisés en fonction de leur sexe, se tenaient de chaque côté et encourageaient leur « champion » pendant que Rodney inscrivait les scores au tableau. Brandon était assis sur le bord de son bureau, un pied au sol, l'autre se balançant. Il prononçait des mots, livre d'anatomie entre les mains, lunettes sur le bout du nez.

— OK. Quatre points pour les filles. Deux pour les garçons. Et maintenant Ryan : le deltoïde !

Personne n'avait entendu la porte s'ouvrir. Ryan se concentra et observa le corps de sa camarade, avant de poser son doigt à l'avant de son épaule. Les filles râlèrent, et les garçons acclamèrent Ryan lorsque Brandon valida sa réponse. Rodney s'empressa d'ajouter un trait à côté du nom de Ryan.

— C'est la fête ici ! lança Jake en haussant un sourcil.

Brandon leva la tête et sourit pendant que certains élèves saluaient l'entraîneur.

— Quatre pour les filles. Trois pour les garçons, annonça le prof de sciences. À toi, Nelly : l'humérus ?

La jeune fille se renfrogna, toujours encouragée par ses supportrices. Après quelques minutes, elle haussa les épaules et posa son doigt sur le bout du nez de Ryan.

Jake croisa brièvement le regard de Brandon. Visiblement, son collègue contrôlait la situation. Il s'excuserait plus tard d'être intervenu.

— Bon, eh bien, faites-vous plaisir ! lança-t-il avec un petit rire avant de sortir de la salle.

Juste avant les annonces, les cris des filles redoublaient en même temps que les grognements des garçons. Lorsque la sonnerie retentit, les élèves sortirent, la plupart enthousiastes et saluant Brandon d'un « Au revoir, monsieur Bartlett » tout en discutant de cet exercice « instructif ». Une fois seul, le professeur sourit et commença à remettre les tables en place.

Il entendait résonner d'autres cris et d'autres rires dans le couloir.

— Si Dieu avait voulu que vous vous suspendiez aux poutres, hurla Jake, il vous aurait dotés de queue, bande de primates !

Le ton de sa voix montrait qu'il plaisantait, et d'autres rires accueillirent ses mots. Les profs de sport étaient les seuls à pouvoir insulter les élèves sans qu'ils le prennent mal. Quelques minutes plus tard, Jake était appuyé contre le chambranle de la porte de la salle de Brandon, qui leva les yeux de son rangement.

— Salut, lança-t-il.

— Salut, répondit Jake, toujours souriant. Désolé pour mon interruption. D'habitude, quand ça crie comme ça, c'est qu'un collègue est en train de se faire pendre par les pieds.

— Ou par la queue, non ? plaisanta Brandon. C'est un groupe sympa. Je suis content qu'ils aient apprécié le jeu. Ça devrait les décoincer un peu avec moi. (Il se redressa et s'étira, avant de remettre ses lunettes en place.) Tu as passé une bonne journée ? demanda-t-il poliment.

— On devrait avoir le droit de torturer les élèves, maugréa Jake le plus sérieusement du monde. Faut que je file, je dois surveiller les élèves qui prennent le bus. On se voit après.

Resté seul dans la salle, Brandon songea combien ces trois derniers jours avaient été amusants. En même temps, vu le sens de l'humour un peu déjanté de Jake, ce n'était pas étonnant. Il soupira en s'asseyant à son bureau et sortit ses classeurs, résigné à corriger ses copies. Il lui restait une heure avant de rejoindre le terrain de baseball. Avec un peu de chance, il aurait le temps de finir.

Cinquante minutes plus tard, il était dans le vestiaire des visiteurs, uniquement vêtu de son pantalon de baseball, et il s'étirait. Il voulait s'échauffer pour les courses suicides et il était plus à l'aise ici que sur le terrain. Jake avait précisé que cet entraînement serait consacré à la constitution des équipes. Pour occuper son esprit pendant qu'il s'étirait lentement, il passa en revue les notes qu'il avait prises sur les différents joueurs.

Jake vérifiait une dernière fois les vestiaires pour s'assurer qu'aucun élève ne traînait après les cours. Après avoir inspecté les premières rangées d'armoires, il se rendit dans les douches. Alors qu'il jetait un œil dans la rangée suivante, il tomba sur Brandon, à moitié nu, en train d'étirer lentement ses longues jambes. *Nom de Dieu* !

L'entraîneur s'arrêta net, incrédule, assailli par une vague de désir irrépressible. Il déglutit avec peine et profita du spectacle quelques instants supplémentaires avant de battre discrètement en retraite. Il s'appuya lourdement contre le mur en parpaing près des lavabos. Waouh ! Il savait qu'il ferait mieux de quitter les lieux avant que Brandon sente une présence, mais il était incapable de bouger. C'était la première fois qu'il ressentait un tel désir, cette envie de sauter sur quelqu'un sans prévenir, surgie de nulle part. Voilà qui expliquait sans doute l'agacement qu'il avait ressenti ces derniers jours. Un désir inconscient ? *Bon Dieu* !

Le souffle lent, Brandon se pencha vers l'avant, les mains sur l'arrière des cuisses et les yeux fermés. Après avoir tenu cette position quelques instants, il se redressa et étira les bras au-dessus de la tête en poussant un petit gémissement lorsque les os de sa nuque craquèrent. Ne pouvant réprimer un bâillement et un léger grognement, il secoua la tête pour lutter contre l'état de somnolence que les étirements provoquaient en lui.

Jake s'ordonna de partir. Surprendre Brandon par hasard était une chose, mais s'attarder pour l'observer en imaginant les contours de ses fesses, c'était dépasser les bornes. Il s'avança discrètement vers l'autre bout de la pièce, rougissant violemment bien que personne ne puisse surprendre les pensées qui l'agitaient.

— Inspection des lits ! cria-t-il en poussant la porte du vestiaire.

Sa célèbre puissance vocale avait laissé place à une voix un peu rauque.

Brandon ouvrit brusquement les yeux et passa la tête de l'autre côté d'une rangée de casiers.

— Inspection des lits ? répéta-t-il. C'est l'armée, maintenant, sergent ?

Il inclina la tête, non sans remarquer le trouble de Jake qui ignora sa petite pique.

— Il reste des élèves par ici ? demanda l'entraîneur, bien qu'il connaisse déjà la réponse.

Sa voix était tendue et son débit saccadé. Être attiré par un collègue était la dernière chose qu'il souhaitait. Qui plus est, par un prof qui l'avait connu à l'adolescence. Sans parler d'être surpris en train de reluquer ce mec et d'être obligé de faire son coming out. *Non merci !* Du coup, il surcompensait, regard noir et dur, corps tendu comme un arc.

Percevant l'humeur glaciale de Jake, Brandon reprit son sérieux.

— Non, répondit-il avant de disparaître pour finir de s'habiller.

Il ne savait jamais sur quel pied danser avec son collègue. Il hurlait sur les élèves mais s'occupait très bien d'eux. Il pouvait se montrer chaleureux un instant, et distant à un autre. Patient et brusque tour à tour. Cet homme était capable de tout.

— Complètement imprévisible, marmonna-t-il en enfilant son tee-shirt de compression.

— Comment ? répondit Jake, qui approchait de la porte.

Il se retourna. Luttant contre le malaise qui l'avait saisi, il cherchait à tout prix un truc drôle à dire, histoire d'apaiser la tension. Mais, apparemment, son cerveau était aux abonnés absents. *Nom de Dieu de merde !*

— On se retrouve sur le terrain, lança Brandon, déstabilisé.

Il fallait qu'il trouve un moyen de comprendre Jake ou il allait devenir fou. Ou pire. Il se prit la tête entre les mains pour tenter de faire disparaître la vague de chaleur qui l'envahissait chaque fois qu'il était en présence de l'entraîneur. Il ne pouvait pas se permettre ce genre de réaction. Ce n'était absolument pas le moment.

— Ouais, acquiesça Jake avec raideur.

Il n'avait qu'une hâte : sortir de cette pièce. Prendre une douche froide, peut-être. En tout cas, gérer d'urgence la situation.

Chapitre 4

— Y en a d'autres qui ont envie de se plaindre parce qu'ils sont crevés ? hurlait presque Jake.

Sa foudre s'abattait sur un gamin qui commençait sa série de cinq tours de stade. Il y avait quelque chose de différent dans le ton de sa voix. Il criait tout le temps, tout le monde le savait. Mais crier et être en colère, ce n'était pas la même chose. De plus, Jake était rarement en colère. Aujourd'hui, en revanche, il l'était. Et les élèves le sentaient. La nuit approchait, mais personne n'osait croire que la fin de la séance s'annonçait. Troy lui-même semblait en vouloir à Jake et observait attentivement les adolescents. Il semblait sur le point d'intervenir, mais, apparemment, il connaissait suffisamment Jake pour savoir que ce n'était absolument pas le bon moment. Il savait aussi que, malgré sa mauvaise humeur, l'entraîneur ne laisserait jamais les joueurs se blesser.

Brandon se tenait en retrait. Les mots de l'entraîneur plus que le ton de sa voix le faisaient grimacer, même si sa colère l'inquiétait un peu. Brandon connaissait l'excellente réputation de Jake et savait qu'il ne maltraitait pas ses joueurs. Cela dit, de son point de vue calme et distancié, il pensait que les adolescents avaient besoin de courir davantage et de travailler leur endurance. Certains n'étaient mêmes pas capables de tenir plus de deux kilomètres.

Finalement, Jake libéra les élèves, désabusé, leur faisant signe sans un mot et sans un regard tandis qu'ils sortaient du terrain. La séance du jour avait eu son lot de coups de batte maladroits ou non contrôlés, et de mauvaises réceptions. Sans parler des garçons qui se plaignaient et lui tapaient sur les nerfs. Dans ces moments-là, il se demandait toujours s'il était vraiment à sa place. Les autres entraîneurs attendaient patiemment, sachant qu'il vaut mieux ne pas titiller un tigre en colère. Troy lui-même n'avait rien dit, ce qui avait surpris Brandon.

Jake adressa un grognement aux entraîneurs et secoua la tête.

— Bière, bougonna-t-il en passant devant eux.

Brandon haussa les épaules et lui emboîta le pas, suivi par les autres. Ils étaient censés passer la soirée chez l'entraîneur, et il se disait que c'était toujours d'actualité malgré l'humeur massacrante de Jake.

— Je vous emmène ? proposa-t-il à Troy et à Jonathan. Je pourrai vous déposer ici après la soirée.

— Puisque tu le proposes, répondit Jonathan avec un large sourire.

Troy secoua la tête.

— Merci, mais je vais me débrouiller, répondit-il en regardant Jake s'éloigner. Jake a pris sa voiture aujourd'hui, alors…

Il s'interrompit tandis que Jake s'approchait d'un vieux pick-up Chevrolet dans lequel il balança sans aucun soin son sac de sport alors que, d'habitude, il y faisait toujours très attention.

— Finalement, j'accepte. Je monte à l'avant, se reprit Troy.

Jonathan lui jeta un regard noir et tous trois se dirigèrent vers la voiture de Brandon.

Le professeur de sciences eut un petit rire et déverrouilla les portières pour que ses passagers puissent s'installer.

— Attention aux citrons verts, prévint-il alors que Troy allait s'affaler sur le siège avant.

Un pack de six bouteilles de Corona occupait également le sol.

— T'es sûr que c'est légal ? demanda Troy en prenant les bières. Bon sang, quand je pense que Jake m'interdit d'apporter de l'alcool dans l'enceinte du lycée !

Jonathan éclata de rire et lui tapota la tête.

— C'est parce que tu voulais qu'on picole à la pause de midi.

— Va te faire foutre, lança Troy, tout en serrant les bières dans ses bras. Allez tous vous faire foutre !

Au même moment, Jake arrêtait son véhicule à côté du leur et sortait la tête par la vitre.

— On se retrouve là-bas, dit-il. Faut que je passe récupérer des packs de bière. Je vous rejoins.

— Si tu peux prendre un autre pack de Corona… Troy semble s'être attaché au mien, répondit Brandon, moqueur, tandis que l'homme cajolait les bouteilles.

Jake leva les yeux au ciel devant le spectacle qu'offrait son ami.

— De la Corona ? demanda-t-il.

— Oui, confirma Brandon.

Il tendit le bras pour tenter de récupérer le pack de bière, mais Troy lui frappa la main.

— Enfoiré ! cracha-t-il avec un sourire, pendant que Jonathan riait à l'arrière.

Jake observait Brandon s'affirmer, ravi. Lentement, le sentiment qu'il avait éprouvé dans les vestiaires était en train de resurgir.

— Ne le laisse pas toucher à tes citrons, prévint-il, tu risques d'être traumatisé à vie.

Sa voix restait tendue, signe de la lutte intérieure qu'il menait pour repousser cette attirance soudaine. Il appuya sur l'accélérateur et quitta rapidement le parking.

Brandon démarra la voiture en grommelant contre Troy.

— C'est bien ma veine ! J'apporte de la bière, et tu me la piques.

Jonathan, penché par-dessus le siège avant, riait toujours.

— Attends de voir ce que Troy est capable de faire avec un citron vert.

— C'est… ouais, confirma Troy avec un sourire diabolique, c'est assez impressionnant. Hé, qu'est-ce qu'il nous chie, Jake, aujourd'hui ? Y a un truc qui n'est pas passé ou quoi ?

— Bordel ! s'exclama Jonathan. Il faut qu'il bouffe plus de fibres.

Brandon étouffa un rire.

— Je ne sais pas, répondit-il. Il avait l'air bien, juste après le dernier cours. Mais ce soir j'ai remarqué qu'il avait l'air un peu plus…

— Enragé ?

— Ouais.

— Je ne l'avais pas vu dans cet état depuis…

Troy s'interrompit brusquement et se mit à regarder par la fenêtre. Il secouait la tête comme s'il était en train de marmonner dans sa barbe.

— Il a dû avoir une sale journée, conclut-il finalement.

Jonathan lui tapota l'épaule.

— C'est quoi, le problème ? Est-ce qu'on doit s'inquiéter ?

— J'en sais rien, répondit Troy d'un ton réticent. Je ne sais pas ce qui a mis le feu aux poudres. La dernière fois que je l'ai vu d'aussi mauvais poil, c'est quand il a appris que son épaule ne pourrait pas être opérée.

Brandon crispa les mains sur le volant tandis que Jonathan se lançait dans une diatribe virulente contre les entraîneurs qui, dix ans auparavant, avaient ruiné des carrières prometteuses en voulant trop pousser les étudiants. L'épaule de Jake ? En plus de sa cheville et de son genou démoli ? Bon sang, c'était à se demander ce qu'il avait enduré pour rester dans la course. Brandon ne s'était pas rendu compte de la profondeur de son amour pour le sport. Perdu dans ses pensées, il conduisait, laissant ses deux passagers à leur bavardage.

Lorsqu'il se gara dans l'allée de Jake, Troy était toujours accroché à ses Corona.

— Je peux dire adieu à mes Corona, c'est ça ? demanda Brandon d'une voix impassible.

— Eh ouais ! répondit Troy, hilare, en sortant de la voiture.

— Tu me laisses au moins les citrons verts ? lança Brandon.

— Ça m'étonnerait que tu en veuilles encore quand je me serai occupé d'eux, fanfaronna Troy.

Il remonta l'allée qui conduisait à la porte d'entrée comme s'il était chez lui. Après avoir sorti un double des clés d'une cachette au-dessus du chambranle, il ouvrit la porte en invitant les deux autres à entrer, un sourire malicieux aux lèvres.

— Tu ferais mieux d'y aller, Brandon, conseilla Jonathan. Si tu tiens à tes citrons, il va falloir que tu te dépêches.

Brandon prit son sac, monta les marches et pénétra dans la maison.

Jake arriva quelques instants plus tard. Assis dans sa voiture, les bras croisés sur le volant, il observait la porte d'entrée d'un œil noir.

— Reprends-toi, espèce de débile, marmonna-t-il.

Il avait déjà été attiré par la mauvaise personne, il était capable de gérer la situation. Il sortit du pick-up en maugréant et fit claquer la portière pour prévenir Troy de son arrivée, avant d'attraper les packs de bière qu'il venait d'acheter.

Brandon avait entendu claquer la portière. Il se dirigea à grands pas vers la porte d'entrée et ouvrit la moustiquaire pour Jake.

— Je te préviens, lança-t-il, Troy est au taquet !

Au même instant, Troy, en chaussettes, glissait en chantant sur le plancher du couloir, une Corona en guise de micro.

— Bon Dieu ! grommela Jake tandis que Troy se retournait et commençait à onduler outrageusement des hanches. Tu l'as laissé s'approcher des citrons, pas vrai ?

Il se dirigea vers la cuisine avec ses packs de bière.

— Assieds-toi ! lança-t-il à Troy, de sa voix la plus forte et la plus autoritaire.

Troy se laissa docilement tomber sur le canapé, visiblement contrarié.

— Il vaudrait mieux qu'on fasse les équipes avant d'être trop bourrés, rappela Jake.

Troy soupira, et Jonathan éclata de rire en s'affalant à son tour sur le canapé avec un paquet de Doritos. Brandon, lui, secouait la tête et observait la scène, fasciné. Après un petit grognement, Jake alla chercher le tableau blanc à roulettes sur la véranda, avant de l'installer devant la télévision et d'aller récupérer des feutres dans la cuisine. Au passage, il attrapa une bière et ouvrit l'armoire à pharmacie dans laquelle il stockait ses comprimés.

Brandon rejoignit la cuisine par une autre porte pour se resservir un verre et s'arrêta net à l'entrée, évitant Jake de justesse.

— Pardon, murmura-t-il, en passant devant lui pour rejoindre le frigo.

— Aucun problème, marmonna Jake.

Il se versa une poignée de comprimés dans la main, avant d'en mettre deux dans la bouche.

— Les petites cuisines rapprochent les gens, ajouta-t-il sans réfléchir.

Sa mère disait tout le temps cela, malgré la taille respectable de leur maison et de leur cuisine.

Brandon se redressa et l'observa avec curiosité tout en se coupant une tranche de citron sur la planche à découper. C'était un aphorisme intéressant, qui s'appliquait tout à fait à la maison dans laquelle il avait grandi et où il vivait toujours. C'était touchant et plein d'amour. Il décapsula sa bouteille de bière et fit glisser la tranche de citron vert dans le goulot. Sous ses yeux, Jake avala ses comprimés à l'aide d'une bonne goulée de bière. Avec n'importe quelle autre personne, Brandon aurait fait une remarque.

Jake tourna la tête vers lui, prenant conscience de ses paroles et du fait que Brandon l'observait en silence.

— Oui ? lança-t-il d'une voix qui se voulait naturelle, malgré le rouge qui lui montait aux joues.

L'attirance que Brandon avait essayé de réprimer de toutes ses forces resurgit d'un coup, dans toute sa puissance. Il se retrouvait, stupéfait, à dévisager Jake et à le voir tel qu'il était vraiment. Humble, sans sa casquette d'entraîneur, calme et posé. Un homme dans toute sa simplicité, aux épaules voûtées par la fatigue, la pomme d'Adam tressautant, les cheveux ébouriffés et le teint légèrement échauffé. Le prof de sciences se força à fermer les yeux pour briser le charme.

— Prêt ? demanda-t-il d'une voix rauque.

Il inclina sa bouteille en direction de l'autre pièce, où il entendait Troy et Jonathan se chamailler gentiment à propos d'*American Idol.*

Jake envisageait sérieusement de se coincer les doigts dans un tiroir. Ça devrait bien suffire à lui changer les idées, non ?

— C'est parti, marmonna-t-il.

Il saisit les trois feutres, sa bière, et retourna dans le salon. Suivi de près par Brandon qui avait du mal à détacher son regard des fesses de l'entraîneur, moulées dans son pantalon de baseball blanc. *Oh, mon Dieu!* Ce n'était pas le moment de penser à ça. Il s'assit sur le canapé en poussant Troy pour l'éloigner des Doritos tandis que Jake allait se poster devant le tableau blanc.

— Allez, Bartlett, sois sympa! chouina Troy.

Il escaladait pratiquement Brandon pour tenter de récupérer le paquet de chips, et Jonathan, pris dans un fou rire, tomba du canapé.

— Troy! s'écria Jake.

La journée avait été longue. Il était fatigué, il avait chaud et il se sentait crade. Il n'en pouvait plus.

— Tu n'aurais pas dû arrêter la Ritaline, aboya-t-il.

Agacé, il décapuchonna un des feutres.

Troy reprit sa place, sans manquer de lui faire un doigt d'honneur. Brandon attrapa le paquet de chips et le lui balança sur la poitrine.

— Tiens-toi un peu, dit-il d'une voix calme.

Troy retint un gloussement et s'enfonça dans le canapé. Il jubilait comme un sale gosse.

— Bon Dieu! grogna Jake.

Il reboucha le feutre qu'il tenait à la main sans avoir effleuré le tableau.

— Faites-vous plaisir avec le fromage, marmonna-t-il d'un air las. Moi, je vais me changer.

Il se dirigea vers l'escalier tout en enlevant son maillot pour s'essuyer le torse.

Contrarié pour Jake, Brandon tendit le bras et assena une petite claque à l'arrière de la tête de Troy.

— Je croyais que vous étiez potes. Tu ne vois pas qu'il est épuisé ? Mets-la en veilleuse, Troy.

— Merde ! grommela Troy. Si je la mets en veilleuse chaque fois qu'il est crevé, je ne vais plus dire grand-chose.

— Lâche-lui un peu la grappe, mec, insista Jonathan, toujours sur le sol. Sinon, les gamins ne vont pas être les seuls à morfler.

Troy et Jonathan poursuivirent leur échange tandis que Brandon regardait l'escalier, incapable d'oublier l'image du torse et du dos nus de Jake, de ses muscles en mouvement. Il avala une longue gorgée de bière, la dernière qu'il était censé boire ce soir.

Plutôt que de prendre une douche, Jake enfila des vêtements propres. Il se sentait beaucoup mieux en redescendant dans le salon, vêtu d'un bas de survêtement large et d'un vieux tee-shirt aux couleurs de sa confrérie étudiante. C'était comme une seconde peau, fine et douce. Des vêtements pour être à l'aise. Il avait aussi descendu un tee-shirt pour chacun des entraîneurs. Il les lança en direction du canapé tout en récupérant sa bière.

— OK, souffla-t-il en prenant le feutre. Vous vous êtes enfin calmés ?

Troy enleva son tee-shirt de baseball, l'échangeant contre celui donné par Jake. Jonathan prit le sien, mais se contenta de le replier et de le mettre de côté. Il devait se sentir assez à l'aise dans son tee-shirt de compression. Ou alors, vu son gabarit, il redoutait d'avoir l'air d'un môme de cinq ans dans les vêtements trop larges de son père.

Brandon déplia le tee-shirt que lui proposait Jake. « La lutte mixte à nu : y a que ça de vrai. » *Original.* Il esquissa un sourire et retira son maillot pendant que Troy s'excusait auprès de Jake. Il se débarrassa ensuite de son tee-shirt de compression, surpris par la caresse de l'air frais sur sa peau nue. Il ne s'était pas rendu compte que sa tenue de baseball tenait aussi chaud. Profitant de la fraîcheur, il tint le tee-shirt devant lui en écoutant d'une oreille distraite Troy promettre de se tenir à carreau et d'essayer de se conduire en adulte.

Jake, se retournant pour leur parler, s'arrêta net à la vue du torse nu de Brandon. Il cligna des yeux un instant, avant de les détourner pour les poser sur le tableau blanc tout en essayant de ne pas rougir. Bon Dieu, c'était de pire en pire ! Sans un mot, il commença à noter les noms des élèves qui avaient passé les sélections de baseball. De mémoire. Soixante noms. Par ordre alphabétique. Et par classe.

Le prof de sciences prit le temps de bâiller à son aise et de s'étirer avant d'enfiler le tee-shirt, surpris de voir qu'il lui allait comme un gant. Il s'y sentait bien. Comme lorsqu'on enfile son vieux tee-shirt préféré. Il passa la main sur l'inscription racoleuse du tee-shirt en étouffant un rire.

— Vingt-deux troisième, lança Jonathan toujours assis par terre, en s'appuyant contre le canapé. Il va falloir en éliminer au moins cinq.

— Quinze terminale, répondit Jake en hochant la tête. Bon Dieu, les première vont se faire décimer.

Il grimaça et porta un instant son attention sur la liste suivante en refaisant les comptes dans sa tête. En repoussant au maximum les limites, l'équipe première pouvait accueillir vingt joueurs mais pas un de plus.

— Faites-moi passer l'annuaire des élèves, il faut regarder leurs dates de naissance sans tenir compte de leur classe. Et les stats de l'an dernier. (Il se frotta la nuque.) Bon Dieu !

— Mon équipe va violemment y perdre, fit remarquer Troy qui avait retrouvé son sérieux. Et la tienne, l'an prochain. Les première ne vont pas être contents si on les écarte cette année. Certains pourraient se barrer. Voire changer de lycée et s'inscrire à Berkmar, histoire de se préparer au niveau universitaire en jouant davantage.

Brandon attrapa le sac de Jake et le tira jusqu'à ses pieds, avant d'en sortir l'annuaire de classe. Il l'ouvrit à la page des biographies des élèves et leva les yeux vers Jake.

— Tu veux que je te les lise ?

— Pas tout de suite, murmura Jake en secouant la tête. OK, on va y arriver. (Il observa le tableau en fronçant les sourcils.) On fait les premières listes en se basant seulement sur leur première course. On les réduit à vingt pour chacune. Et on part de là, d'accord ? Je me fiche de leur classe. Si on les a tout de suite repérés, c'est qu'ils méritent l'équipe première. On fignolera après, proposa-t-il en se tournant vers ses trois collègues.

Le prof de sciences haussa les épaules tout en regardant Troy et Jonathan, qui hochaient la tête. Brandon se laissa aller dans le canapé et posa les pieds sur la table basse. La soirée allait être longue.

Jake se retourna vers le tableau blanc pour vérifier sur la liste déjà établie les noms des élèves qui pouvaient rejoindre à coup sûr l'équipe universitaire. Il barra les troisième, qui de toute façon n'étaient pas en course, puis ceux qui, pour une raison ou une autre, n'étaient pas faits pour jouer. Ensuite, il recula d'un pas.

Quatorze noms avaient été sélectionnés pour l'équipe première, dont cinq élèves de première. Il soupira et chercha conseil auprès des autres.

— Tu élimines des terminale ? demanda Tony d'un air dubitatif.

— Certains se sont fait surpasser, murmura Jake en fronçant légèrement les sourcils. Quant à ce petit enfoiré de Garner, faudrait qu'on le colle dans un arbre pour qu'il mûrisse un peu.

Il raya le nom de l'élève d'un geste vengeur.

— Peut-être que tu pourrais envisager d'éliminer Garrett, suggéra Brandon.

Garrett était un élève de terminale qui avait déjà fait partie de l'équipe première l'an passé. Ce n'était pas un joueur extraordinaire ni une star, mais dans l'ensemble il était solide.

— Ah bon ? s'étonna Jake, que le fait de se faire conseiller par le prof de sciences ne fit même pas ciller.

— Oui. Il est assidu à l'entraînement et il joue, mais son cœur n'y est pas. Il passe son temps à rêvasser. J'ai aussi appris que…

Brandon se tut un instant. Il n'était pas sûr que les autres aient envie d'entendre parler d'autre chose que de baseball.

— Continue, l'encouragea Jake d'un signe de la tête.

— Apparemment, il a demandé Rachel Richards en mariage pendant les vacances de Noël. Il paraît qu'elle est enceinte, et il est fou de joie.

Jake observa Brandon un instant avant d'émettre un petit grognement et de lever les yeux au ciel.

— Dans ce cas, murmura-t-il en barrant le nom, je ne peux rien pour toi, mon petit gars.

— Clark pourrait également poser un problème, reprit Brandon. Pas à cause d'une fille mais de ses notes. Ce matin, en salle des profs, Marty m'a dit qu'il songeait à quitter le lycée et à s'engager dans l'armée.

— C'est un vrai tueur, ce mec-là, railla Troy.

— Ouais, marmonna Jake en barrant le nom sur la liste. L'an dernier, quand on s'entraînait à frapper, il a fallu lui rappeler qu'on ne tenait pas sa batte comme un flingue.

— Qui est de corvée de vestiaires cette année ? intervint soudainement Jonathan. Est-ce qu'on se répartit la tâche ?

— Comme l'an dernier, acquiesça Jake en examinant les listes. Troy, lesquels tu veux ? lança-t-il.

Troy s'avança vers le tableau, et les deux hommes passèrent cinq bonnes minutes plantés devant, côte à côte et épaule contre épaule, comme s'ils se trouvaient en face d'une grille de morpion machiavélique.

Jonathan tordit le cou et sourit à Brandon.

— Tu veux une autre bière ? proposa-t-il.

Brandon secoua la tête.

— Deux, c'est ma limite quand je conduis. Et puis, sérieusement, il faudrait que je mange un truc parce que j'ai le ventre vide depuis midi. Tu sais s'il y a autre chose en dehors des Doritos de Troy ?

— Hé, coach ! appela Jonathan en lui tapotant le genou. Ça te dirait une petite pizza ?

Jake se tourna vers eux et resta bouche bée. Il était jaloux de Jonathan. Bon Dieu, Jonathan ! Un hétéro pur et dur. Il le savait bien. Tout comme Brandon, jusqu'à preuve du contraire. Qu'est-ce qui lui arrivait ?

— Il y a de l'argent dans ce tiroir, marmonna-t-il avec un geste de la main.

Jonathan se leva et prit le temps de se pencher pour parler à l'oreille de Brandon.

— Il te proposera de rester ici si tu es trop bourré. On en a encore pour un bon bout de temps, tu sais. Pour la pizza, vous avez des préférences ? lança-t-il à la cantonade.

— Viande pour moi ! répondit aussitôt Troy, détournant un instant son attention du tableau.

Brandon secoua la tête. Il n'était pas difficile. Quand ça ne lui plaisait pas, il triait. Lorsque Jonathan se mit à tanguer, près de basculer vers l'arrière, il le remit droit en lui poussant les fesses.

— Si tu appelles *Morelli*, dit Brandon, dis-leur de se dépêcher s'ils veulent voir jouer l'équipe de Parkview au niveau national. Le propriétaire est un ancien élève.

— Oui, oui, souffla Jonathan en se dirigeant vers la cuisine pour téléphoner. Ce n'est pas une raison pour essayer de me peloter, ajouta-t-il avec un sourire en coin.

En guise de réponse, Brandon leva les yeux au ciel.

Jake poussa un grognement et se pencha en arrière pour regarder Jonathan.

— Ajoute des poivrons verts, demanda-t-il, essayant de se convaincre que les mains de Brandon sur les fesses de Jonathan ne le regardaient pas du tout. Et des champignons ! Oh, et des oignons ! ajouta-t-il, tandis que Troy retenait à grand-peine un fou rire. Et ferme-la !

— Si t'avais vu ta tête ! réussit à articuler Troy, au risque de se prendre une taloche de l'entraîneur.

— Quelle tête ? demanda Jake, sur la défensive.

— Celle du type énervé parce qu'on vient de toucher à son toutou, essaya d'expliquer Troy. Bon sang, je crois que je ne t'ai jamais vu comme ça ! Allez, balance ! C'est quoi, le problème ?

Sur le canapé, Brandon n'en perdait pas une miette. Son regard passa de l'un à l'autre, avant de s'arrêter sur Jake pour tenter de voir ce que Troy avait perçu. Il ne remarquait rien d'anormal.

— Ta gueule, grommela Jake en barrant un autre nom sur la liste.

Troy s'écroula sur le canapé.

— Tu as bu combien de Corona ? demanda Brandon, abasourdi.

— Juste celle-ci, ricana Troy en montrant sa bière. Mais cette tête, je la connais. Je m'en souviens très bien, maintenant.

Il semblait aux anges, mais Jake se retourna et le fusilla du regard.

— T'as rencontré une fille ! claironna-t-il malgré tout. Oh, oh ! Et tu t'es pris un râteau ? C'est ça qui te met dans tous tes états ?

Brandon n'en revenait pas. Bon sang, il se serait cru revenu au lycée ! Et, encore une fois, il était cantonné au rôle d'observateur silencieux. Le visage de Jake s'assombrit. Ça sentait l'orage. Peut-être valait-il mieux rejoindre Jonathan dans la cuisine et les laisser tranquilles.

— Ta mère m'a toujours mis des râteaux, finit par rétorquer Jake.

Il se retourna vers le tableau, une lueur amusée dans les yeux. Il attrapa au passage la bouteille que Jonathan venait de lui donner.

— J'ai manqué un truc ? demanda celui-ci.

Troy repartit dans un fou rire sur le canapé. Brandon, lui, se demandait ce que Jake avait refusé d'avouer. Il avait mis un peu trop de temps à trouver une repartie, même si Troy n'avait rien remarqué. Visiblement, celui-ci ne tenait pas très bien l'alcool. Brandon se décala sur le canapé pour faire une place à Jonathan entre Troy et lui, sans remarquer la main que Jonathan posait sur son épaule pour négocier le passage entre la table et le canapé sans perdre l'équilibre.

À ce nouveau contact entre les deux hommes, la tension dans les épaules de Jake redoubla. Et s'il se montait complètement la tête ?

Il poussa un soupir et tenta de soulager la tension qui s'était installée dans sa nuque.

— Il nous en reste treize à éliminer, prévint-il en refaisant ses comptes avant de s'asseoir sur la table basse. Qui a l'annuaire des élèves ?

Brandon souleva le livre et l'agita devant lui.

— Trouve-moi les gamins nés après septembre, ordonna Jake, en montrant les noms qu'il avait entourés.

— Ellis, Walker…, commença Brandon en feuilletant l'annuaire. Et Stithton. C'est tout.

— On les met tous les trois dans l'équipe de réserve, décida Jake, se penchant en arrière pour attraper sa bière. Pour le reste… Merde, c'est là que ça craint !

Troy soupira, rendu muet par la difficulté du choix. Dix autres élèves devaient être éliminés.

— Je vote pour éliminer Miller et Rodriguez, énonça-t-il calmement.

— Tu as une raison à nous donner ? demanda Jake, espérant un miracle.

Il était toujours plus facile de décider quand on avait de bonnes raisons.

— Ils ne peuvent occuper qu'un seul poste, répondit Troy. C'est leur seul point fort. Tous les autres sont polyvalents. Mais la flexibilité est un atout quand on est en équipe première.

Après avoir réfléchi un instant, Jake hocha la tête d'un air désolé.

— Il faudra bien leur faire comprendre que ce n'est que partie remise. Ils pourront toujours tenter leur chance l'année prochaine. (Il se leva lentement et alla barrer le nom des deux élèves.) Est-ce que les huit qui restent ont de bonnes notes ? s'enquit-il.

— Gregory doit suivre des cours de soutien, répondit Brandon, parce qu'il a chuté en dessous de la moyenne en chimie.

— En fait, lança Troy, tu n'as qu'à éliminer Manero et Slodamesh. La prochaine fois que je les surprends en train de fumer dans les toilettes, je leur botte le cul. Ils savent très bien que c'est contre le règlement de l'équipe.

— Oh, oh ! répondit Jake, tout excité. Fulk et Gilliam ont été pris en train de picoler cet hiver.

Il avait oublié ce détail. Il barra les cinq noms et indiqua les deux restants d'un mouvement de tête.

— Qu'en penses-tu, Troy ? Tu te sens capable de gérer une équipe de dix-neuf ?

— Et puis merde ! S'ils en ont marre de rester sur le banc, ils pourront toujours faire les pom-pom girls pour l'équipe de réserve, annonça-t-il d'un air tranquille, salué aussitôt par un chœur de grognements de satisfaction.

— Oh, bon Dieu ! murmura Jake.

Il venait de penser aux pom-pom girls, les vraies, celles qu'ils allaient devoir supporter. Parfois, il se disait que sa vie aurait été tellement plus simple s'il avait épousé cette fille pour la faire souffrir !

— OK, reprit-il après un silence rêveur. On a nos équipes.

Il avait l'air surpris de ce résultat bien plus rapide que prévu. Comme pour fêter cela, on sonna à la porte.

— C'est pour moi, s'écria Jonathan, escaladant presque Brandon pour bondir du canapé.

Le professeur de sciences grogna, le souffle coupé par cet assaut brutal.

— Bon sang, Jonathan ! protesta-t-il. Fais attention !

Il lui assena au passage une grande claque sur l'arrière de la cuisse. Il se réinstalla ensuite sur le canapé et lança un regard noir à Troy qui ricanait.

— Fais gaffe, face d'agrume, menaça-t-il.

— Quoi ? Qu'est-ce que j'ai fait ? s'exclama Troy.

En voyant sa tête, Jake esquissa un sourire alors qu'il allait chercher des assiettes dans la cuisine.

Brandon se laissa aller sur le canapé. Au point où il en était, il était bien trop crevé pour se soucier des convenances. De toute façon, les convenances, Troy ne savait même pas ce que c'était. Quant à Jake, si ça l'emmerdait, il le dirait.

— Beurk ! souffla-t-il, songeant à la journée qui l'attendait.

— On affichera les équipes sur les panneaux principaux, répondit Jake, pensant que la réaction de Brandon était due aux coupes sauvages dans les listes. On les préviendra de l'affichage des listes pendant les annonces du matin, ça nous évitera de voir leur déception. Oui, je le sais, ce n'est pas très courageux.

Jonathan revint avec deux grandes pizzas, Jake posa les assiettes sur la table basse et offrit une nouvelle bière à tout le monde.

Brandon en aurait bien pris une dernière, mais s'il dormait ici il devrait se lever plus tôt et passer chez lui avant d'aller au lycée pour son heure de soutien avant le début des cours. Il soupira, posa la bouteille sur la table basse et plusieurs parts de pizza dans son assiette, avant de s'asseoir confortablement et de commencer à manger en écoutant Jonathan et Troy discuter de leurs projets pour leurs équipes respectives.

Jake s'assit sur le sol devant la table basse. Il attrapa une part de pizza et la porta à la bouche sans prendre la peine de prendre une assiette. Il remarqua que Brandon ne touchait pas à sa bière.

— Tu ne bois plus rien ? Tu sais, j'ai quatre chambres et des canapés qui peuvent servir.

Parfois, même, Troy dormait sur le sol, histoire de jouer au dur.

— Il faut vraiment que je rentre chez moi ce soir, dit Brandon, la bouche pleine de saucisse et de pepperoni. Si je reste ici, il faudra que je me lève sacrément plus tôt pour passer chez moi avant d'aller au lycée.

— Ben moi, mon gars, répondit Troy, quelle que soit l'heure où je me lève, rien ne m'empêchera de dormir ici plutôt que de retourner chez moi. Tu mets combien de temps pour rentrer ?

— Un peu moins de quarante minutes jusqu'à Mountain Park, répondit Brandon. Mais la nuit, c'est plus long. À cause des biches. (Il se pencha pour attraper une part de pizza.) Si je reste, ajouta-t-il, je devrai partir à 3 heures pour arriver à temps au lycée.

— Quoi ? s'exclama Jonathan, horrifié.

— Tu arrives à quelle heure au lycée ? demanda Jake.

En même temps, il se disait qu'il ne voulait pas le savoir, que ça ne le regardait pas et qu'il fallait qu'il arrête tout de suite de regarder fixement le cou de Brandon.

— Un peu avant 6 heures, murmura le prof de sciences.

De chaque côté de lui, les deux hommes le dévisageaient, plus ou moins horrifiés. Surtout, ne rien dire, ne rien…

— Quoi ? lâcha-t-il malgré lui.

— Mais pourquoi si tôt ? demanda Troy.

Sa voix était plus aiguë que d'habitude. Il avait l'air indigné pour la terre entière.

— Je fais du soutien, répondit simplement Brandon.

— Volontairement ? insista Troy, toujours incrédule.

— Oui, rétorqua Brandon, sur la défensive. Volontairement.

— J'ai cru lire dans une note de service qu'un contractuel avait été embauché pour ça, non ? avança Jonathan en fronçant les sourcils.

Brandon haussa les épaules, mal à l'aise. Il ne manquait plus qu'il leur dise qu'il faisait ça bénévolement !

Jake l'observait attentivement et remarqua qu'il commençait à rentrer dans sa coquille. Il n'y avait aucune raison d'avoir honte. Qu'est-ce qu'il pouvait bien penser d'eux pour être gêné d'aider les élèves tous les matins ! Sans savoir pourquoi, sa réaction l'agaçait un peu, mais, surtout, il s'inquiétait de voir que Brandon ne se sentait pas complètement à l'aise en leur compagnie.

— Quand on emmenait l'équipe en week-end l'automne dernier, fit-il remarquer à Troy d'un ton posé, c'était un peu la même chose.

— Oui, mais quand même... 6 heures du mat'. C'est de la torture ! Nous, au moins, on ne commençait pas à bosser avant 14 heures !

Percevant le malaise qui s'était installé, Jonathan regarda les deux hommes tour à tour.

— Ferme-la, Troy. Et dis-moi, Brandon, est-ce que tu vas devoir continuer le soutien maintenant que tu es entraîneur ? Parce que tu vas tourner à douze heures de boulot par jour. Et quatorze, les jours d'entraînement. En plus, quand on joue à l'extérieur, on n'est jamais rentrés avant 1 heure du mat'.

— Les élèves ont besoin de moi, répondit doucement Brandon en levant les yeux. Pour le soutien, pour l'entraînement, c'est pareil. Je serai là.

Jake était incapable de détourner les yeux, sans savoir s'il trouvait cet homme sympathique ou non. Il l'aimait bien quand ils étaient en tête à tête, mais Jake ne comprenait pas pourquoi il se refermait comme une huître dès qu'il y avait quelqu'un d'autre. Il lui avait déjà fait le coup plusieurs fois. Quand il n'avait rien contre eux, Jake avait l'habitude que les gens soient à l'aise avec lui.

— Préviens-nous avant de faire un burn-out, dit Jake sérieusement. On t'épargnera les déplacements à l'extérieur.

Il ouvrit une troisième bouteille et but une longue gorgée de bière. Les comprimés et l'alcool commençaient à faire effet, mais pas assez vite.

L'idée de devoir se dérober à ses responsabilités dérangeait Brandon, mais il ne voulait pas argumenter parce que le sujet était suffisamment sensible. Du moins, pas tout de suite.

— J'y penserai en temps voulu, se contenta-t-il de dire. Merci.

Troy et Jonathan échangèrent un regard entendu, et l'entraîneur des troisième intervint.

— Je peux t'aider à noter tes copies, si tu veux ?

Brandon haussa les sourcils. Troy bougonna un truc et grimaça.

— Moi aussi, je peux t'aider, dit-il. Si tu veux, je peux te montrer comment bien dormir assis dans un bus.

Brandon ne savait pas quoi dire, abasourdi. Il connaissait à peine ces hommes, et ils lui proposaient spontanément leur aide. C'était aussi inattendu que chaleureux. C'était donc ça, l'esprit de camaraderie du sport ? La solidarité devant l'épreuve ? C'était la première fois que Brandon ressentait cela.

— Si tu les encourages en leur mettant de bonnes notes, ajouta Jake, ils bosseront plus.

Il attrapa une autre part de pizza, indifférent à l'état de choc dans lequel se trouvait Brandon.

— Euh… merci, les gars, finit-il par répondre. J'apprécie.

Jonathan lui donna un petit coup d'épaule.

— Tu fais partie de l'équipe maintenant, Brandon. On se soutient tous.

— On peut aussi suspendre tes sous-vêtements en haut du mât à drapeau, commenta Troy avec un grand sourire.

Jake leva les yeux au ciel. Il se souvenait du jour où, des années plus tôt, son caleçon s'était retrouvé en haut du mât pour fêter une victoire sur leur équipe rivale.

— T'inquiète, dit-il pour rassurer Brandon, on ne le fait plus. Aujourd'hui, le moindre bizutage est puni d'une exclusion de l'équipe.

Troy lui adressa un sourire radieux.

— Est-ce que faire subir des actes innommables et contre-nature à mes petits citrons peut être considéré comme du bizutage ? demanda Brandon, pince-sans-rire, déclenchant l'hilarité de Jonathan.

— Mieux vaut t'en débarrasser, répliqua aussitôt Jake, repoussant les images qui lui venaient à l'esprit.

Fais gaffe, mec, ajouta-t-il en direction de Troy. Ta réputation risque d'en prendre un coup.

— Plus viril que moi, tu meurs, Bouclettes, rétorqua Troy avec un petit rire.

Sur ce, il vida sa Corona, visiblement satisfait de sa repartie.

Brandon ne put s'empêcher de rire.

— Bouclettes ? répéta-t-il en jetant un œil à la coupe impeccable de Jake.

Ce dernier avait viré au rouge et baissé les yeux, prêt à se liquéfier sur place.

— Quand mes cheveux poussent, expliqua-t-il, ils se mettent à boucler. Tu ne te rappelles pas, au lycée ? « Bouclettes », c'était un de mes surnoms. La grande classe, hein ?

Le prof de sciences inclina la tête, une lueur taquine dans les yeux, avant de se lancer dans une mélodie entraînante.

— *Thunder Thunder ThunderCats, hooooo !*

Jake leva instantanément les yeux et lança un regard stupéfait à Brandon. Troy partit dans un fou rire, bientôt imité par Brandon.

— Quoi ? réussit-il à dire entre deux hoquets. Vous aviez oublié ?

— J'avais menacé d'amnésie éternelle le premier que je prendrais en train de prononcer ces mots ! lança Jake.

Brandon, essayant de hausser les épaules, se mit à rire encore plus fort, peu aidé par l'hilarité de Troy.

— Tu as dû me rater à l'époque. Bon sang, tout le lycée était au courant ! C'était même écrit sur les murs des toilettes.

Ces mots déchaînèrent de nouveaux rires chez Troy et Jonathan.

Jake était sur des charbons ardents.

— Pourquoi ? demanda-t-il, d'une voix presque plaintive.

C'était l'un des rares chants de stade qu'il n'avait jamais compris. Les pom-pom girls l'avaient même repris à l'occasion de plusieurs matchs.

Brandon le dévisagea avec de grands yeux.

— Tu ne sais pas d'où ça vient ? Bon sang, même moi, je le sais ! Tu te souviens de *ThunderCats*, le dessin animé ? Lorsqu'il livrait bataille, le héros haranguait ses hommes en leur criant ça. C'était une marque de respect, quand tu étais sur le terrain de football. Même si, aujourd'hui, c'est plutôt tordant.

— Un dessin animé ? répéta Jake, dubitatif.

Contrarié et de plus en plus rouge, il termina sa bière.

— Mince ! s'exclama Brandon, incrédule. Il faut absolument que je te trouve ça sur Netflix ! Mais, tu peux me croire, c'était un compliment. *Speedball*, ajouta-t-il tout bas en lui tapotant le genou du bout du pied.

— OK, fini les souvenirs ! s'écria Jake. Bon Dieu ! C'était déjà embarrassant à l'époque, mais aujourd'hui c'est encore pire.

Jonathan et Troy étaient au bord des larmes, et Brandon pinçait les lèvres, essayant en vain de garder son sérieux.

— C'est toujours mieux que tous les surnoms dont on m'affublait à l'époque, fit-il remarquer.

— Ça ne compte pas, lança Jake d'un air de défi. Il faut qu'il y ait une foule de supporteurs qui hurlent en même temps.

Il se remit à rougir de plus belle en se rappelant certains matchs. Cela ne le dérangeait pas à l'époque, sauf quand ses adversaires se mettaient à rire. Et en général, bien sûr, ils s'arrêtaient de rire quand son équipe les battait.

— Bon sang, même les joueurs des équipes adverses m'appelaient comme ça !

Troy lâcha un petit rire.

— Ça te rendait encore plus fou, et ensuite on les laminait.

Brandon se rappela que Troy était le receveur de Jake, celui qui passe la balle au quarterback. Jonathan, qui avait retrouvé son calme, se leva en escaladant Brandon une deuxième fois, avant d'entonner *ThunderCats* et de se diriger vers la cuisine pour récupérer d'autres bières.

Jake, le visage écarlate, leur lançait des regards noirs. Brandon ne put retenir un rire avant de le prendre en pitié.

— Désolé, murmura-t-il, toujours hilare.

— Enfoirés ! répondit Jake, boudeur.

Bon Dieu, c'était gênant, tous ces vieux souvenirs ! Il ne comprenait pas pourquoi cela le mettait dans un état pareil. Sans doute parce qu'il avait passé l'après-midi à fantasmer sur Brandon alors que le seul souvenir que conservait cet homme de lui, c'étaient ces surnoms débiles.

Jonathan revint avec trois autres bouteilles et un Coca pour Brandon.

— Bon, dit-il. Y aurait-il d'autres potins qui m'auraient échappé ?

— Des potins ? répondit Troy. J'en ai des tas sur Parkview, mais je ne sais pas si tu connais nos collègues.

Jonathan lui adressa un large sourire.

— Très bien, reprit Troy. Il paraît que Renata a surpris Jason Beals et Tammy Parker dans le placard de la salle d'arts plastiques.

— Ça ne m'étonne pas, répondit Jake. Il m'est déjà arrivé de les virer des vestiaires. Oups ! se reprit-il. Enfin, bref, je crois qu'il vaut mieux que je me taise. (Il se leva et attrapa ses trois bouteilles vides.) Je crois que les médocs commencent à faire effet, les gars.

— Je ferais mieux d'y aller, dit Brandon à regret. Vous dormez ici, vous deux ? demanda-t-il à ses collègues.

— Puisque tu le proposes, lança Troy, je veux bien que tu me ramènes au lycée.

Inhabituellement soucieux, il regarda Jake qui se dirigeait vers la cuisine.

— Moi aussi, acquiesça Jonathan en débarrassant les boîtes de pizza.

Brandon suivit le regard de Troy en songeant qu'il devait vraiment être proche de Jake, même si Troy n'arrêtait pas de le chambrer. Et si lui avait l'air inquiet... Brandon secoua la tête et remit l'annuaire dans le sac de Jake, avant de réunir les bouteilles vides et de les emporter dans la cuisine. Troy et Jonathan l'imitèrent, chacun portant un carton de pizza avec une ou deux bouteilles. Troy éclata de rire en posant son chargement sur le comptoir.

— Bon sang, je ne compte pas le nombre de fois où on s'est retrouvés dans la cuisine de Jake après un match !

Perdu dans ses pensées, il avait retrouvé son sérieux. Il se tourna vers Jonathan et Brandon en souriant.

— Tous les vendredis soir après le match, on finissait ici. La moitié de l'équipe, au moins. Au lycée, tout le monde pensait qu'on sortait pour picoler, faire la fête ou pire encore. En fait, on venait simplement ici. Sa mère nous faisait cuire un poulet, et on traînait dans le jardin toute la nuit autour d'un feu de camp. Je ne crois même pas qu'il y ait eu de la bière !

— Que non ! acquiesça Jake. Mon père nous aurait massacrés. (Il se mit à rire et secoua la tête.) Doritos et Gatorade. La nourriture des dieux.

— Tu te souviens de cette nuit où on est rentrés en voiture après le tournoi à Atlanta ? demanda Troy en riant.

Jake sourit et secoua la tête en se rappelant cet épisode, avant de lancer un regard d'excuse à Brandon et à Jonathan, qui ne pouvaient pas comprendre.

— On était allés à Atlanta le samedi pour le tournoi, poursuivit Troy. Et au retour, dans la voiture de Jake, avec deux autres gars, on s'est arrêtés à une station-service, je ne sais plus où, et on s'est acheté à bouffer pour tenir le coup. Jake a repris le volant tout en buvant avec la bouteille dissimulée dans un sac.

— On avait pris des Doritos et des canettes de Dr Pepper, précisa Jake.

— À ce moment-là, reprit Troy, un flic le capte en train de boire un truc à même le sac en papier kraft et décide de nous arrêter. Il devait avoir une dent contre les sportifs parce qu'il ne nous a pas lâchés. On était encore en tenue, et il a demandé à Jake de sortir de la voiture et de marcher en ligne droite. Tu vois le truc ? Comme s'il était bourré ! Et, là, il commence à se rapprocher de Jake et il lui dit : « Laisse-moi sentir ton haleine, mon garçon. » Il se la pétait grave. Nous, dans la voiture, on était morts de rire parce que Jake le dépassait d'au moins une tête et qu'il s'était enfilé des Doritos toute la journée. Alors, là, Jake lui balance : « Mauvaise idée ! »

Troy riait tellement qu'il avait du mal à raconter son histoire, et Jake arborait un grand sourire.

— Et puis, comme le flic se la pétait encore plus, Jake a haussé les épaules et lui a soufflé son haleine spécial Doritos à la figure. Bon sang, je me serais pissé dessus !

— Voilà qui explique la rumeur selon laquelle tu aurais été embarqué par les flics ? demanda Brandon à Jake, les yeux écarquillés.

— Sans doute, répondit l'intéressé avec un petit sourire. De toute façon, personne n'a voulu croire que ce n'était pas vrai.

Brandon secoua la tête, avant de jeter un coup d'œil à la pendule et de grimacer. Il était plus de 21 heures.

— Il faut vraiment que j'y aille. Allez, les gars, c'est l'heure du départ ! annonça-t-il en allant récupérer ses affaires dans le salon.

Jake resta silencieux, assailli par une angoisse incompréhensible au creux de la poitrine. Brandon Bartlett. Il ne pouvait pas être attiré par ce type. Pas lui. Pas maintenant. Ni jamais, d'ailleurs. Il oscillait entre l'admiration et le rejet de ce que Brandon représentait à ses yeux. Et dans les deux cas il culpabilisait. C'était atrocement frustrant.

Troy tapota l'épaule de Jake avant de suivre Brandon. Jonathan, lui, réclamait déjà une pause au prochain stand. Brandon se pencha pour chercher les clés de sa voiture dans son sac.

— Hé, Jake, tu veux que je lave ton tee-shirt avant de te le rapporter ? proposa-t-il en fourrant son maillot dans son sac.

— Non, ne t'embête pas, murmura Jake, parcouru d'un petit frisson.

Brandon hocha lentement la tête tout en regardant Jake, debout sur le pas de la porte.

— Bonne nuit, dit celui-ci. (Il sursauta violemment lorsque Troy toussota, puis il baissa la tête et rougit légèrement.) Je vais me coucher, ajouta-t-il, un peu gêné.

Troy lui lança un regard oblique tout en hochant la tête.

— Bonne nuit, répondit-il.

Il suivit ses deux collègues jusqu'à la voiture, sous le regard attentif de leur hôte.

— Il prend combien de cachetons en ce moment ? souffla Jonathan à Troy.

— Juste le Tylenol pour les douleurs arthritiques, assura Troy en haussant les épaules. Mais à mon avis, s'il est dans cet état, ça n'a rien à voir avec les produits chimiques.

— Du Tylenol prescrit par un médecin ? demanda Brandon alors qu'ils s'installaient dans la voiture.

Troy resta silencieux un instant, songeur.

— C'est pas un sujet qu'on aborde avec Jake, finit-il par répondre.

Le silence régna dans l'habitacle jusqu'à ce que la voiture s'arrête au feu.

— C'est quoi, cette histoire de corvée de vestiaires, Jonathan ? demanda soudain Brandon.

— Ah ! s'exclama Jonathan, ravi de changer de sujet de conversation. Eh bien, en général, on fait une petite tournée de surveillance avant chaque match. Pour être sûr de contrôler la situation quand les gars sont un peu trop au taquet.

— Mais encore ? insista Brandon, désireux de savoir ce qui l'attendait.

— Ça veut dire que les gars s'excitent un peu, que ce soit avant un match ou après, en cas de victoire. Faut juste s'assurer qu'ils ne débordent pas quand ils se font des blagues, se jouent des tours ou s'asticotent.

— Sérieusement ? s'exclama Brandon, stupéfait.

Dans les vestiaires du lycée ?

Troy se contenta de hausser les épaules, sans que ni lui ou Jonathan ne paraissent plus étonnés que ça.

— En général, dit-il, notre présence suffit à les calmer.

Brandon ravala les questions qui jaillissaient dans son esprit et se gara sur le parking, à côté de la voiture de Jonathan.

— Merci de m'avoir raccompagné, dit celui-ci.

Troy resta sur le siège passager encore un instant, la main sur la poignée de la portière et le regard rivé sur Jonathan qui rejoignait sa voiture.

— Tu sais, dit-il soudain, ces médicaments prescrits sont une bonne alternative à ce qu'il pourrait prendre, sinon.

Brandon ne l'avait jamais vu aussi sérieux.

— Tu le connais très bien, non ? s'enquit-il.

— Oui, acquiesça Troy, les dents serrées.

— OK, murmura Brandon en hochant lentement la tête.

Inutile d'insister : il ne lui tirerait pas les vers du nez.

Troy resta un instant immobile, comme s'il voulait en dire plus. Finalement, il ouvrit lentement la portière.

— Merci de m'avoir raccompagné, souffla-t-il.

Il sortit de la voiture et se dirigea vers la voiturette de golf garée sur la pelouse.

Sur le trajet du retour, Brandon ne put s'empêcher de penser à l'expression grave de Troy.

Chapitre 5

On était le 2 mars, un vendredi soir, ce qui expliquait pourquoi les supporteurs de l'équipe locale étaient venus en force. Jake appréciait que le premier match de la saison se déroule ailleurs que sur leur terrain. Il y avait moins de pression pour l'équipe, même si ça ne compensait pas tous les inconvénients, comme la non-connaissance des lieux ou le trajet de bus d'une heure pour se rendre à Powder Springs.

Les McEachern Indians n'étaient pas de la région de Parkview, mais c'était tout comme. Jake se disait que la défaite cuisante que leur avait infligée son équipe l'année passée n'avait toujours pas été digérée. En fin de sixième manche, l'équipe locale menait 4 à 3. Le ciel s'assombrissait, virant à l'orage, et Jake, assis sur le banc de touche, se demandait si le match pourrait être mené à terme.

Il passa la main sur les lettres de sa tenue, se toucha le nez puis l'oreille. Ce signal indiquait qu'il fallait frapper le plus loin possible. Le joueur hocha la tête, effectua quelques swings d'échauffement avec sa batte, avant de faire tomber l'anneau bleu d'entraînement sur le sol et de se diriger vers le marbre.

Jake cracha une ou deux graines de tournesol et applaudit, tout en criant des phrases énigmatiques qui se terminaient par le prénom du gamin en guise d'encouragements : du langage propre au baseball, que tout le monde sur le banc des joueurs semblait parfaitement comprendre.

Brandon était positionné près de la troisième base. Ce premier match était une véritable épreuve pour lui. Il y avait eu des tas de coups sûrs et de courses qui l'avaient fait angoisser. Mais jusqu'ici il s'en sortait plutôt pas mal. En tout cas, Jake ne lui avait pas hurlé dessus. Contrairement à l'instructeur de première base, qui s'était fait passer un savon pour avoir fait signe à un joueur de compléter un retrait. Le prof de sciences était attentif aux consignes venant du banc de touche, quand il comprenait ce qu'elles voulaient dire, et il se concentrait sur le batteur.

Un nouveau lanceur arrivait sur le monticule. Il était puissant mais un peu imprécis dans la bruine. Après quatre lancers, le frappeur de nettoyage avait déjà engrangé trois balles et une prise. Jake lui cria quelque chose avant de se toucher le nez, de tirer sur son lobe d'oreille, de passer la main sur les lettres de son maillot et de se toucher le menton. Le signal indiquait au joueur de ne pas frapper.

Après un lancer supplémentaire, celui-ci s'offrit un but sur balles. Ils étaient en route pour un rallye ! À ce moment-là, la pluie se mit à tomber. Sans arrêt. Encore et encore, jusqu'à ce que les arbitres décident de suspendre le match. Malheureusement, comme la sixième manche était déjà entamée, la partie était considérée comme terminée, et les Parkview Panthers subissaient ainsi une défaite décevante pour leur premier match de la saison.

Pendant que les joueurs rassemblaient leurs énormes sacs et se précipitaient vers le bus, Brandon rangeait le matériel sous la pluie avec les étudiants assistants. Il commençait à être trempé, mais au moins les élèves seraient à l'abri. Après avoir entreposé toutes les affaires dans la soute à bagages, ils montèrent dans le bus. Brandon s'avança pour rejoindre la place qui lui était réservée au milieu du bus et bouscula Jake qui discutait avec un élève de terminale. Il se laissa tomber sur son siège en grimaçant légèrement au bruit produit par ses vêtements gorgés d'eau. La prochaine fois, il apporterait des serviettes et de quoi se changer, même si la météo ne prévoyait pas de pluie.

Jake laissa l'adolescent rejoindre sa place et s'installa derrière le volant. Après avoir vérifié que tout le monde était à sa place, il referma les portes et démarra le bus en soulevant de grandes gerbes d'eau. Il ne fit aucun commentaire sur la défaite. Les élèves savaient qu'ils étaient en train de revenir sur l'autre équipe et qu'ils avaient bien joué. Il n'y avait rien à ajouter. Une demi-heure plus tard, Jake se garait sur le parking d'un restaurant *Wendy's*. Il se leva et se retourna pour observer les gamins, tous trempés et fatigués.

— Les terminale d'abord, ordonna-t-il d'une voix forte, faisant signe à Brandon de le rejoindre.

Le professeur de sciences attrapa son sac et suivit l'entraîneur hors du bus. Une fois dans le restaurant, ils passèrent commande et s'installèrent à une table au fond de la salle. Ils pouvaient ainsi surveiller les élèves qui entraient les uns derrière les autres, suivis des deux assistants qui fermaient la marche.

Jake se pencha sur son plateau de fast-food et, l'air abattu, trempa une frite dans une mare de ketchup.

— Tu t'en es bien sorti, dit-il finalement à Brandon. Tu étais stressé ?

— Stressé ? répéta Brandon en versant des amandes sur sa salade. C'est un euphémisme. J'étais mort de trouille, tu veux dire !

Il avait parlé à voix basse sans même lever les yeux de son bol.

Jake sourit et se concentra sur son repas, tout en luttant contre l'intimité chaleureuse qui s'installait peu à peu entre eux depuis le premier entraînement auquel avait participé Brandon.

— Moi aussi, avoua-t-il simplement.

Brandon leva les yeux, surpris un instant, puis reconnaissant que Jake essaie de le mettre à l'aise. Il versa la moitié de la sauce sur sa salade et remua le tout en se disant qu'après un mois de contact presque quotidien ils étaient parvenus à bien s'entendre. Même si Jake le déstabilisait toujours autant.

— Ils ont bien joué, dit-il entre deux bouchées.

— Très bien, oui, confirma Jake en regardant ses joueurs.

La plupart étaient encore en tenue, trempés, crottés et fatigués, mais ils étaient tous réunis autour de tables rapprochées et formaient un bon groupe dans lequel fusaient les rires, les blagues et les discussions. Jake leur adressa un sourire affectueux et se remit à manger.

Brandon les observa à son tour avec intérêt. Ils échangeaient et apprenaient à se connaître en revivant le match, les meilleurs coups et les occasions manquées. Brandon frissonna dans ses vêtements humides et posa son bol vide. En regardant son sac, il se souvint d'un détail.

— Je reviens, lança-t-il en se dirigeant vers les toilettes.

Jake le regarda partir avec des yeux brûlants de désir, avant de se concentrer sur son assiette et de jouer avec ses frites. Il devait agir pour oublier ce trouble. Une petite virée en ville peut-être, histoire de ne plus y penser.

Une fois dans les toilettes, Brandon posa le sac sur le sol, enleva son maillot et son sous-maillot, humide et moite. Retournant le bec du sèche-mains vers le haut, il se posta au-dessus et poussa un petit grognement. Il aurait pu rester des heures à se réchauffer. Lorsque l'appareil s'arrêta, il récupéra dans ses affaires le tee-shirt annonçant : « La lutte mixte à nu : y a que ça de vrai » et ne put s'empêcher de rire. Sans Jake, il n'aurait jamais porté ce genre de truc. Il l'enfila, heureux d'être enfin au sec, avant de remettre le maillot humide sans le boutonner et de retourner dans la salle.

Lorsqu'il s'approcha de la table, Jake leva les yeux, visiblement surpris de voir que Brandon portait son tee-shirt.

— C'est de la triche ! marmonna-t-il avec un petit sourire. Fais gaffe à ce que les élèves ne voient pas que tu t'es changé, on mettrait des plombes à sortir d'ici.

— C'est pour ça que j'ai remis mon maillot, répliqua Brandon avec un clin d'œil.

Il se rassit et observa les adolescents, toujours occupés à manger.

— Tu crois qu'ils en ont encore pour longtemps ?

— Tu rigoles ! Ils ne mangent pas, ils engloutissent. Je dirais cinq minutes, pas plus. Et dix pour les crèmes glacées.

Brandon avait abandonné l'idée de corriger ses copies. Il n'aurait jamais pensé être aussi crevé et il envisageait de piquer un roupillon dans le bus. Cela lui permettrait de conduire jusqu'à chez lui et de bosser une heure ou deux ensuite.

— Mmmmm ! Une crème glacée, souffla-t-il, tenté.

— Si tu te décides, c'est maintenant, prévint Jake en rassemblant ses déchets. Pas question de se retaper la queue.

Préférant finalement s'abstenir, Brandon poussa un soupir. Il serait obligé de faire l'impasse sur son footing du soir, inutile d'ingérer trop de sucres et de graisses. Il débarrassa son plateau et se dirigea vers le bus, suivant Jake de près.

L'entraîneur retourna derrière le volant pour faire mine de s'occuper en attendant les élèves, qui chancelaient de fatigue. Chaque fois que Brandon était près de lui, il se sentait coupable de n'avoir rien à faire. Il n'avait jamais ressenti ça jusqu'ici. Dans le rétroviseur, il observa le prof de sciences monter les marches du bus et rejoindre sa place.

En se frottant les yeux, le professeur s'assit et posa son sac sur le siège voisin. Il réussit à garder les yeux ouverts jusqu'à ce que Jake démarre et reprenne la route. Bercé par le mouvement calme et régulier du bus, il s'assoupit sans tarder, la tête appuyée contre la vitre. Malgré la pluie et l'obscurité, Jake ne pouvait s'empêcher de lui jeter des coups d'œil. Au bout d'un moment, il se força à détacher son regard de Brandon. Une demi-heure plus tard, il garait le volumineux bus sur le parking du lycée et avertissait d'un coup de Klaxon un groupe de parents venus attendre leurs enfants.

Les élèves descendirent les uns derrière les autres en saluant Jake qui s'était posté sur le côté et donnait à chacun une petite tape sur la tête. Un autre match avait lieu le lendemain, et il savait que tous seraient au rendez-vous. Peu d'adolescents étaient prêts à sacrifier leur samedi, seulement les plus motivés. Lorsque les élèves commencèrent à sortir, Brandon se redressa, vaseux, essayant de reprendre ses esprits. Il attendit qu'ils soient tous partis pour se lever, avancer entre les fauteuils et faire demi-tour pour récupérer son sac. Il se frottait les yeux en arrivant à l'avant du bus.

— Le matériel ? demanda-t-il doucement.

— Je m'en occupe, répondit Jake en secouant la tête. Ils sont tous crevés et pressés de rentrer chez eux.

Il regarda les élèves se disperser vers les voitures qui les attendaient, avant de se tourner vers Brandon et de froncer les sourcils.

— Tu as l'air sur le point de t'effondrer, fit-il remarquer brusquement. Tu es sûr d'être en état de rentrer chez toi ?

— Oui, oui, assura machinalement Brandon.

Il s'immobilisa au pied du bus. Il était tellement dans les vapes qu'il avait du mal à tenir sur ses jambes.

— Enfin, peut-être pas, corrigea-t-il.

Jake esquissa un petit sourire, avant de rougir à l'idée de ce qu'il était sur le point de faire, même s'il savait qu'il aurait mieux fait de s'abstenir. Quand un mec de cent cinquante kilos vous fonce dessus, le meilleur moyen de s'en sortir, c'est de lui laisser le ballon et de ne pas insister. Cela dit, Jake n'était pas du genre à abandonner le ballon, quels qu'en soient les risques.

— File-moi tes clés, tu n'as qu'à dormir chez moi, ordonna l'entraîneur d'un geste de la main sans appel.

Brandon posa un regard épuisé sur Jake. Il était incapable d'articuler la moindre excuse pour refuser cette offre. Cela commençait à devenir inquiétant. Au lieu de chercher ses clés, il tendit son sac à Jake qui fouilla méthodiquement chacune des petites poches avant de mettre la main dessus. Après avoir déverrouillé la voiture de Brandon, garée tout près, il lui indiqua où elle se trouvait.

— Va t'installer au chaud, dit-il avec autorité en le gratifiant d'une petite tape sur l'épaule. J'en ai pour une minute.

Le prof de sciences ne pensait même plus à discuter. Il ne maîtrisait absolument pas la situation. Il regrettait simplement de ne plus être en train de dormir dans le bus. Il s'effondra sur le siège passager, referma la portière et s'appuya contre la vitre. On aurait dit que son corps avait compris qu'on était vendredi soir et qu'il s'écroulait malgré lui.

Une fois Brandon installé, Jake retourna vers les tas d'équipements abandonnés par les élèves à côté du bus. Il rapporta le tout dans l'abri du banc de touche, en faisant attention de ne pas réveiller ses douleurs, qui se rappelleraient immanquablement à son bon souvenir une fois qu'il serait rentré chez lui.

Il verrouilla la porte, déplaça le bus sur l'emplacement qui lui était réservé et retourna lentement vers la voiture de Brandon. L'estomac noué, il essayait de garder son calme. Ça ne pouvait plus durer. Il se comportait comme un ado décérébré. S'il continuait à fantasmer sur cet homme, il allait sûrement y perdre des plumes. Et sa santé mentale, probablement.

Il s'installa sans un bruit. Brandon semblait déjà dormir et respirait calmement. Son visage paraissait creusé dans la lumière tamisée de l'habitacle, ce qui accentuait les cernes sombres sous ses yeux. Jake l'observa quelques instants pour s'imprégner des traits de son visage. Il aurait aimé trouver un moyen de se rapprocher de lui, mais cela l'effrayait terriblement. Il démarra la voiture et sortit du parking pour se diriger vers sa maison, abandonnant son pick-up.

Une fois la voiture arrêtée et le moteur coupé, l'absence soudaine de bercement suffit à réveiller Brandon qui se força à ouvrir les yeux et à regarder par la vitre brouillée par la pluie.

— Qu'est-ce que… ? marmonna-t-il en essayant de se redresser.

— On est arrivés, l'informa Jake, avant de sortir de la voiture et d'attraper le sac de Brandon. Tu as besoin de tout ça ?

Le professeur de sciences sortit à son tour sous la pluie légère et regarda la maison de Jake, en se demandant tout à coup si c'était vraiment une bonne idée.

— Non, répondit-il en refermant la portière, qui lui semblait soudain être une surface très confortable contre laquelle s'affaler.

— Dans ce cas, rentre, ordonna Jake en contournant la voiture pour attraper Brandon par le coude. Une douche, des vêtements secs, et au lit.

Cloué sur place, Brandon prit un cliché de cet instant inoubliable : Jake, près de lui, dans le clair de lune voilé par un rideau de pluie, une expression de douceur sur le visage et encore plus douce dans le regard. Puis le temps reprit ses droits, et le charme fut rompu. Brandon se laissa conduire dans la maison.

— À l'étage, au bout du couloir, tu trouveras ma chambre, expliqua Jake. Tu peux utiliser la douche qui s'y trouve. Il y a du shampoing et des serviettes.

Jake déposa le sac près de la porte en regrettant que la salle de bains pour les invités ne soit pas encore prête. Cela aurait été plus sûr.

— Et… Euh… je t'apporterai des vêtements quand tu seras sous la douche.

Brandon s'avança et se rendit compte qu'il n'avait toujours pas prononcé un seul mot. Il se retourna, ouvrit la bouche et se retrouva en face de Jake, soudain très proche, qui lui rentra dedans et l'attrapa par les bras pour l'aider à garder l'équilibre.

— Oh, pardon ! Enfin, merci, je veux dire. Tu vois, pour…

Brandon agita légèrement la main.

— Il n'y a pas de quoi, répondit Jake à ces paroles confuses.

Il resserra doucement son étreinte sur les bras de Brandon, et tout son corps se tendit en réaction à ce contact accidentel.

Brandon leva les yeux pour regarder Jake, tout en essayant de se persuader que la pression de ses doigts ne lui faisait aucun effet. Ils restèrent tous les deux immobiles le temps de quelques battements de cœur, avant que Brandon se rende compte que Jake attendait sans doute qu'il veuille bien bouger. Il baissa brusquement la tête.

— Bon, je vais sous la douche !

Jake retira ses mains comme s'il venait de se brûler et les laissa suspendues un instant, les doigts écartés, alors que Brandon se détachait de lui.

— Je vais te chercher des vêtements, annonça-t-il.

Brandon hocha la tête et se dirigea vers la salle de bains. Une fois à l'intérieur, il ferma la porte et s'assit péniblement sur les toilettes, complètement lessivé. Il avait conscience que ses cinq heures de sommeil habituelles ne suffiraient pas à le remettre sur pied. Il se passa les mains sur le visage, puis se pencha pour ouvrir le robinet de la douche avant de se déshabiller, de suspendre ses vêtements humides sur le porte-serviette vide et de laisser ses chaussures sur le tapis. Il tira le rideau et se hissa sous la douche en poussant un petit grognement lorsque l'eau chaude entra en contact avec sa peau fraîche et moite.

Dans le couloir, Jake restait figé. Qu'est-ce qu'il était en train de faire, nom de Dieu ? Ça allait mal finir ! Il n'avait rien à espérer. Soit il réussissait à se détacher de Brandon – ce qui était quasiment impossible avant la fin de la saison – soit il… Non. Il ne pouvait pas faire ça. C'était impensable. Il secoua la tête et se força à bouger. Il se rendit d'abord dans la chambre d'amis, son ancienne chambre, pour s'assurer que les draps étaient propres. Ensuite, il rejoignit la sienne et se mit à fouiller soigneusement dans son armoire, en quête de vêtements à la taille de Brandon. Il écoutait le bruit de la douche tout en dépliant un bas de survêtement et un tee-shirt. Il se demandait s'il pouvait prêter un caleçon à Brandon. Peut-être que c'était déplacé. Avec Troy et Jonathan cela ne l'aurait pas dérangé. Il soupira, sortit un sous-vêtement et le lança sur le lit à côté du reste. Puis il s'assit sur les couvertures et commença à délacer ses chaussures. La fatigue de la journée commençait à le rattraper.

Prolongeant sa douche un peu plus qu'à son habitude, Brandon était appuyé sur un bras pour éviter de tomber, au risque de s'endormir debout, en songeant à Jake sous la pluie. Il se mordit la lèvre. Bon sang, il fallait que ça s'arrête ! Cette histoire virait à l'obsession. Il referma le robinet et attrapa une serviette. Il se frotta aussi fort que possible pour se sécher le corps tout entier, sans s'essuyer les cheveux. Heureusement, c'était un drap de bain XXL. *Il faut bien ça pour envelopper le grand corps musclé de Jake*, lui souffla une petite voix diabolique dans la tête. Brandon se cogna le front plusieurs fois de suite contre le mur avant d'enrouler la serviette autour de ses hanches, d'entrouvrir la porte et de jeter un œil dans la chambre.

Jake était debout au pied du lit. Il avait toutes les peines du monde à se débarrasser de son sous-maillot trempé par la pluie à cause de sa douleur à l'épaule, réveillée par le froid et l'humidité. Après avoir réussi à l'enlever, il le jeta sur le sol, agacé, avant de passer une main dans ses cheveux courts et de s'apercevoir que la porte de la salle de bains s'était ouverte.

— Hé, lança-t-il, presque surpris de voir apparaître Brandon. Je… Euh… je ne savais pas ce que tu préférais pour dormir, du coup…

Un peu rougissant, Jake prit les vêtements sur le lit et les apporta à Brandon, évitant soigneusement de croiser son regard.

Le professeur de sciences accepta la tenue avec un remerciement. Il avait remarqué que Jake essayait de bouger son épaule et son bras le moins possible.

— Je m'habille, dit Brandon, je récupère mes vêtements mouillés et je te laisse tranquille.

Il se disait qu'une douche chaude pourrait soulager les douleurs de Jake avant qu'il soit trop tard.

— Prends ton temps, murmura l'entraîneur en se retournant.

Il s'arrêta, hésitant un instant sur ce qu'il devait faire. Finalement, il sortit de la chambre en gardant le pantalon gris qu'il portait pour les matchs à l'extérieur, toujours trempé, et traversa le couloir, avant de descendre et d'aller récupérer ses comprimés dans la cuisine.

Brandon le suivit du regard, trop fatigué pour s'empêcher de mater ses fesses, moulées à souhait dans son pantalon de baseball. Au bout d'un moment, il ferma les yeux puis se retourna. De retour dans la salle de bains, il laissa tomber la serviette au sol, enfila le caleçon et le tee-shirt, puis observa le pantalon de survêtement. Suffisamment réchauffé, il le laissa sur le lavabo sans le déplier. Après avoir récupéré ses vêtements mouillés et ses chaussures, il rejoignit l'escalier, dans l'idée de trouver un sac pour les y ranger.

Jake était accroché d'une main au comptoir, les yeux fermés et un flacon de comprimés dans l'autre. Il était capable de supporter les douleurs vives et les blessures. Ce qui le minait, c'était cette douleur lancinante. En entendant des pas légers derrière lui, il ouvrit les yeux et posa les médicaments dans le placard à pharmacie, dont il referma soigneusement la porte.

— Tu as tout ce qu'il te faut ? demanda-t-il d'une voix qui se voulait neutre.

— Oui, assura Brandon.

La tension dans le corps de Jake était visible et transparaissait dans sa voix.

— Je voulais trouver un sac pour tout ça avant d'aller dormir. Je prends n'importe quelle chambre ? Je ne veux pas te déranger. Je suis sûr que tu es aussi épuisé que moi.

— Tu peux dormir dans mon ancienne chambre. J'ai fait le lit.

Il se retourna lentement et prit la bouteille de Gatorade à moitié vide sur le comptoir. Un élève l'avait oubliée dans le bus, mais Jake ne faisait pas de manières. Il avala les cachets avec une gorgée de la boisson acide au citron et frissonna de la tête aux pieds.

— Il doit y avoir des sacs de courses quelque part, indiqua-t-il.

Il frissonna de nouveau en essayant de serrer les dents.

— OK, souffla Brandon avec une grimace compatissante. Jake, est-ce que je peux faire quelque chose pour t'aider ?

Il avait mal rien qu'à le regarder.

— M'aider ? répéta Jake, troublé.

Il s'était laissé distraire momentanément par l'étoffe légère des vêtements prêtés à Brandon. Il se demandait si lui aussi était aussi craquant quand il les avait sur le dos.

Brandon leva la main et fit glisser son pouce le long de l'épaule nouée de Jake.

— Tu protèges ton épaule à cause de la douleur, remarqua-t-il calmement, mais ça n'empêche pas les tensions.

Jake se crispa malgré lui et frissonna au contact de la main de Brandon.

— Oui, ça… Euh…, bafouilla-t-il. Elle me fait mal, parfois. Il faut juste que je pense à faire attention.

Il cherchait désespérément un truc à dire.

— Tu dois avoir de la pommade de massage, non ? Va prendre une douche, et ensuite je t'en passerai, histoire que tu puisses te reposer.

Brandon avait parlé sans réfléchir. Théoriquement, il savait pourquoi l'épaule de Jake réagissait ainsi, comment les muscles et les ligaments pouvaient être étirés, malmenés, déchirés ou arrachés. Il savait aussi comment les muscles s'imbriquaient entre eux, ce qui provoquait la douleur, et à quel endroit celle-ci pouvait se loger, ainsi que ce qui pouvait causer les pires contractions. C'était de l'anatomie pure et simple.

Jake fronça les sourcils, inquiet, avant de finalement accepter docilement d'un signe de tête. En réalité, il était prêt à tout pour soulager les douleurs insupportables dont il souffrait. Brandon laissa retomber la main.

— Qu'est-ce que tu attends, alors ? insista le prof de sciences.

Jake posa la bouteille de Gatorade et contourna Brandon pour sortir de la cuisine.

— Les sacs sont dans le cellier, dit-il en défaisant sa ceinture. Mais, si tu veux, tu peux laisser tes vêtements sur le comptoir, et on les mettra dans la machine à laver plus tard. Il y a un match demain.

Brandon acquiesça et posa la pile de vêtements à côté de l'évier tout en regardant la pluie par la fenêtre. Perdu dans ses pensées, il l'écouta tomber sur le toit. Un match, demain. En fin d'après-midi et à domicile. Ce qui signifiait qu'il pourrait prendre son temps dans la matinée. Il fallait vraiment qu'il se repose. Il n'avait pas le choix.

Jake entra dans la douche encore embuée et poussa un petit grognement lorsque l'eau brûlante toucha sa peau. Une nuit avec Brandon dormant dans la chambre d'amis. Il devait pouvoir y arriver sans perdre la tête, non ?

Il se doucha rapidement, laissant l'eau chaude réchauffer son corps froid et détendre ses muscles. Après avoir profité de l'effet bénéfique de la douche, il referma le robinet et hésita un instant, avant de sortir et de se sécher rapidement avec une serviette moelleuse. Lèvres pincées, il laissa échapper un juron lorsqu'il se rendit compte qu'il avait oublié de prendre des vêtements de rechange. Il enroula l'immense serviette autour de ses hanches et quitta d'un pas hésitant la pièce emplie de buée.

Brandon était toujours en train de rêvasser lorsque l'eau de la douche cessa de couler. Il se dirigea vers l'escalier, avant de faire demi-tour et de retourner chercher dans le frigo un truc correct à boire pour Jake. Bière. Bière. Coca. Bière. *Ah, ah*! Gatorade. Il attrapa deux bouteilles et monta à l'étage.

Dans la chambre, cramponné à son drap de bain, Jake fouillait dans un tiroir en quête d'un caleçon et d'un autre tee-shirt. Ses épaules se contractèrent de nouveau à l'approche de Brandon. Il fallait absolument qu'il se débarrasse de cette sensation ! Ça devenait ridicule.

Sur le pas de la porte, Brandon agitait les bouteilles.

— Je t'ai apporté du Gatorade, dit-il. Ça va t'aider à soulager les contractions musculaires.

Il savait que ça avait l'air absurde, mais il s'en fichait, absorbé par la contemplation du large torse musclé qui emplissait son champ de vision.

— Le liniment pour chevaux est dans ce tiroir, lança Jake en prenant une bouteille.

Il la déboucha et désigna la table de nuit la plus proche.

Brandon s'assit sur le bord du lit et ouvrit le tiroir, conscient qu'il s'aventurait en terrain glissant lorsqu'il vit ce qui se trouvait à l'intérieur. Un petit flacon rond de lubrifiant roula sur une pile de magazines, dont il ne pouvait voir les titres sans les retourner délibérément dans le bon sens. Il y avait aussi une farandole de sachets de préservatifs, un grand tube de liniment Thermaflex, une télécommande et un polar de James Patterson tout corné. Rien de vraiment choquant. En soulevant le flacon de liniment, il découvrit deux photos posées à moitié l'une sur l'autre et se risqua à jeter un coup d'œil. La première montrait Jake en compagnie d'un autre homme. Ils étaient enlacés et, semble-t-il, en train de hurler face à l'objectif. Elle avait apparemment été prise au beau milieu d'un défilé de Mardi gras. L'autre était un cliché artistique en noir et blanc assez provocateur. Brandon referma le tiroir au bout de quelques secondes.

Jake se tendit lorsqu'il se souvint du contenu du tiroir, mais il était trop tard pour arrêter Brandon. Il observa attentivement sa réaction. En même temps, il n'y avait rien à l'intérieur qui clamait : « L'entraîneur aime les hommes ! » Mais mieux valait se méfier avec les futés : à la différence de la plupart des gens, ils savaient voir plus loin que le bout de leur nez. Ils ne pensaient pas de la même façon. Dans l'expectative, il continua à surveiller Brandon.

Tout en secouant le flacon, le prof de sciences leva les yeux et fit signe à Jake de s'asseoir devant lui. Si les photos étaient ambiguës, elles ne constituaient pas pour autant une preuve accablante. Loin de là.

Il pouvait toujours espérer, mais, en général, il préférait éviter de se faire des films. Rien de tel pour devenir complètement obsédé. Il étala du liniment sur ses doigts.

— L'épaule droite, c'est ça ?

— Oui, répondit doucement Jake en s'asseyant sur le bord du lit.

Il regarda Brandon, un peu fébrile. Heureusement qu'il avait une serviette autour des reins. Quelque part, il se sentait plus à l'abri que dans ses vêtements.

Brandon recouvrit de lotion l'arête de l'épaule de Jake.

— Est-ce que la lésion est sur le scalène, le trapèze ou le deltoïde ?

— C'est surtout les tendons et les ligaments qui me font souffrir. Plus que les muscles. À une époque, des becs osseux se sont formés dans l'articulation, parce qu'elle était trop sollicitée. Quand on a bien voulu croire que je ne jouais pas la comédie lorsque je disais avoir mal, il était trop tard pour agir et il a fallu que je passe sur le billard pour les enlever, expliqua Jake, auquel le contact des mains de Brandon sur la peau déliait la langue. Mais c'est surtout ici que ça fait mal, ajouta-t-il en traçant du doigt une ligne à l'avant de son épaule.

Brandon renforça la pression de ses mains pour bien faire pénétrer le liniment et effleura la zone indiquée par Jake.

— C'est le ligament acromio-coracoïdien. Il permet de tenir le processus coracoïde. (Il continua le long de la clavicule de Jake.) L'acromion et la tête de l'humérus. C'est hyperdouloureux. Tu as dû souffrir.

— Beaucoup, murmura Jake, sans faire attention à tous ces noms savants.

Il préférait se concentrer sur les mains chaudes posées sur son corps et sur l'odeur familière de son shampoing et de son savon sur un homme qui, lui, n'avait rien de familier. Irrité par l'odeur du liniment, il détourna la tête et ferma les yeux. Sous les mains de Brandon, sa peau commençait à se réchauffer. Le prof de sciences continuait à masser les muscles de son épaule, alternant l'intensité pour évacuer l'acide lactique de la zone travaillée et permettre aux muscles de se détendre et de se reposer.

Brandon travaillait en mouvements répétitifs. Au bout d'un moment, il se sentit gagné par la chaleur qui irradiait de la peau de l'homme près de lui. Jake avait fermé les yeux, et il pouvait observer les traits de son visage à loisir. En dehors d'un muscle qui tressautait sur sa mâchoire parce qu'il grinçait des dents, son visage était calme, presque tranquille.

Visiblement, Jake avait l'habitude de s'en remettre à des mains expertes. Lorsque l'air frais vint caresser le liniment sur sa peau, il se mit à frissonner violemment. Brandon glissa une main sous le menton de Jake pour masser doucement l'articulation de sa mâchoire.

— Il faut que tu te détendes, insista-t-il.

S'il pouvait au moins faire cesser ce grincement de dents apparemment peu agréable, ce serait déjà ça.

— Quand tu te détends à un endroit, marmonna-t-il d'une voix qui se voulait détachée, tu te contractes à un autre. C'est à se demander comment tu fais pour dormir !

Jake rouvrit les yeux et esquissa un sourire.

— L'alcool et les cachetons sont de bons somnifères, grogna-t-il.

Brandon secoua la tête.

— Tu ferais mieux de te trouver une masseuse ou un Jacuzzi, conseilla-t-il.

La peau de Jake avait presque absorbé le liniment. Bien trop rapidement au goût de Brandon.

— Eh bien, tu bosses aussi le week-end ? s'exclama Jake.

Délibérément, il croisa le regard de Brandon. La couleur de ses yeux était un mélange étrange de vert et de bleu, proche de l'aigue-marine. Il ne se souvenait pas de l'avoir remarqué jusqu'ici. Troublé, il en oubliait ce qu'il voulait dire.

Amusé, Brandon s'imaginait ce qu'il aurait bien aimé faire subir au corps de Jake. *Waouh ! Doucement, mon grand. Tu n'as aucune chance.*

— Tout est négociable, répondit-il spontanément, avant de se jeter à l'eau. Après tout, les mecs diplômés en anatomie et en physiologie, ça ne court pas les rues, pas vrai ?

Jake haussa un sourcil.

— Et que veux-tu, en échange ? Si ça t'intéresse, je suis assez doué en barbecue.

Brandon lui décocha un grand sourire, et son regard s'illumina.

— OK pour le barbecue. Ça me va très bien. Sans oublier la chambre à coucher !

En disant ces mots, il faisait seulement allusion à cette soirée et à la chambre d'amis dont Jake avait parlé. Et à rien d'autre.

Jake leva la tête, étonné. Le sous-entendu était trop beau pour être vrai.

— Est-ce que t'es en train d'insinuer que je suis prêt à vendre mon corps pour soulager ma douleur ? suggéra-t-il, amusé. Eh bien, tu n'aurais pas tort !

Il se mit à rire doucement.

Un instant paniqué, Brandon comprit que Jake plaisantait. Il sourit, cherchant la réplique adéquate à ce commentaire lourd de sens.

— Je ne suis pas sûr de pouvoir rivaliser avec une telle offre, finit-il par dire.

Sans plus d'excuse pour continuer à toucher le corps de Jake, il laissa retomber les mains sur ses genoux.

Jake le regarda de ses yeux noirs indéchiffrables, un sourire crispé aux lèvres.

— Merci, chuchota-t-il, d'une voix enrouée impossible à contrôler.

Brandon ne pouvait plus ignorer la tension qui avait envahi son ventre et sa poitrine. C'était à la limite du supportable. Il se retourna, de peur de faire quelque chose qu'il aurait regretté. Il hocha la tête et se leva.

— Bonne nuit, souffla-t-il.

Il rangea le flacon de liniment dans le tiroir puis se dirigea vers la porte.

— Bonne nuit, répondit Jake d'une voix rauque, tête baissée.

S'il avait regardé Brandon, il aurait eu du mal à s'empêcher de lui sauter dessus.

Sur la pointe des pieds, Brandon traversa le couloir et trouva la chambre avec le lit tout prêt à l'accueillir. Il se réfugia dans la pièce, guidé par la lumière dans la chambre de Jake. Il s'assit avec précaution au bord du lit, submergé par les battements frénétiques de son cœur, qui avaient pris le dessus sur sa fatigue. *Oh, mon Dieu* ! C'était trop tard. Il était mordu. Pourvu que Jake ne s'aperçoive de rien, sinon ce serait la catastrophe. Il n'aurait pas dû le taquiner. C'était venu d'un truc dans la voix de Jake, quelque chose de viscéral presque reconnaissable, à la limite du palpable mais encore un peu flou. Une amitié qui s'approfondit, peut-être ? Un sentiment de confiance naissant entre deux collègues ? Deux hommes qui essaient de trouver un terrain d'entente sans jouer au mâle dominant ? Ou, comme son corps le poussait à le penser alors qu'il s'allongeait, en proie à l'agitation, deux hommes qui se tournaient autour sans oser encore aller plus loin ? Brandon se retourna et tira un oreiller sur sa tête.

Jake resta immobile pendant quelques instants, avant de pousser un profond soupir. Il se releva et alla éteindre la lumière, puis il abandonna sa serviette et se glissa entre les draps, nu et imprégné de l'odeur du liniment.

Chapitre 6

Réveillé par la lumière du soleil, Brandon cligna des yeux et enfonça le visage dans l'oreiller. Un instant désorienté, il cherchait la fenêtre à gauche de son lit et ne reconnaissait pas l'odeur des draps. Il s'assit, regarda autour de lui, et la mémoire lui revint soudainement. Il était chez Jake. Dans son ancienne chambre. Sur des étagères accrochées aux murs, des trophées s'alignaient soigneusement à côté de dizaines de rubans et de certificats encadrés avec amour. Sûrement l'œuvre d'une mère dévouée. Entortillé dans les draps, il tenta vainement de se lever. Après s'en être enfin extirpé, il se demanda quelle heure il pouvait bien être. Tard, sûrement. En tout cas, tard pour lui. En général, il se levait bien avant l'aube. La chaleur du soleil sur sa peau lui indiquait que la matinée était déjà bien avancée. Il avait dormi comme un bébé et il se sentait un peu déphasé.

Un fracas métallique se fit brusquement entendre au rez-de-chaussée, suivi d'un juron étouffé et d'autres fracas. Surpris, Brandon se leva, ouvrit la porte et passa la tête dans le couloir. Des casseroles s'entrechoquaient. Il se risqua hors de la chambre puis dans l'escalier, avant de s'arrêter à l'entrée de la cuisine.

Agenouillé sur le sol et occupé à ramasser couvercles et poêles à frire, Jake leva la tête, grimaça et esquissa un sourire.

— Désolé, dit-il. Je voulais être discret, mais j'ai ouvert le Placard-du-Malheur par inadvertance.

Brandon ne put retenir un petit sourire.

— J'ai le même à la maison.

Sa mère adorait cuisiner et faire des pâtisseries, et les placards débordaient de casseroles, de poêles et de plaques à gâteaux dont il ne se servait jamais.

— Bonjour, ajouta-t-il.

— Bonjour, répondit Jake avec un sourire penaud. Tu as bien dormi ?

Il posait la question par politesse, le regard fuyant, incapable de trouver autre chose à dire.

— Je me suis effondré, répondit Brandon, appuyé contre l'encadrement de la porte. J'étais vraiment épuisé. La semaine a été plus longue que d'habitude.

Il ne pouvait détacher son regard de Jake. À la lumière du jour, il semblait plus accessible. Mais toujours aussi séduisant. *Séduisant. OK.* Ses cheveux, pourtant courts, étaient tout ébouriffés. Et puis il avait laissé tomber le masque du mec dur à cuire. Ce qui ne gâchait rien. Brandon retint un soupir.

— Tu m'étonnes ! acquiesça Jake.

Il réussit enfin à remettre de l'ordre dans sa batterie de cuisine. Il se baissa pour ramasser l'ensemble et tout poser sur le comptoir. Il se frotta les yeux et étira les bras au-dessus de la tête tout en jetant un œil à la pendule accrochée au mur. Neuf heures passées.

— Tu manges, le matin ? demanda-t-il en se tournant vers Brandon.

Il se sentait étrangement à l'aise avec lui, et cette idée lui faisait un peu peur. Pourquoi est-ce qu'il se torturait ainsi ?

— Normalement, j'avale un truc dans la voiture. Une barre de céréales, un sachet de biscuits ou un morceau de fruit. Moi et la cuisine, ça fait deux, et puis je n'ai pas vraiment le temps.

Suivant le regard de Jake, il jeta à son tour un œil à la pendule. L'heure n'était pas aussi avancée qu'il le croyait, mais quand même. Il avait dormi presque sept heures d'affilée, ce qui ne lui était pas arrivé depuis presque un mois.

— Ça, c'est de la grande cuisine ! railla Jake avec un petit rire. Et les œufs au bacon, tu as déjà essayé ?

— Je n'ai rien contre les œufs au bacon, approuva Brandon en riant. Si tu n'as pas besoin de moi, je vais faire un brin de toilette.

— Pas de problème, répondit Jake.

Il se tourna vers le frigo et en sortit les ingrédients pour le petit déjeuner.

— Fais comme chez toi, ajouta-t-il. Ça devrait être prêt dans quelques minutes.

Brandon hocha la tête et, profitant que Jake lui tourne le dos, il recula dans le couloir sans le quitter des yeux avant de se retourner pour éviter de tomber. Il gagna la salle de bains, effaré par l'absurdité de son comportement. Après une toilette rapide, il enfila son tee-shirt et se rappela qu'il devait encore laver sa tenue de baseball. Une fois revenu dans la cuisine, il s'arrêta devant la pile de vêtements posée sur le comptoir.

— Je peux utiliser ta machine à laver ? demanda-t-il, observant Jake qui touillait les œufs dans une poêle.

— Elle est dans ce coin, là-bas, répondit son hôte en indiquant d'un signe de tête une porte au bout de la cuisine. Est-ce que… est-ce que ça te dérangerait d'aller chercher mon linge ? J'ai tout laissé traîner au pied du lit.

— Aucun problème, assura Brandon.

Après avoir rassemblé tous les vêtements, il prit les produits posés sur l'étagère au-dessus de la machine et lança une lessive. Toute cette situation était vraiment étrange. Et le pire, c'était qu'il trouvait ça normal. Il ferma les yeux. Depuis quand se sentait-il aussi à l'aise avec Jake ? Il avait l'impression que c'était tout nouveau. Il songea à tout le temps qu'ils avaient passé ensemble : leurs échanges en fin de journée dans la salle d'éducation à la santé, les séances d'entraînement, les réunions d'équipe, les matchs, les soirées entre entraîneurs… Sans qu'il s'en rende compte, Jake avait pris une place importante dans sa vie, de façon aussi discrète que dangereuse. Brandon ouvrit brusquement les yeux et chassa ces pensées. Elles ne mèneraient nulle part. Absolument rien chez Jake ne laissait penser qu'il était attiré par les hommes. En dehors de deux petites photos qui enflammaient ses espoirs…

Jake secoua la tête tout en cuisinant et en marmonnant dans sa barbe. C'était la première et la dernière fois ! La prochaine fois, il laisserait Brandon rentrer seul. Ou il le raccompagnerait chez lui, bon sang ! Tout, sauf ça. Et il leur restait encore deux heures à passer ensemble.

Brandon poussa un soupir et jeta un coup d'œil par la fenêtre. La journée s'annonçait belle. Après le petit déjeuner, il pourrait peut-être emprunter un short et aller courir. Mais ce n'était pas une bonne idée. Jake ne voudrait jamais l'accompagner, pas avec son genou, et certainement pas pour la distance que courait Brandon d'ordinaire. Et puis ce ne serait pas très poli de partir de la maison en courant. Il revint dans la cuisine et mit tranquillement la table.

— Merci pour… Euh… hier soir, bredouilla Jake à son entrée, en agitant nerveusement la main. Ça m'a aidé.

— J'en suis ravi. Je suis étonné qu'avec une arthroscopie ça n'ait pas guéri mieux que ça.

— Je n'aurais peut-être pas dû continuer à jouer après l'opération, reconnut Jake en versant les œufs dans un grand bol.

Brandon se hissa sur un tabouret devant l'îlot central.

— Que s'est-il passé, si je peux me permettre ?

Jake haussa les épaules et servit les œufs brouillés, accompagnés d'une tonne de bacon cuit au micro-onde et un peu ramolli, comme il l'aimait.

— J'avais une bourse. La totale. Football, lutte et baseball. Quand mon épaule a commencé à me causer des ennuis, j'ai laissé tomber la lutte. Mais ça n'a rien changé. Ça a même empiré. Alors, les médecins m'ont demandé de me concentrer sur un seul sport. Ce qui voulait dire que j'allais perdre la moitié de ma bourse. Je ne pouvais pas me le permettre, ajouta-t-il d'une voix saccadée. Mes notes n'étaient pas suffisantes dans les autres matières pour que je puisse rester à Clemson. Du coup, on m'a opéré, et j'ai continué à jouer. Jusqu'à ce que je ne puisse même plus lancer, tellement l'état de mon bras s'était dégradé. Ensuite, j'ai dû arrêter le foot à cause de mon genou. Et voilà. Je peux m'estimer heureux d'avoir tenu quatre ans.

Les épaules et la nuque de Jake s'étaient raidies de nouveau, et ses bras et ses jambes étaient pris de soubresauts. Visiblement, il souffrait encore, après toutes ces années. *Il s'est bousillé le genou et l'épaule pour pouvoir finir ses études*, songea Brandon, bouleversé.

— C'est vraiment une sale histoire, murmura-t-il.

Il pensa aux efforts intenses qu'il avait dû fournir pour conserver ses bourses. Mais ce n'était pas grand-chose par rapport à ce que Jake avait dû endurer. Cela relativisait sérieusement les difficultés qu'il avait rencontrées.

— Après tout, répondit Jake en tapotant les œufs dans son assiette, on ne peut pas tous devenir quarterbacks professionnels.

— Tu es un super entraîneur, tu sais, dit Brandon le plus sérieusement du monde.

Jake leva les yeux vers lui. L'humour habituel qui y dansait avait cédé la place à une certaine mélancolie.

— Les incapables deviennent profs, rétorqua-t-il.

Ce qui restait de la bonne humeur de Brandon s'envola.

— Oui, peut-être, murmura-t-il, revenant onze ans en arrière.

Sans même s'en rendre compte, il fronça les sourcils.

— On dirait que toi aussi, tu as un passif, fit remarquer Jake. Je me trompe ?

C'était comme si un nuage sombre était soudain apparu au-dessus de la tête de Brandon. Il riva son regard dans le sien, les dents serrées.

— Après ma licence de biologie, j'ai fait un master 1 en biologie et histologie, et un master 2 en anatomie et physiologie. J'étais parti pour faire médecine.

— Qu'est-ce qui s'est passé ? demanda Jake, étonné de voir cette version morne et abattue de Brandon.

— Mes parents sont morts, répondit-il tout bas.

Jake resta un instant silencieux tout en observant Brandon avec attention. Il aurait aimé savoir pourquoi Brandon avait arrêté ses études à la suite de cet événement, mais il préféra ne pas insister.

— Désolé, offrit-il.

Brandon hocha la tête.

— Il a fallu que je revienne pour tout gérer. Et je suis tombé sur Tom Berry à la veillée funèbre. Il m'a convaincu d'essayer l'enseignement pendant un an. Je ne suis jamais reparti.

— Mais ça te plaît, non ? demanda doucement Jake.

— Oh oui ! répondit Brandon, dont le visage s'éclaira soudain. J'ai découvert que ma relation aux patients pouvait aussi s'appliquer aux élèves. J'aime vraiment enseigner. C'est ce qu'on appelle une « occasion ratée », ajouta-t-il un peu tristement.

— Un chemin différent, rectifia Jake.

C'est ce qu'il se disait à lui-même à de nombreuses reprises.

— Tu sembles savoir de quoi tu parles, dit Brandon en souriant.

— Pfft ! répondit Jake avec un petit rire. J'aime ce que je fais, c'est juste que je souffre en le faisant.

Brandon laissa échapper un petit rire avant de se souvenir de l'équipement qu'il avait rangé au fin fond d'un placard.

— Tu sais, je peux vraiment t'aider. Je veux dire : si tu ne vois pas déjà quelqu'un d'autre régulièrement pour des séances d'ultrasons ou un traitement kiné.

— Un kiné…, soupira Jake. Je n'en vois pas, non. (Il se mit à rire doucement et secoua la tête.) Ils n'apprécient pas trop mon traitement à base d'alcool.

— Oui, je comprends. Si tu n'as rien de prévu demain, je pourrais peut-être venir avec quelques trucs, histoire de voir si ça fait effet, proposa Brandon d'une voix hésitante, poussé par le désir sincère d'aider Jake.

— Des « trucs » ? répéta l'entraîneur d'un air dubitatif.

Brandon laissa échapper un petit grognement en voyant la réaction de Jake et repoussa son assiette vide.

— Un appareil à ultrasons, du gel de massage Biofreeze, des bandages chauffants…, énuméra-t-il en haussant les sourcils, comme si Jake était censé savoir de quoi il parlait.

— Ah ! répondit Jake d'un air dégoûté. Les appareils à ultrasons. Avec ce truc visqueux qui te gèle les couilles dès qu'on l'applique. Génial, conclut-il avec un petit rire sarcastique.

— Tu sais que t'es un petit rigolo ? commenta Brandon, amusé. Un dimanche après-midi sans souffrir, ça vaut le coup d'essayer, non ?

— Pourquoi ? Tu prévois d'apporter un peu d'herbe ? répliqua Jake, provocateur.

Il n'avait aucune confiance en la thérapie pour soulager ses douleurs. Ou si peu. Il s'était toujours méfié, ce qui expliquait sans doute l'échec de ses différents traitements.

L'intonation de Jake éveilla les soupçons de Brandon.

— Tu ne crois pas que ça puisse être efficace, c'est ça ? Parce que ça ne l'a jamais été ?

— Bingo, acquiesça Jake avec un petit rictus. Je suis ce qu'on appelle un « patient difficile ».

Brandon leva les yeux au ciel.

— Tu ne m'apprends rien. Est-ce que tu veux quand même me laisser tenter ma chance ?

— Si ça te fait plaisir, mon grand, répliqua Jake sans réfléchir.

— C'est parti, mon petit, répondit Brandon sur le même ton.

C'était hallucinant à quel point il se sentait à l'aise avec Jake. Il n'avait pas parlé de ses parents depuis des années, mais, quand Jake l'avait questionné, il s'était livré tout naturellement.

Jake s'esclaffa et observa Brandon un instant avec un petit sourire, avant de se concentrer sur son petit déjeuner. Un silence confortable s'installa entre eux, mais Jake cherchait désespérément un truc à dire.

Sur son tabouret, Brandon commença à s'agiter. Il pensait à tout ce qu'il pourrait faire : corriger des copies ou se plonger dans sa thèse, dont il n'avait d'ailleurs toujours pas parlé à Jake. Il aurait aussi pu préparer ses cours pour la semaine. Mais aucune de ces activités n'impliquait Jake, et il ne voulait pas se montrer impoli.

— Tu as quelque chose de prévu ? demanda-t-il, hésitant. Si tu veux, je peux te ramener à ton pick-up et te laisser tranquille.

Il n'avait pas envie de partir même s'il savait qu'il aurait dû le faire.

Jake termina ses œufs brouillés et posa sa fourchette, en proie à une légère agitation. Visiblement, Brandon n'appréciait pas sa compagnie autant qu'il appréciait la sienne.

— Eh bien, dit-il en haussant les épaules, à part jeter un œil aux statistiques du match d'hier soir pour modifier la composition de l'équipe, je n'ai pas grand-chose à faire. En fait, j'avais prévu de me la couler douce, ce matin.

Il rougit, et Brandon prit son courage à deux mains.

— Ça ne te dérange pas si je squatte un peu ? Je pensais retourner au lycée pour corriger des copies si tu avais eu des trucs à faire, mais, franchement, j'en ai marre d'être enfermé dans ma salle de classe. Sans oublier le fait que ta compagnie est plus agréable que celle de James.

— James ? releva Jake.

Sa curiosité était piquée, mais il voulait faire abstraction de toutes ces nouvelles émotions qui l'assaillaient.

Brandon sourit, le regard pétillant.

— Le squelette anatomique. Les élèves l'ont surnommé James en hommage à Boney James, le musicien de jazz.

Jake regarda Brandon un instant, avant de laisser échapper un petit rire.

— Je n'ai jamais entendu parler de Boney James, admit-il, amusé, en posant les coudes sur la table, mais ça me va.

Le fait que Brandon ne soit pas pressé de partir ou, en tout cas, que ça ne le dérange pas de rester lui faisait un bien fou. Et il ignorait pourquoi.

— Est-ce que mon sac à dos a réussi à arriver jusqu'ici ? demanda le professeur de sciences, en se levant pour débarrasser.

— Oui, je l'ai laissé dans l'entrée, avoua Jake, un peu gêné. Tu disais que tu avais des copies à corriger ?

— J'ai toujours des copies à corriger, non ? répliqua Brandon. Mais ça pourrait être pire. Deux paquets seulement, et pas de rédactions. Si je m'en débarrasse tout de suite, je pourrai profiter de ma journée de demain.

— OK, répondit Jake, en se disant qu'il ne devait rien y avoir de plus chiant qu'une rédaction de biologie. Parce que tu as un truc important de prévu, demain, ajouta-t-il avec un clin d'œil.

— Mais tout à fait, un truc torride ! lança Brandon en riant.

Il jouait avec le feu, il le savait. Le malaise entre eux avait cédé la place à une camaraderie bon enfant, teintée d'humour et de légèreté. Il aurait voulu que ça ne s'arrête jamais.

Un truc torride. Si seulement, c'était vrai ! Jake se disait qu'une petite virée en ville devenait vraiment urgente. Il fallait absolument qu'il se débarrasse de la tension qui s'accumulait en lui. Une fois de plus, il se retrouvait à regarder Brandon sans savoir quoi dire. Mais cette fois le silence n'avait plus d'importance.

Voyant que sa plaisanterie était tombée à plat, Brandon perdit son sourire. Il regrettait ce qu'il venait de dire. Visiblement, Jake n'était pas aussi à l'aise en sa compagnie qu'il l'était avec lui. Peut-être qu'il avait simplement pitié de lui, du prof de sciences qui n'avait rien d'autre à faire le samedi matin que de corriger des copies. Il attrapa son sac d'un mouvement brusque, s'apprêtant à dire à Jake qu'il avait changé d'avis, qu'il avait oublié un truc important au lycée.

Jake, remarquant le regard sombre de Brandon avant qu'il se retourne, fronça les sourcils.

Son genou s'agitait nerveusement et Jake observait le sol, un peu angoissé, submergé par un flot de pensées embrouillées. Pourquoi était-il assailli par ces sentiments ? C'était bien trop risqué !

Brandon traversa le couloir d'un pas résolu, avant de s'arrêter devant la porte d'entrée. Il se retourna vers Jake et se figea sur place. Le doute avait envahi le visage de l'entraîneur, comme une inquiétude sourde.

— Jake ? Tu es sûr que ça va ? s'inquiéta Brandon, oubliant complètement ce qu'il comptait dire.

Jake répondit par un mouvement brusque de la tête, l'air perdu. Il brûlait d'envie d'avouer ce qu'il ressentait à Brandon, tout en sachant qu'au fond il n'en avait pas le courage.

— Oui, finit-il par répondre. Excuse-moi, je rêvassais.

Il esquissa un sourire et se mit à rougir.

Brandon n'avait qu'une envie, rejoindre Jake et se pencher sur son sourire. C'en était presque douloureux. Il s'éclaircit la voix.

— Je vais m'installer dans le salon, ce sera plus confortable.

Et il disparut, effrayé par ce qu'il ressentait et par les ennuis qui en découleraient à coup sûr. De gros ennuis. Il se laissa tomber sur le canapé et regarda fixement la cheminée, sans parvenir à effacer de son esprit les yeux noirs de Jake.

— Mon Dieu ! Je suis fichu, marmonna-t-il. Complètement fichu.

Seul dans la cuisine, Jake leva les yeux au ciel et pinça les lèvres.

— Reprends-toi, mec ! s'admonesta-t-il.

Il crut entendre Brandon marmonner dans le salon, mais sans comprendre ce qu'il disait. Il resta assis un instant, avant de se lever brusquement. Autant s'attaquer à la formation de l'équipe. Cela l'aiderait à se sentir moins bête à côté de Brandon en train de bosser sérieusement.

Ramené soudainement à la réalité par le bruit du tabouret de Jake, Brandon soupira et ouvrit son sac pour en sortir ses classeurs et ses lunettes rangées dans la poche à fermeture Éclair. Après avoir trouvé un stylo au fond du sac, il se redressa et s'appuya contre l'accoudoir du canapé. Le boulot. Rester concentré sur le boulot. Rien de tel pour s'occuper l'esprit. Il se répétait ces mots chaque fois qu'il entendait Jake bouger.

Après avoir cherché son carnet de pointage un peu partout où il pensait l'avoir laissé, Jake entra dans le salon et regarda autour de lui en essayant de se souvenir de ses allées et venues de la veille.

— Bougre d'olibrius ! finit-il par lâcher. Mon carnet de pointage ne serait pas dans ton sac, par hasard ?

Brandon leva aussitôt la tête, sans pouvoir retenir un rire.

— Bougre d'olibrius ? répéta-t-il.

Il se pencha pour fouiller dans son sac et en sortit le carnet de pointage, avant de l'agiter devant lui.

— Ne me dis pas que tu n'avais jamais entendu cette expression, bougonna Jake.

Il se laissa tomber sur le canapé à côté de Brandon et feuilleta nerveusement les pages du carnet des scores.

— Ton vocabulaire est très fleuri, s'amusa Brandon.

— Ta gueule ! grommela Jake qui s'enfonça dans le canapé en posant les pieds sur la table basse. Ma mère m'a tout appris des jurons, ajouta-t-il avec un petit sourire.

Brandon éclata de rire.

— Voilà une maman que j'aimerais bien rencontrer, commenta-t-il. Mais tu es sûr que ce n'était pas pour le plaisir de te poursuivre avec un savon pour te laver la bouche ?

— J'ai appris à parler très tôt, rétorqua Jake, amusé.

— Et tout le temps, riposta Brandon.

— Oh, oh ! s'écria Jake, la main sur le cœur. Il n'y a que la vérité qui blesse.

Il riait, le regard pétillant.

— Un à zéro pour l'intello ! s'exclama Brandon avec un geste victorieux.

— L'écureuil aveugle finit toujours par trouver un gland, répliqua Jake.

Le prof de sciences, bouche bée, réussit à répondre du tac au tac.

— Surtout quand il n'y a que l'embarras du choix.

— À force de secouer le même arbre, on risque de se ramasser un truc sur la tête, lança Jake.

— Oh, mais ça explique beaucoup de choses ! s'exclama Brandon en ouvrant de grands yeux.

— Hé ! aboya Jake qui avait du mal à garder son sérieux. Je n'y peux rien : ma mère était très maladroite.

Brandon ouvrit la bouche mais se retint d'en rajouter. Il secoua la tête en soupirant.

— Bordel ! marmonna-t-il, à court d'idées.

Jake, aux anges, laissa échapper un petit rire ravi en se replongeant dans son carnet de pointage. Sur la table basse, ses orteils tressautaient en un rythme connu de lui seul.

Brandon reprit son stylo et se remit à ses copies. Leur échange l'avait surpris. C'était tellement facile avec Jake. Comme s'ils se connaissaient depuis toujours. Rien de tel pour se détendre, finalement. Il pouvait enfin se concentrer sur son travail et faire semblant de croire que le sentiment de bien-être qu'il éprouvait n'avait rien à voir avec la présence de Jake.

Après une bonne demi-heure de boulot, Jake eut fini d'étudier les statistiques et achevé la composition de l'équipe pour le match du jour. Du bout de son crayon, il tapotait la liste des moyennes défensives et des moyennes à la batte qu'il avait calculées de tête. Il laissa échapper un grognement lorsqu'il s'aperçut qu'il était bientôt l'heure de se préparer. Il posa le carnet de pointage sur la table basse et se laissa tomber en travers du canapé en bousculant Brandon avec ses pieds.

Déconcentré, Brandon se recula contre l'accoudoir lorsque deux pieds, attachés à de longues jambes, se faufilèrent sur ses cuisses en poussant ses copies. Il haussa un sourcil et leva la tête pour regarder Jake. Ses lunettes glissèrent le long de son nez.

— Tu espères peut-être attirer mon attention ? demanda-t-il.

Ce sentiment de bien-être continuait de l'envahir. *Et merde* !

— Non, mais si tu as envie de me réchauffer les pieds, rétorqua Jake d'un air hautain, ne te gêne surtout pas.

Il glissa les mains sous sa tête et installa confortablement son grand corps.

Brandon avait maintenant les chevilles de Jake sur ses QCM. Sans réfléchir, il laissa tomber son crayon, posa le doigt sur une cicatrice blanchâtre et effleura la peau le long du tendon.

La jambe de Jake tressauta, et il trembla violemment, sans toutefois retirer ses pieds.

— Vas-y mollo, prévint-il sérieusement. Je ne voudrais pas te balancer un coup de pied dans la figure.

— Je n'ose même pas te demander combien tu as de cicatrices comme celle-là, dit Brandon d'un air triste. Ce n'est pas normal qu'elles soient aussi sensibles. Ça fait combien de temps ?

— Des années. Ce sont les deux seules, répondit Jake en se tapotant l'épaule. Mon genou a été opéré par arthroscopie.

Brandon posa sur Jake un regard grave.

— Tu parles, ce n'est pas beaucoup mieux : « Je te charcute par caméra interposée parce que c'est mieux que les yeux. »

Il frissonna, peu friand de cette technique, malgré son désir de faire médecine.

— Je suis désolé que tu aies encore mal après tout ce temps.

Sans se rendre compte de son geste, il effleura de nouveau la cicatrice.

Des fourmillements envahirent le corps de Jake qui suivait des yeux les mouvements de sa main. C'était une marque de tendresse, il n'y avait aucun doute. Bon sang, il ne s'était peut-être pas trompé sur Brandon ! Peut-être ne rêvait-il pas, après tout. À court de mots, il leva la tête vers le prof de sciences.

Prenant visiblement conscience de ce qu'il était en train de faire, Brandon se redressa et retira sa main à regret en laissant traîner les doigts sur la peau. Il jeta un coup d'œil à son compagnon et murmura une excuse qui ne tenait pas debout. Il avait outrepassé son rôle de médecin ou de kiné, et s'était aventuré dans une zone beaucoup plus intime.

Jake se hissa sur les coudes et posa son regard intense sur Brandon. Cette douce caresse l'avait complètement remué, et il voyait bien que Brandon était gêné par son geste. Peut-être pensait-il avoir été trop loin ? Et si Jake avait raison ? Si Brandon était réellement attiré par lui ? Ce n'était pas impossible, mais il n'en pouvait plus de rester sans réponse.

— Je peux te poser une question ? lança-t-il brusquement avant de pouvoir changer d'avis.

— Bien sûr, répondit Brandon en se tournant vers lui.

Il retira ses lunettes et les posa sur la pile de copies qu'il avait poussée vers l'accoudoir.

Une fois lancé, Jake se demandait comment il allait pouvoir s'y prendre, vu que, de toute façon, il ne pouvait plus reculer. Il se redressa et s'assit en tailleur, sans lâcher Brandon du regard. Même s'il avait l'insulte facile, Jake n'était pas un homme de mots, et en général, quand il voulait savoir quelque chose, les grands discours ne lui servaient à rien. Il préférait les actes aux belles paroles. Alors, plutôt que de poser sa question, il attira brusquement Brandon contre lui et l'embrassa.

Brandon n'avait rien vu venir.

Tétanisé, il avait l'impression que son cœur allait exploser. Puis, emporté par une vague de chaleur irrésistible, il se fondit contre le torse musclé et les lèvres fermes de Jake en poussant un petit gémissement.

Jake avait sa réponse. S'il craignait un peu que Brandon ne le repousse et ne le frappe, il n'avait pas prévu ce gémissement ni l'embrasement de ce feu insoupçonné. Il mordilla la lèvre de Brandon tout en s'approchant un peu plus.

Pris de vertige, Brandon frissonna et entrouvrit les lèvres pour accueillir et épouser celles de Jake. Mon Dieu, il devait rêver !

Jake accentua la pression de son baiser. C'était encore mieux que tout ce qu'il avait imaginé. Il veillait à ne pas poser les mains sur Brandon, une dernière barrière psychologique. Il finit par s'écarter et se releva brusquement, le souffle court.

— Ah, ah ! s'écria-t-il, ravi. J'en étais sûr.

Brandon le regardait sans y croire, surpris de cette explosion d'enthousiasme.

— Tu savais quoi ? demanda-t-il en portant une main à ses lèvres.

— Que tu étais gay. J'ai raison, non ? demanda Jake, un peu amusé. Ou bi, en tout cas. J'en étais sûr.

Il s'avança et se pencha au-dessus de Brandon, en appui sur le dossier du canapé, le maintenant en place.

— Alors ? demanda-t-il doucement en esquissant un sourire.

Lorsque Jake se rapprocha, un sentiment de panique s'empara de Brandon. Suivi d'un désir de tout nier en bloc et d'une envie de tout envoyer balader. Finalement, il se contenta de hocher la tête en scrutant le visage de Jake pour être sûr qu'il ne se moquait pas de lui. Jake l'avait embrassé. Ça voulait sûrement dire quelque chose.

Une vague de chaleur envahit Jake.

— Est-ce que je peux t'embrasser encore ? demanda-t-il.

Brandon ouvrait des yeux immenses. Incapable d'aligner le moindre mot, il hocha une nouvelle fois la tête. Jake effleura ses lèvres des siennes, enhardi par la permission timide qui venait de lui être accordée. Il laissa échapper un petit grognement et posa les mains sur les épaules de Brandon, le retenant contre lui.

— Pourquoi ? murmura Brandon entre deux baisers.

— Pourquoi quoi ? haleta Jake contre sa bouche.

Il fallait qu'il se calme. Il ne portait jamais de coquille pendant les matchs, mais là, s'il voulait éviter l'attentat à la pudeur, il n'aurait pas le choix.

Brandon poussa un petit soupir.

— Tout ça. Comment tu as su ?

Sa voix était de plus en plus rauque, et ses mains s'agrippaient aux coussins du canapé.

— J'espérais, répondit aussitôt Jake.

Il se pencha pour embrasser de nouveau Brandon. Un baiser doux et tendre.

Bon sang! Brandon se laissa aller à cette étreinte et leva les mains pour caresser le torse et les épaules de Jake.

— Mon Dieu ! murmura-t-il, complètement enivré. Jake…, souffla-t-il.

Pour seule réponse, son ami passa une main dans son dos pour l'attirer doucement contre lui. Brandon, déjà au supplice, se serra contre lui. Il se laissait guider, ravi de lui laisser les rênes. Il ne pouvait plus nier son attirance. Les longs baisers langoureux firent céder ses dernières résistances, et il gémit de plaisir.

Les muscles des cuisses engourdis par sa posture en tailleur, Jake relâcha son étreinte à contrecœur. Il croisa le regard de Brandon, qui avait viré au vert sombre orageux. Le cœur battant à cent à l'heure, l'entraîneur avait du mal à reprendre son souffle. Il fallait qu'il dise quelque chose. N'importe quoi.

— Mon Dieu ! finit-il par murmurer.

Brandon cligna des yeux et se mordit la lèvre inférieure pour retenir un rire nerveux.

— Tu me surestimes, lança-t-il, agrippant sa propre cuisse pour cacher les tremblements de sa main.

Jake s'en saisit et entrelaça les doigts à ceux de Brandon, avant de se pencher de nouveau et de venir effleurer ses lèvres d'un baiser.

— Waouh ! Si seulement j'avais eu le cran de faire ça hier soir, confessa-t-il doucement.

Il n'osait plus bouger, la tête baissée de peur de croiser le regard de Brandon et pour mieux profiter de l'anonymat relatif que leur étreinte lui conférait encore.

Les mots de Jake bouleversèrent Brandon et enflammèrent de plus belle son désir. Il lui encadra le visage de ses mains et l'embrassa à pleine bouche, un baiser ardent et insatiable, une invitation au plaisir.

— Les baisers n'auraient pas suffi, murmura-t-il en s'écartant.

Comme le jour où il avait surpris Brandon en train de s'étirer dans le vestiaire, une vague de désir fulgurante s'abattit sur Jake. Il se retint de gémir, caressant le corps de Brandon, abasourdi par cette liberté dont il n'osait rêver une heure plus tôt.

— Bon Dieu ! grommela-t-il. Tu ne dirais pas des choses pareilles si tu savais combien je suis près de perdre tout contrôle.

Au contact de ses mains, le corps de Brandon s'arqua contre celui de l'entraîneur, mû par un désir intense.

— Bon sang, Jake ! lâcha-t-il d'une voix rauque. J'ai perdu tout contrôle dès que tu m'as embrassé. Je ne m'attendais pas à… (Il effleura la bouche de Jake du bout des doigts, comme émerveillé.) Rassure-moi : ce n'est pas juste un moment d'égarement ?

— C'est un énorme moment d'égarement, murmura Jake à regret. Qui va disparaître dès que nous allons nous séparer.

Il frotta son nez contre la joue de Brandon, avant de l'embrasser tendrement.

Brandon soupira, frémissant de désir, et agrippa les doigts de Jake.

— Non, je t'en prie, murmura-t-il. Encore un peu. Ne t'en va pas.

Personne ne l'avait touché depuis si longtemps, et il avait du mal à croire que Jake était là, dans ses bras.

— Où veux-tu que j'aille ? grogna Jake.

Il attrapa Brandon par les hanches pour qu'il se déplace sur le côté et, après quelques contorsions, se retrouva allongé sur lui. Il savait pertinemment qu'il ne leur restait qu'une heure, à peine le temps de faire subir à cet homme le quart de ce qu'il rêvait de lui faire. Ils allaient devoir se mettre en route pour le lycée, frustrés de désir et à fleur de peau.

Brandon gémit de plaisir en sentant le poids de ce corps sur le sien. Il entoura le cou de Jake de ses bras, pressa les lèvres contre sa mâchoire virile et les fit glisser jusqu'à son oreille.

— Tu me rends fou, murmura-t-il.

Il plia un genou pour accentuer la pression du corps de Jake entre ses cuisses.

— Tu démarres au quart de tour, réussit à grommeler Jake en sentant Brandon changer de position. Arrête de bouger comme ça.

Il haletait contre le cou de l'homme, secoué par un désir intense.

— Tu veux rire ! souffla Brandon en suivant le contour des muscles de son dos.

— Je ne suis pas un mec marrant, tu sais, gronda Jake.

Il mordilla le cou de Brandon et glissa les mains sous ses épaules. La tête rejetée en arrière, Brandon étouffa un cri en sentant les dents sur sa peau. Il souleva une jambe et l'enroula autour des cuisses de Jake. Après toutes ces nuits de rêves torrides et toutes ces douches froides au réveil, il ne pouvait plus résister.

Une fois encore, Jake fut surpris par les gestes de son ami, qui n'était pas aussi coincé qu'il l'avait imaginé. Il était tellement troublé qu'il ne contrôlait plus rien. Il fit glisser les dents sur la clavicule de Brandon et se redressa, en appui sur les coudes, avant de le regarder.

— Je… Putain, il faudrait qu'on se bouge ! soupira-t-il.

— Je croyais qu'il fallait que j'arrête de bouger, rétorqua Brandon, frissonnant.

Il ouvrit les yeux et plongea dans un regard sombre empli de désir.

— Je te disais d'arrêter de gigoter, précisa Jake d'une voix rauque, profonde et intime. Ce n'est pas le moment de gigoter, ajouta-t-il avec un sourire prédateur.

Un éclair traversa les yeux de Brandon et, lentement, il esquissa un sourire malicieux avant de se mettre délibérément à onduler contre Jake. En réponse à cette provocation, l'entraîneur s'appuya de tout son poids contre lui et l'enfonça dans les coussins.

— Tu ne sais pas dans quoi tu te lances, prévint-il d'un ton grave.

Le sourire fébrile de Brandon céda la place au désir.

— Probablement pas, acquiesça-t-il. Ça ne veut pas dire que je n'en ai pas envie.

— Ce soir alors, souffla Jake, passant une main hésitante dans les cheveux de Brandon pour repousser quelques mèches qui lui couvraient le visage. On reprendra là où on en était. Mais, en attendant, il faut qu'on se tape un match de baseball.

Incapable de résister, il pressa les lèvres contre celles de Brandon.

— Ce soir, soupira Brandon en répondant à son baiser.

Brûlant de désir, il espérait que la magie de l'instant ne s'évanouirait pas comme une bulle de savon.

Jake se redressa puis se leva d'un bond. S'attarder plus longtemps finirait par les rendre dingues, tous les deux. En proie au doute, il regarda Brandon avant de hocher la tête, de tourner brusquement les talons et de traverser le couloir d'un pas décidé.

Brandon poussa un long soupir, puis enfouit le visage entre ses mains. Il osait à peine regarder son entrejambe, de peur de voir son propre désir. Jake aurait sûrement su trouver les mots – et les gestes – pour remédier à la situation. Usant de toute sa volonté pour ne pas s'en charger lui-même, il quitta le canapé et se dirigea vers la cuisine pour sortir leurs tenues sportives de la machine à laver.

Chapitre 7

Brandon arborait un large sourire tandis que les adolescents levaient les poings et se congratulaient de leur victoire dans la dernière manche. Il rejoignit en petites foulées les deux équipes alignées l'une en face de l'autre, en train de se serrer la main et de se féliciter.

Il échangea quelques mots avec l'entraîneur assistant de l'autre équipe et retourna sur le banc de touche pour commencer à rassembler le matériel. Ce match s'était très bien déroulé : la plupart des joueurs avaient su rester motivés et concentrés.

— Ils ont montré de quoi ils étaient capables, lança Jake.

Il souriait légèrement et tapait sur l'épaule des joueurs qui passaient devant lui, soulignant pour chacun les points positifs et ceux qu'il fallait encore travailler.

Brandon s'assit sur le banc et complimenta les élèves sur les actions qui l'avaient marqué en échangeant avec certains des tapes dans la main.

Se sentir ainsi accepté par toute l'équipe le rendait heureux. Profitant de l'instant, il laissa son regard dériver jusqu'à Jake. Pendant le match, il avait réussi à se concentrer. Mais, à présent, plus rien ne pouvait l'empêcher de donner libre cours à ses fantasmes, légèrement déplacés sur ce terrain.

Jake croisa le regard de Brandon, qui s'attardait sur lui un peu plus que de rigueur. L'excitation provoquée par l'attente contenue, sensation qu'il n'avait pas ressentie depuis une éternité, avait commencé dès le début de la dernière manche. Heureusement pour lui, les joueurs étaient bien entraînés et pouvaient évoluer sur le terrain de manière relativement autonome. Il était tellement fébrile qu'il avait cru un instant être malade, mais l'excitation avait balayé son malaise. Comme très souvent lorsqu'on est sur le point d'avoir quelque chose que l'on pense totalement inaccessible. Jake n'était pas habitué à cela, et il avait bien l'intention d'en profiter. Chaque regard lancé à Brandon amplifiait son désir.

Ébranlé par l'expression du visage de Jake, Brandon se leva pour finir d'aider à ranger. Impossible de rester assis tranquillement. Difficile aussi de marcher à peu près normalement. Il se mit à discuter avec deux élèves de troisième qui transportaient des battes. Après leur départ, il s'appuya contre la barrière pour observer le terrain en écoutant les voitures qui s'en allaient.

Jake vérifia une dernière fois le banc de touche pour être sûr que rien ne traînait sur le sol, ni déchets ni graines de tournesol, puis il ferma à clé le local à équipement. Il inspecta ensuite le terrain, les yeux protégés par la visière de sa casquette, son porte-bloc et son carnet de pointage sous le bras. Il s'attendait plus ou moins à ce que Brandon ait pris la tangente. Ils avaient eu tous les deux pas mal de temps pour réfléchir à ce qui s'était produit entre eux dans l'effervescence de l'instant, et Jake n'en aurait franchement pas voulu à Brandon de partir en courant. Il se tourna pour regarder du côté droit du terrain, et son estomac se noua lorsqu'il aperçut Brandon contre la barrière. Prenant une longue inspiration dans l'espoir de se calmer, il partit le rejoindre.

Le début d'après-midi avait été tendu. Pas dans le mauvais sens, non, juste tendu. L'arrivée des élèves avait apaisé l'atmosphère, et les heures avaient défilé. Depuis la fin du match, Brandon sentait revenir la tension accumulée tandis qu'il profitait du spectacle du soleil couchant en se demandant si Jake allait l'inviter chez lui pour finir ce qu'ils avaient commencé. Il craignait aussi que l'homme ne file sans lui adresser la parole. Il ferma les yeux sans pouvoir s'empêcher de faire un vœu, même si sa réalisation risquait de sacrément lui compliquer la vie. Bon sang, il s'en fichait ! Son désir pour Jake était plus fort.

Jake s'approcha de Brandon à pas de loup en jetant des regards alentour avant de poser les coudes sur la barrière. Leurs bras s'effleurèrent lorsqu'il tourna la tête pour regarder les dernières voitures quitter le stade.

Brandon sentit la barrière bouger légèrement et sut tout de suite que c'était Jake. Chacune de ses terminaisons nerveuses s'embrasait en sa présence. Il inspira profondément et ouvrit les yeux, avant de tourner la tête pour le regarder, en espérant que son visage ne trahirait pas son émotion, contrairement à ses yeux, qui brûlaient de désir.

Jake esquissa un sourire et plongea son regard dans le sien. Lorsqu'il était nerveux, il se réfugiait dans sa zone de confort. En l'occurrence, le sourire et l'humour.

— Il paraît que tu as un plan drague ce soir ? dit-il d'une voix traînante, une étincelle brillant dans ses yeux noirs.

— C'est mon jour de chance, on dirait !

— Et tu n'as encore rien vu, plaisanta Jake.

Amusé, Brandon lui tira la langue.

— Ne me tente pas, grommela Jake.

Ce n'était pas du tout le lieu intime idéal, il fallait qu'ils s'en aillent. Et tout de suite.

— Ça te dirait, une bière ? proposa-t-il d'une voix grave.

— Tu ne préférerais pas commencer par une douche ? lança Brandon qui n'en pouvait plus d'attendre.

Il s'éloigna de la barrière et se dirigea vers le gymnase à reculons, le regard rivé sur celui de Jake. Il était surpris de son audace, mais la passion que lui inspirait Jake l'enflammait.

Une fois encore, à l'idée de ce qui l'attendait, le corps de Jake se tendit, et il suivit Brandon comme tiré par un fil invisible.

— Trop de propreté nuit à la santé, prévint-il.

En voyant que Jake le suivait, le cœur de Brandon s'emballa sous la puissance du désir qui le traversait de nouveau.

— Qui a parlé de finir propre ? lança-t-il, provocateur.

Sur ce, il se retourna et traversa le parking en courant, avant de disparaître à l'intérieur du gymnase.

Jake commença par jeter un coup d'œil autour de lui en grommelant, histoire de s'assurer que personne ne traînait encore dans le coin. Il allait vraiment passer à l'acte dans l'enceinte du lycée. Il n'en revenait pas. Et le risque d'être surpris l'excitait encore plus.

Brandon poussa les doubles portes et se dirigea sans hésiter vers le vestiaire des visiteurs. Il s'arrêta devant la porte, le temps de vérifier que Jake était toujours derrière lui. Il n'avait aucune idée de ce qui allait se passer. D'autres baisers ? Même s'il imaginait et espérait davantage. Ici même, dans leur lycée. Mon Dieu, c'était la décadence totale ! Il entra brusquement dans le vestiaire en vérifiant qu'il ne restait personne à l'intérieur. Jake le suivait de près et, certain que Brandon avait sécurisé le terrain, il lui sauta dessus à peine la porte franchie et l'embrassa à pleine bouche.

La passion de Brandon se déchaîna, et il attira Jake contre lui. Il ne manquait plus que Jake le plaque contre les casiers, ce qui était encore possible.

Au fond de lui, Jake savait qu'ils ne pouvaient pas faire ça ici. Mais, nom de Dieu, il en crevait d'envie ! Ses mains exploraient librement le corps de Brandon tandis qu'il l'embrassait, mais ça ne lui suffisait plus. Rien n'aurait pu l'arrêter. Pas même le bruit du maillot de Brandon qui se déchirait lorsqu'il tira dessus sauvagement. Il l'embrassait frénétiquement, mais il voulait plus encore. Il poussa Brandon contre le tableau d'affichage, la surface la plus dure à proximité.

Lorsqu'il sentit son dos heurter le mur, Brandon crut avoir atteint le paradis, et son cri étouffé se perdit dans le baiser dévorant de Jake. Les mains de l'entraîneur parcouraient son corps et attisaient son désir de le toucher à son tour. Ses doigts plongèrent sous la ceinture de Jake pour soulever son maillot et son tee-shirt, puis glisser sur sa peau brûlante.

Jake poussa un grognement et pressa davantage Brandon contre le mur tandis que ses mains venaient s'entremêler dans ses cheveux. Brandon gémissait doucement, agrippé à lui. Il écarta les cuisses pour que Jake s'y insinue et accentue encore la pression. L'homme gronda et le souleva du sol, le coinçant contre son corps puissant.

— Oh, mon Dieu, oui ! souffla Brandon en rejetant la tête en arrière.

Agrippé aux épaules de Jake, il entoura sa taille de ses longues jambes et se mit à gémir bruyamment lorsque leurs sexes entrèrent en contact à travers les vêtements. Il resserra son étreinte, remerciant le ciel pour l'absence de coquille.

— Espèce de sauvage, plaisanta Jake, à bout de souffle.

Il parcourut de sa langue le cou de Brandon et en mordilla les parties sensibles.

Brandon éclata de rire et saisit le visage de Jake entre ses mains avant de l'embrasser avidement, comme si rien ne pouvait le rassasier. Leur premier baiser timide avait libéré son désir, l'avait transformé en passion débordante et incontrôlable. Au contact de la bouche de Brandon, Jake ne put s'empêcher de gémir. Il n'avait qu'une envie : voir Brandon dans son lit avec des préservatifs et du lubrifiant, et donner libre cours à tous ses fantasmes.

Brandon entrouvrit les lèvres et pointa la langue, avant de s'emparer de la bouche de Jake et de l'enrouler autour de la sienne en un baiser moite, fébrile et sensuel. C'était exactement comme il l'avait imaginé. Cloué au mur et écrasé par le corps de Jake qui se frottait violemment à lui, il exultait, plongé dans ce rêve érotique devenu réalité. À bout de souffle, il s'écarta légèrement.

— On reste ici ou on va ailleurs ? demanda-t-il d'une voix éraillée.

— Je n'en sais rien, haleta Jake. Je n'ai plus de cerveau. Qu'en penses-tu ?

À bout de souffle, il s'empara une nouvelle fois de la bouche de son compagnon.

La réponse de Brandon s'évanouit dans leur baiser.

— Mon Dieu ! lâcha-t-il. Je suis incapable de penser à autre chose qu'à toi.

Il se mordit la lèvre lorsque Jake reprit ses mouvements de va-et-vient contre lui.

Jake se recula légèrement pour permettre à Brandon de poser les pieds par terre. Déjà, il s'attaquait à sa ceinture et dégrafait sans peine son pantalon.

— On va retourner chez moi, souffla-t-il, faisant glisser le pantalon de Brandon à ses pieds, bientôt suivi par son caleçon. Mais pas avant que je me sois occupé de ça, ajouta-t-il.

Il referma ses longs doigts sur le membre dressé de Brandon qui eut le souffle coupé en sentant cette main puissante sur lui.

— Bon sang, Jake ! siffla-t-il, ondulant des hanches dans cette étreinte ferme.

Il s'accrocha aux épaules de Jake, ivre de passion.

— Reste debout, ordonna l'entraîneur en s'agenouillant devant lui.

Les yeux écarquillés, Brandon gémissait et geignait de manière incontrôlable. Jake saisit les hanches de Brandon et le regarda droit dans les yeux. Puis il attira brusquement son bassin vers sa bouche et, dans un même élan, engouffra le sexe de Brandon qui poussa un cri inarticulé.

Sa tête alla frapper le tableau en liège. Ce qui se passait était tellement incroyable et inimaginable qu'il ne contrôlait plus rien. Il ne pourrait pas tenir très longtemps. Il avait un peu honte, mais au fond il s'en fichait. À ce rythme, il allait bientôt exploser.

— Jake ! haleta-t-il, d'une voix grave et suppliante.

Les lèvres serrées autour du sexe de Brandon, Jake sourit, avant de l'engloutir encore plus profondément. Il espérait que Brandon jouisse rapidement pour pouvoir le ramener chez lui et passer le reste de la nuit à profiter de son corps. Il se disait bien qu'il aurait dû verrouiller la porte du vestiaire, mais cette pensée fut immédiatement balayée par l'érotisme voluptueux des caresses de sa langue sur le gland de Brandon. Vibrant de plaisir, il lui entoura les hanches de ses bras. Brandon hurla, projetant son bassin vers l'avant, avant de se mordre la main. Tout tournait autour de lui, et, sans Jake, il se serait effondré. Soudain, sentant l'orgasme menacer, il chercha à le repousser pour le prévenir.

— Jake… Jake ! tenta-t-il.

Ses cris rauques décuplèrent l'ardeur de son amant, qui se redressa légèrement et inclina la tête, continuant les caresses de sa langue tandis qu'il entourait de la main la base du pénis de Brandon.

S'il pensait pouvoir retarder son orgasme en baissant les yeux sur Jake, c'était une erreur monumentale. Et, sur un dernier coup de bassin et un cri étouffé, Brandon jouit tellement violemment que des points lumineux apparurent devant ses yeux. Le souffle coupé, il ne pouvait plus s'arrêter.

Jake avalait la semence de Brandon, les doigts enfoncés dans ses hanches. Il respirait par le nez, et son cœur battait à tout rompre. Tout son corps vibrait de désir. Il s'écarta après une dernière caresse de la langue et, fasciné, contempla Brandon qui tentait de reprendre son souffle.

Le contact de l'air froid sur sa peau fit redescendre Brandon sur terre, et, sans voix, il ouvrit les yeux et posa un regard ahuri sur Jake. Il était incapable d'articuler le moindre mot, encore moins une phrase.

Jake le gratifia d'un large sourire et couvrit sa hanche nue de baisers humides.

— Je vais avoir besoin de ton aide, dit-il en riant.

Brandon le dévisageait toujours, le regard vide. Au bout de quelques secondes, il réussit à esquisser un sourire. Appuyé contre le mur, il se pencha vers l'avant et passa ses bras sous ceux de Jake pour l'aider à se relever.

À peine debout, l'entraîneur s'effondra contre Brandon et le plaqua contre le mur pour l'embrasser fougueusement. Il voulait plus, mais ce qui l'attendait une fois qu'ils seraient chez lui valait bien les cinq minutes de trajet pour s'y rendre. En tout cas, il l'espérait, parce qu'il n'était pas du tout sûr de pouvoir se retenir jusque-là.

Brandon s'abandonna, souriant contre les lèvres qui dévoraient les siennes. Comblé, il ronronnait et ondulait contre le corps de Jake, qui resserra son étreinte.

— Je ne peux pas te sauter dessus ici, souffla-t-il, au supplice.

— Alors, supplia-t-il, emmène-moi quelque part où tu pourras le faire.

Brandon remontait déjà caleçon et pantalon, assailli par les baisers de Jake qui, au bout de quelques secondes, lui retira sa ceinture d'un coup sec, histoire de gagner du temps plus tard.

— Allons-y, murmura-t-il, prenant Brandon par la main pour l'entraîner vers la porte. La voiture la plus proche, je m'en fiche, grommela-t-il en poussant Brandon devant lui. On peut même en voler une s'il le faut.

Brandon riait, incrédule, tout en se laissant diriger. Puis il s'arrêta brusquement.

— Attends, s'exclama-t-il. Les clés, il me faut les clés de la voiture !

— On la fera démarrer avec les fils de contact ! lança Jake, le regard pétillant de malice.

— J'en ai pour une seconde, répondit Brandon en riant.

Il retourna à grandes enjambées récupérer son sac à dos dans le vestiaire, avant de revenir en agitant les clés d'un air triomphant.

— Bingo !

Son visage éclairé d'un immense sourire décupla encore le désir de Jake.

— Allons-y ! dit Brandon.

Il attrapa Jake par le bras et l'entraîna en direction du parking vers sa voiture, à l'arrière de laquelle il lança son sac, avant de s'installer au volant.

Le trajet se déroula en un temps record. Même le foutu feu était avec eux ! En moins de deux minutes, ils étaient arrivés. Jake sauta de la voiture dès qu'elle s'arrêta. Après avoir attrapé ses clés et son sac, Brandon le suivit et rattrapa Jake sur les marches du perron.

Jake s'acharna fébrilement sur la serrure, avant de se rappeler qu'ils étaient partis sans fermer à clé. Il ouvrit brusquement la porte et attira Brandon à l'intérieur, essayant de lui enlever ses vêtements au passage. Il souleva son maillot en tirant dessus violemment, tout en poussant son compagnon dans l'escalier.

— Jolie conduite, souffla-t-il.

Il lui effleurait le corps de ses mains, sans la même hâte mais avec tout autant de plaisir.

— Merci, répondit Brandon en haletant.

Après s'être acharné en vain sur les boutons du maillot de Jake, il lui fit lever les bras et lui arracha d'un seul coup son maillot et son tee-shirt, faisant tomber sa casquette au passage. Face à ce corps magnifiquement musclé, une nouvelle vague de désir s'empara de lui. Tout en lui le rendait fou : l'énergie qu'il dégageait, sa force, son corps sculpté, sa passion.

— J'étais motivé, ajouta-t-il.

Il commençait à s'attaquer à la ceinture de Jake, mais celui-ci lui tapa sur les doigts.

— Je vais t'en montrer, de la motivation, grogna l'entraîneur, avant de l'emmener dans l'escalier et dans le couloir. Plus vite ! gronda-t-il en le poussant dans la chambre en direction du lit.

Brandon rougit, et ses yeux se voilèrent en réaction à l'autorité de Jake. À reculons, il trébucha sur le lit, envoya balader ses chaussures puis enleva son maillot et son tee-shirt, avant de les balancer sur le sol. *Bon Dieu !* Il le désirait tellement qu'il imaginait déjà le corps de Jake s'abattre sur le sien, le pénétrer et l'enlacer. *C'est de la folie furieuse !* lui rappela la petite voix de la raison. Qu'il s'empressa de faire taire.

Jake, debout près du lit, regardait Brandon se débarrasser fiévreusement de ses vêtements. Il attendait l'instant où il allait pouvoir se jeter sur lui, comme il en avait eu envie dans le vestiaire, quelques jours auparavant. Son pantalon glissa sur le sol, bientôt rejoint par son caleçon, qu'il chassa d'un coup de pied avant de s'approcher de Brandon.

Occupé à enlever son pantalon, son caleçon et ses chaussettes, Brandon se redressa et se retrouva face à Jake tout proche, le visage résolu et le regard embrasé. C'était comme s'il découvrait pour la première fois la puissance, la vigueur et la carrure de ce corps.

— Bon sang ! murmura-t-il. Tu es absolument magnifique.

Jake eut un petit rire. La tension dans ses épaules commençait à se relâcher au fur et à mesure qu'il se rapprochait du but.

— Parle pour toi !

Ses mains se posèrent sur la peau nue de Brandon, et un frisson d'impatience le parcourut.

Brandon l'entoura de ses bras et attira son corps contre le sien, peau contre peau.

— Tu as parlé de se sauter dessus, non ? lui murmura-t-il à l'oreille d'une voix ténue.

Jake n'en revenait pas, abasourdi par le son qui venait de sortir de sa propre bouche, une sorte de gémissement plaintif et un peu pitoyable. Il n'avait jamais réagi de cette façon.

— Oui, marmonna-t-il.

Il s'empara des lèvres de Brandon et fit glisser ses mains habiles le long de son dos.

— Pourquoi ? Ça t'intéresse ? ajouta-t-il, moqueur.

Son souffle était une caresse sur la peau de Brandon qui lui décocha un coup dans les côtes.

— Autant que toi, il me semble, « ThunderCat », répondit Brandon pour le taquiner. Tu crois que tu vas y arriver ?

— Pas si tu continues à m'appeler comme ça !

Attirant Brandon contre lui, il le fit basculer sur le lit.

Brandon éclata de rire et resserra son étreinte sur le corps qui le pressait contre le matelas.

— Pourquoi ? dit-il d'une voix à la fois plaintive et moqueuse. Je peux t'appeler autrement si tu préfères. Il suffit que tu me dises ce qui peut te faire « démarrer au quart de tour ».

Cette expression collait à la peau de Jake depuis le lycée, à l'époque de ses exploits sportifs.

— Tu veux me couper mes moyens, c'est ça ? demanda Jake, perplexe, en immobilisant les bras de Brandon. Ou alors c'est une sorte de vengeance à long terme pour un truc que je t'aurais fait subir à l'époque du lycée ? Parce que, si c'est ça, laisse-moi te… (Il murmurait en embrassant le menton de Brandon.) féliciter pour ta patience.

Brandon se mit à rire et secoua la tête, tout en ondulant sous le corps de Jake afin de sentir son membre dur s'enfoncer dans sa cuisse.

— Apparemment, tu n'as aucun problème de ce côté-là, fit-il remarquer. Quant à ma patience légendaire, elle commence à s'épuiser. Je n'imagine même pas l'état dans lequel tu dois être.

Jake se redressa pour le regarder dans les yeux.

— Est-ce que tu insinues que je suis impatient ?

Il tendit la main vers le tiroir de la table de nuit, sans pouvoir l'atteindre. En grognant, il s'étira au maximum.

Réprimant un rire, Brandon pinça les lèvres et gratifia Jake d'un regard compatissant.

— Ferme-la, rétorqua l'entraîneur.

Il pencha la tête pour l'embrasser de nouveau, comme pour se redonner des forces avant de repartir à l'assaut du tiroir.

— Bordel ! jura-t-il.

Forcé de relâcher son étreinte, il rampa sur les quelques centimètres nécessaires pour atteindre le tiroir.

Incapable de se retenir, Brandon éclata de rire en voyant que Jake lui grimpait littéralement dessus et ne put s'empêcher de poser ses mains sur lui.

— Et en plus tu te fous de ma gueule ! gronda Jake.

Après avoir enfin mis la main sur le lubrifiant et la boîte de préservatifs, il les jeta sur le lit à côté de Brandon qui s'assit et se lova dans ses bras.

— Le sexe, c'est censé être drôle, Jake. Profites-en.

— OK, marmonna Jake avec un sourire, frottant son nez contre la joue de Brandon, mais ne te moque pas de moi. Ma virilité pourrait en prendre un coup.

Il fit lentement glisser les mains sur la peau de Brandon.

Ronronnant de plaisir, Brandon referma les doigts sur sa virilité.

— Compte sur moi pour lui remonter le moral, souffla-t-il en la caressant langoureusement. Elle ne se porte pas si mal, on dirait.

Au fond de lui, Brandon était stupéfait de l'audace dont il faisait preuve depuis le début. La seule explication qu'il voyait, c'était le naturel de leur relation. Toute cette histoire était excitante, explosive, et naturelle.

Jake grogna, et ses hanches se soulevèrent au contact de la main de Brandon.

— Oh, bon sang ! gémit-il.

La force de son désir lui ôtait toute envie de jouer. Haletant, il s'approcha de Brandon pour l'embrasser.

— Ça fait des semaines que j'ai envie de toi, murmura-t-il.

Brandon répondit à son baiser avec fougue, tandis qu'il enfonçait les doigts de sa main libre dans l'épaule de Jake et accentuait les caresses de son autre main.

— Je suis là, maintenant.

Jake, traversé par un nouveau frisson, retira la main de Brandon de son sexe avant de perdre tout contrôle. Il attrapa le lubrifiant et, penché sur son compagnon, il le regarda droit dans les yeux tandis que son genou s'immisçait entre les jambes de Brandon.

— Maintenant, je vais m'enfoncer en toi, dit-il, à moins que tu ne m'arrêtes.

Brandon soutint ce regard sombre d'un air résolu.

— N'y compte pas, souffla-t-il. J'en ai tout autant envie que toi.

Jake l'embrassa sauvagement et fit glisser la main qui tenait le tube de lubrifiant jusqu'à la cuisse de Brandon. Il se redressa, interrompant à regret leur baiser, et étala un peu de lubrifiant sur son doigt, sans cesser de dévorer Brandon du regard. Sans lui laisser le temps de réagir, il se pencha pour l'embrasser de nouveau, plus lentement cette fois, tandis que son doigt expert venait détendre ses muscles.

Brandon poussa un long soupir, écarta un peu plus les jambes et en enroula une autour de Jake. Il répondit avec force à son baiser, le suppliant de continuer. De ne plus jamais s'arrêter.

— Oui, encore ! gémit-il contre sa bouche chaude. Encore !

Jake poussa un grognement, avant de le pénétrer brusquement de ses doigts. Brandon tressaillit et poussa un cri de plaisir, arquant le dos pour s'offrir davantage à cet assaut. Jake lui mordilla la lèvre inférieure et accentua ses mouvements en lui. Brandon s'agitait, tentait de frotter les hanches contre les siennes, et Jake plongea sa main libre dans ses cheveux.

Brandon écartait les jambes autant que possible, les talons plantés dans le matelas, en proie à une passion qui lui coupait le souffle et lui faisait pousser des cris rauques chaque fois que les doigts de Jake s'enfonçaient en lui.

Le souffle court, Jake dévorait la bouche de Brandon. Les réactions de son amant le rendaient fou, et il était totalement incapable de ralentir le rythme. Sous la pression d'un autre assaut brutal, Brandon se cambra brusquement. Jake espérait qu'il était prêt, parce que lui n'en pouvait plus.

Tremblant violemment, Brandon peina à ouvrir les yeux, chaviré par les soins attentifs de Jake.

— Qu'est-ce que tu attends, bon sang ! lança-t-il.

C'était un vrai supplice, une folie qu'il voulait savourer jusqu'au bout.

Jake poussa un gémissement, qu'il espérait un minimum viril, et retira ses doigts.

— Retourne-toi, souffla-t-il en s'écartant.

Il s'agenouilla entre les jambes de Brandon et referma la main sur son propre sexe.

Respirant profondément, Brandon se mit lentement à genoux et en appui sur les avant-bras près de la tête de lit. Si tout se passait bien, il s'y accrocherait très bientôt. Il jeta un œil par-dessus son épaule, saisi par le spectacle de Jake juste derrière lui, Jake qui était magnifique, musclé et bien bâti.

Jake ne put s'empêcher de frissonner en regardant bouger Brandon. Il allait vraiment s'enfoncer en lui. Il n'en revenait pas. Il posa une main au creux des reins de Brandon et s'approcha de lui. Ses doigts effleurèrent la peau brûlante, laissant des traces de feu tandis qu'il serrait son corps contre le sien.

— Prêt ? demanda-t-il, haletant.

— Ouais, répondit Brandon, les yeux rivés dans les siens, se cambrant pour accentuer la pression de la main de Jake.

Il n'en pouvait plus.

Jake pressa le bout de son sexe au creux de Brandon et, sans quitter ses épaules tendues du regard, s'enfonça lentement en lui avec un gémissement étouffé. Il s'empara des hanches de Brandon avant de donner un léger coup de reins, suivi d'un autre plus intense, incapable de résister.

Le souffle court, Brandon commença par se contracter avant de se détendre et de s'ouvrir à cette intrusion. Le mélange de plaisir et de douleur lui faisait perdre la tête. Jamais encore un sexe de la taille de celui de Jake ne l'avait pénétré. Gémissant son nom, il se mit à onduler des hanches pour soulager la sensation de brûlure.

Jake lui saisit la taille à pleines mains et poursuivit son avancée. Il gémissait bruyamment, le sexe palpitant à l'intérieur de l'étroit passage.

— Si tu continues à bouger comme ça, ça ne va pas durer, gronda-t-il en faisant glisser une main le long du dos de Brandon avant de se pencher sur lui.

— On ne va pas remettre ça ! grogna Brandon.

Il serra les draps entre ses doigts, essayant de rester immobile.

— Je ne t'interdis pas de bouger, répondit Jake d'une voix tendue en reprenant ses coups de reins. Je disais juste que ça n'allait pas durer.

Il effleura les testicules de Brandon qui se cambra et s'empala encore plus sur lui avec un cri.

— Mon Dieu ! souffla-t-il. Ça ne va peut-être pas durer, mais tu vas m'achever !

Son sexe était douloureux, touchant à peine les draps au rythme des coups de boutoir de Jake. Il en voulait plus.

Jake ferma les yeux et inspira profondément, emporté par ces sensations aussi incroyables qu'inattendues. Lentement, il commença à onduler des hanches et resserra l'étreinte de ses doigts sur la peau de Brandon. Il enveloppa son sexe de sa main libre, effleurant le gland de son pouce.

— Aucune raison de prolonger la torture plus que les quelques secondes qu'il me reste avant de jouir ! grogna-t-il en se retirant peu à peu.

Il s'enfonça brusquement et reprit le rythme, au bord de l'abîme, avant d'assener un puissant coup de reins.

Le cri d'extase de Brandon résonna dans la chambre. Il vibrait de plaisir sous les assauts de Jake, et la tension devenait insoutenable, exacerbée par la main de l'entraîneur qui le conduisait à l'explosion finale.

— Presque, lâcha-t-il, hors d'haleine.

Jake caressa le flanc de Brandon, puis son dos, avant de remonter jusqu'à son épaule et de l'immobiliser tandis qu'il le pénétrait de plus en plus fort. Ses hanches heurtèrent les fesses de Brandon, et ses assauts reprirent de plus belle, tandis qu'il butait violemment au plus profond de son corps, prêt à exploser, infligeant le même rythme au sexe de Brandon. Brûlant de désir, il se mordit la lèvre tandis qu'il perdait tout contrôle. Il hurla soudain en enfonçant les doigts dans les muscles de Brandon, le souffle coupé.

— Brandon !

Criant sous la puissance de son orgasme, il posa le front sur l'épaule de son amant, emporté par une déferlante de plaisir.

Brandon se souviendrait toute sa vie de Jake hurlant son nom. Il bascula à son tour avec un soupir étouffé et en gémissant sous les assauts ardents de Jake et de ses caresses, qui exacerbaient son ardeur. Il se mit à trembler de la tête aux pieds.

Le corps de Jake se contracta violemment, incapable de retenir plus longtemps son orgasme qui se déversa au plus profond de Brandon. Il lui mordilla l'épaule, chevauchant les vagues voluptueuses qui s'abattaient sur lui. Pris de vertige, ses oreilles bourdonnaient. Après de longues minutes, il se redressa et se retira délicatement avant de s'affaler sur le lit.

Brandon l'imita, recroquevillé en face de Jake et à bout de souffle. Ivre d'extase, il sentait encore en lui le sexe de son amant. Il gémit, s'étira et agita les hanches. Des gouttes de semence s'en écoulaient. Il enfonça le visage dans les draps pour cacher son soupir, enivré par cette conséquence outrageusement sexy de la meilleure partie de jambes en l'air qu'il ait jamais connue. Elle suffisait presque à ranimer son désir.

Jake était allongé près de lui, essayant de retrouver son souffle tout en se disant qu'il ferait mieux de se lever pour… recommencer. Pourquoi pas ? Finalement, il tourna la tête pour regarder Brandon.

Le spectacle qui s'offrait à lui le fit jurer doucement.

Brandon était magnifique. Étalé de tout son long et luisant de sueur, le visage enfoncé dans les draps et les cheveux ébouriffés, il semblait encore sous le choc de leur étreinte.

— Waouh ! lâcha Jake presque avec révérence.

Brandon ouvrit les yeux tant bien que mal, et une nouvelle vague de désir l'assaillit en voyant Jake. C'était inhumain. Pourquoi était-il attiré de manière aussi irrésistible par cet homme ? Il tendit une main tremblante vers lui et lui caressa le torse du bout des doigts, histoire de se rassurer. Non, il ne rêvait pas. Il avait mal aux fesses, sa tête tournait, et un liquide chaud et gluant s'écoulait entre ses cuisses.

Jake posa la main sur celle de Brandon et ferma les yeux, essayant de retrouver un rythme cardiaque normal.

— Bon sang ! murmura-t-il. Tu es hallucinant.

Brandon s'apaisait peu à peu et regardait Jake d'un air émerveillé. Il ne savait pas ce qu'il avait fait pour l'attirer, mais il espérait continuer à lui faire cet effet. Il sentait son cœur battre sous ses doigts. Le temps s'était arrêté. Il souleva la main, emportant celle de Jake, et se mit à tracer délicatement les contours de sa pommette et de sa mâchoire. Et même si cet accès de tendresse semblait déplacé, il ne pouvait s'en empêcher. Il avait envie d'être serré dans les bras de Jake, sans savoir comment celui-ci allait réagir, après la frénésie de leurs ébats.

En sentant la main de Brandon lui caresser le visage, Jake ouvrit les yeux et tourna la tête pour croiser son regard. Il lui saisit brusquement le poignet pour l'immobiliser et tira légèrement.

— Viens là, grogna-t-il en glissant son autre bras sous ses épaules.

Brandon sursauta lorsque la main de Jake s'empara de la sienne comme s'il avait lu dans ses pensées. Il se rapprocha de lui, l'enlaça par la taille et posa la tête sur son épaule en poussant un soupir. Le menton de Jake s'appuya sur sa tête, et il entoura naturellement Brandon de ses bras, comme s'ils faisaient cela depuis des années. Il lui caressa tendrement le poignet et lui glissa un pied entre les chevilles, profitant de la chaleur de son corps sur ses orteils, tandis que son autre main allait et venait délicatement sur son épaule.

Bercé par la chaleur du corps de Jake, Brandon s'assoupit. Il se sentait à l'aise et en sécurité dans ses bras, et il aurait voulu ne plus jamais bouger. Il savait qu'il avait des milliers de choses à faire, c'était inéluctable, mais elles attendraient. À moitié endormi, il se disait que cette soirée n'était qu'un début et qu'ils avaient encore toute la journée du lendemain. C'était presque trop beau pour être vrai.

Jake inclina légèrement la tête pour sentir l'odeur de sexe, de transpiration et de shampoing dans les cheveux de Brandon. Enfin apaisé, il poussa un long soupir et rouvrit les yeux.

Sur un coin du lit, la petite boîte de préservatifs était toujours là.

Il l'observa un long moment, incapable de faire le moindre geste tant il se sentait bien. Pour être honnête, il n'était pas véritablement inquiet. Il savait qu'il aurait dû l'être, mais, emporté par la passion, il avait perdu la tête et tout bonnement oublié leur existence. Tout comme Brandon, d'ailleurs. Cela dit, il refusait de briser la magie de l'instant en l'inquiétant tout de suite. Ils auraient certainement le temps de paniquer plus tard, quand ils auraient, par exemple, à affronter les conséquences de ce moment.

En attendant, Jake referma les yeux et frotta la joue contre le front de Brandon, en ronronnant à moitié.

Ce doux bruit fit sourire Brandon, et, soulevant un peu le menton, il posa les lèvres sur le cou de Jake. Il lui faudrait redescendre bien assez tôt de son petit nuage. Mieux valait en profiter au maximum. Jake inclina la tête et se tourna légèrement, avant d'effleurer la bouche de Brandon. Celui-ci soupira à ce contact, rattrapé par la torpeur dont il commençait à peine à sortir. Comment ne pas tout oublier dans les bras de Jake ? Son cœur se serra en pensant que cette aventure pouvait très bien en rester là. Que c'était juste un coup d'un soir. Pour satisfaire un désir dévorant. Pourtant, il savait déjà qu'une seule fois ne lui suffirait pas.

En proie au doute, Jake se demandait s'il devait aborder la question des préservatifs tout de suite ou attendre le moment où ils ne seraient plus enchevêtrés aussi agréablement sur un lit. Il regrettait que la voix de la raison n'ait pas parlé plus fort. Il resserra son étreinte sur Brandon et l'embrassa.

— Il est temps de se réveiller, Bel Endormi, souffla-t-il.

Brandon poussa un soupir amusé, et Jake l'embrassa de nouveau, avant de s'allonger sur son corps et de le regarder, en appui sur les coudes.

Brandon ouvrit les yeux, sortant enfin de sa torpeur. Il était temps de revenir à la réalité, à regret.

Jake esquissa un sourire et se laissa aller sur lui. Son pouce vint caresser la lèvre inférieure de Brandon tandis que son autre main se glissait dans ses cheveux.

— Salut, dit-il d'une voix douce.

Brandon cligna des yeux. Il ne s'attendait pas à ça. Il lui répondit par un sourire timide.

— Salut, murmura-t-il en réponse, posant les mains dans le creux du dos de Jake.

Celui-ci baissa la tête et l'embrassa doucement une dernière fois, avant de frotter le nez contre sa joue.

— On a un petit problème, soupira-t-il.

Brandon se crispa en regrettant de tout son cœur d'avoir à supporter ça.

— Vraiment ?

Jake hocha la tête avant de désigner un coin du lit et de tendre lentement le bras pour attraper le bord de la boîte. Il se redressa sur les coudes, en veillant à ce que Brandon ne change pas de position, et il agita la boîte.

Brandon fronça les sourcils et regarda un instant ce que tenait Jake, avant de se rappeler la moiteur entre ses jambes. Il pinça les lèvres et retint un éclat de rire.

— Euh…, bredouilla-t-il. J'assure vraiment en prof d'éducation à la santé !

— J'avais remarqué ta tendance à l'humour un peu décalé, répondit Jake, amusé.

Il balança la boîte à côté du lit et se pencha pour embrasser Brandon dans le cou, avant de se laisser aller sur le lit.

Brandon éclata de rire avant de se couvrir le visage des mains et de pousser un petit grognement fataliste.

— Je dois m'inquiéter ? demanda-t-il en écartant les doigts.

Il ne le pensait pas réellement, mais mieux valait être sûr. Comment réussirait-il à rester impassible lors du prochain cours d'éducation à la sexualité ?

— Non, répondit Jake, sans poser la question en retour, car le calme de Brandon le rassurait. Désolé, ajouta-t-il en toute sincérité. D'habitude, je ne perds pas le contrôle aussi facilement.

— Tu m'en vois ravi, dit Brandon en souriant. Mais, tu sais, il n'y a pas de quoi s'en faire.

Il n'y avait même pas pensé. Ça faisait tellement longtemps. Sans compter tous les tests qu'il avait faits à une époque.

Jake sourit d'un air entendu en enroulant un bras autour de la taille de Brandon.

— Je vois que l'on pratique ce que l'on prêche, professeur, plaisanta-t-il.

Il se rapprocha et enfouit le visage au creux du cou de son amant. Soulagé que l'incident n'ait pas tourné à la catastrophe, il se sentait soudain tout léger.

Brandon leva les yeux au ciel tout en se blottissant contre Jake.

— Je sens que je vais en entendre parler longtemps, je me trompe ? dit-il avant de se raidir, soudain conscient de la portée de ses mots.

Et si leur histoire restait éphémère ?

— C'est clair ! confirma Jake, ravi. Si j'ai droit à *ThunderCats* quinze ans après, je peux te dire que tu vas l'entendre au moins aussi longtemps !

Le cœur de Brandon s'emballa. Hypnotisé par le sourire de Jake, il ne put s'empêcher de l'embrasser.

Jake poussa un petit grognement de surprise et resserra son emprise sur les cheveux de Brandon. Ils s'embrassèrent un long moment, et Jake se demanda, un peu inquiet, s'il n'était pas en train de craquer sérieusement.

— Reste avec moi cette nuit, demanda-t-il impulsivement.

Brandon ne pouvait détacher les yeux de lui. C'était tout ce qu'il voulait. De toute façon, il était déjà complètement accro. Et plus rien ne pouvait plus le sauver.

— OK, répondit-il doucement.

Chapitre 8

Malgré son corps un peu collant, Jake eut toutes les peines du monde à s'extirper du lit. Après une douche et d'autres caresses, il se planta devant le frigo et contempla les rares possibilités qui s'offraient à eux. Comprimés en main, il envisageait de se rabattre sur une bière, posée sur le rayon du haut.

Brandon entra dans la cuisine, avec d'autres vêtements empruntés à Jake. Il s'arrêta près de lui et jeta un coup d'œil dans le frigo, amusé.

— J'imagine que tu n'as rien trouvé.

Chez lui, même s'il ne cuisinait pas, il gardait toujours un stock de produits frais.

— Il faudrait que je fasse des courses, grommela Jake.

Il attrapa une canette de soda et la décapsula après avoir porté les cachets à sa bouche.

Brandon leva les yeux au ciel et referma la porte du frigo.

— Non, vraiment ? s'exclama-t-il, moqueur. On commande un truc ou on va au supermarché ?

Il regarda l'heure qu'affichait la pendule. Il était tard, mais, le samedi soir, les magasins seraient ouverts.

— Supermarché, je pense, répondit Jake après avoir avalé ses comprimés. Tu as envie d'un truc spécial ?

Il posa sa canette sur le comptoir et, saisissant Brandon par les hanches, le coinça entre lui et le frigo avec un petit sourire aux lèvres.

Brandon sourit en se laissant faire, posant les mains sur les bras de Jake.

— En général, je mange des sandwichs, des fruits ou des légumes frais, tout ce qui n'a pas besoin d'être cuisiné. (Il plissa les yeux et regarda Jake avec insistance.) Je crois que je n'ai jamais autant mangé de pizzas que depuis un mois, ajouta-t-il avec une grimace de dégoût.

Jake resserra son étreinte et retint un sourire.

— On en commande aussi des végétariennes, rappela-t-il.

— Seulement si je menace de tuer Jonathan, rétorqua Brandon.

— D'ailleurs, tu es très sexy quand tu t'énerves, murmura Jake, taquin, inclinant la tête pour effleurer les lèvres de Brandon d'un baiser. Il me reste des pâtes, proposa-t-il. J'ai créé par hasard un jour une sauce Alfredo aux crevettes, et elle était très bonne !

Brandon haussa légèrement les épaules et sourit, touché par ces marques de tendresse. Un seul jour avait suffi à tout bouleverser.

— Si tu as le courage de cuisiner, je peux avoir celui de goûter. Mais le supermarché, ça me va aussi.

— Je préférerais cuisiner plutôt que d'aller faire des courses, déclara Jake, ponctuant sa phrase d'un nouveau baiser. Surtout parce que l'idée de nous habiller ne me tente absolument pas. Mais j'imagine que tu vas vouloir des fruits et des trucs frais, non ? dit-il en riant. Tu m'accompagnes ou tu préfères rester ici, et profiter de mon absence pour fouiner dans mes affaires ?

Il caressa les flancs de Brandon jusqu'à poser les mains sur sa taille, avant de reculer d'un pas.

— Ça m'est égal, répondit Brandon, les yeux pétillants. À moins que ça ne vaille le coup de rester ici pour « fouiner » dans tes affaires. En même temps, je te rappelle que tu ne sais pas ce que je préfère comme fruits et autres « trucs frais ».

— Touché, concéda Jake. Laisse-moi juste enfiler mes chaussures. (Il se retourna et se dirigea vers le placard du couloir.) Mais c'est toi qui conduis ! lança-t-il par-dessus son épaule en montant l'escalier.

Brandon inspecta son short et son tee-shirt, décidant qu'ils feraient l'affaire pour le supermarché. Il remonta dans la chambre pour récupérer ses chaussures, qui, la veille, avaient volé chacune dans une direction opposée. Il s'assit sur le bord du lit pour les enfiler, tout en regardant derrière lui les draps où il avait dormi dans les bras de Jake.

Après avoir fouillé dans le placard du couloir du haut pour mettre la main sur ses tongs, Jake les enfila. Il aperçut Brandon, assis au bout du lit, en train de regarder par-dessus son épaule.

— Tout va bien ? demanda-t-il d'un ton léger, voulant à tout prix dissimuler l'inquiétude qui l'envahissait soudain.

Brandon se tourna vers lui, inconscient du sourire tendre qu'il arborait. Plongé dans ses pensées, il se disait que pour leur première fois ensemble il n'aurait pu rêver mieux. Il espérait que ce ne serait pas la dernière, mais n'était pas très inquiet. Le fait que Jake se montre incroyablement attentionné le remplissait de joie, bien plus qu'il ne s'y attendait. Ces marques de tendresse en disaient long, même si Brandon n'était pas du tout prêt à renoncer à la passion enflammée qui les unissait.

— Très bien, répondit-il doucement.

Jake haussa un sourcil et referma la porte du couloir.

— Tu n'es pas en train de virer sentimental, j'espère ? plaisanta-t-il.

Il traversa le couloir et s'appuya contre le chambranle de la porte de la chambre, esquissant un sourire moqueur.

— Parce que parler de mes sentiments, ajouta-t-il d'un air faussement sévère, ce n'est pas vraiment mon fort.

Brandon se retint de rire, tant le discours macho de Jake était en totale contradiction avec ses actes.

— Que Dieu m'en garde ! répliqua-t-il en se levant. Allons-y. Il est grand temps que tu me nourrisses après avoir profité de mon corps.

— Ça ne t'a pas déplu, il me semble, rétorqua Jake.

À lui non plus, d'ailleurs, s'il en croyait la vague de désir qui venait de le traverser.

Au lieu de sortir de la chambre, Brandon s'arrêta tout contre le torse de Jake.

— C'est vrai, dit-il d'une voix rauque. J'ai même adoré.

Le désir se mit à grimper, et le sourire de Jake s'effaça lorsqu'il plongea le regard dans celui de Brandon.

— Moi aussi, murmura-t-il.

Brandon se pencha pour lui embrasser les lèvres, la mâchoire et le coin des yeux.

— Je croyais quc tu n'étais pas sentimental, souffla-t-il.

Jake poussa un petit grognement. Les yeux clos, affichant un sourire ravi, il savourait les baisers de Brandon. Celui-ci recula pour contempler le visage de son amant.

— Tu es vraiment magnifique, chuchota-t-il.

Jake ouvrit les yeux et pencha la tête sur le côté. Ce n'était pas la première fois qu'on le lui disait, mais, dans la bouche de Brandon, c'était beaucoup plus sincère. Il esquissa un sourire et secoua la tête.

— Parle pour toi, je te l'ai déjà dit, répondit-il.

Il l'attira contre lui et lui embrassa le menton.

— Tu préférerais que je dise « irrésistible » ? demanda Brandon, glissant les mains dans le dos de Jake pour les poser sur ses fesses. Je ne peux pas m'empêcher de te toucher.

— Ça risque d'être un peu gênant, lundi au lycée, dit Jake avec un petit rire.

Brandon s'écarta, les yeux écarquillés, avant de s'éclaircir la voix.

— Eh bien, j'imagine qu'il faudra que je trouve un moyen de me retenir.

Il n'en revenait pas de son audace. Voilà que c'était lui qui jouait les provocateurs !

— Je compte sur toi, répondit Jake d'un air sévère. Je veillerai de mon côté à ne pas trop m'éloigner des douches.

Brandon plissa les yeux et lui assena un petit coup dans les côtes.

— Je me demandais si j'avais sur toi le même effet que celui que tu avais sur moi, dit-il. Mais, apparemment, c'est le cas.

La réaction de Jake ne se fit pas attendre. Rapide comme l'éclair, il plaqua Brandon contre le mur et l'embrassa brutalement, lui coupant le souffle.

La violence de son trouble stupéfiait Brandon. Jamais il n'aurait imaginé réagir de la sorte à un tel déchaînement. Bon sang, il ne pouvait plus se contrôler ! Il tenta de rendre à Jake son baiser avec la même intensité, se frottant contre sa cuisse. À ce rythme, ils n'étaient pas près de manger, et Brandon s'en moquait royalement.

Jake jubilait de voir son amant réagir au quart de tour. Il lui mordilla les lèvres une dernière fois avant de relâcher son étreinte.

— Tu veux dire : cet effet-là ? demanda-t-il, faussement ingénu.

À bout de souffle et les joues en feu, Brandon se figea un instant, avant de hocher la tête.

— Bon sang ! répondit-il d'une voix rauque, les pupilles dilatées de désir.

— Vraiment ? dit Jake avec un petit sourire en coin, caressant le torse de Brandon.

Luttant pour retrouver son calme, celui-ci leva vers Jake des yeux complètement flous.

— Tu es tellement craquant quand tu perds tes moyens, lança Jake, avant d'attraper le visage de Brandon entre ses mains et de l'embrasser.

— Craquant ? souffla Brandon.

Accroché au cou de Jake, il profita de cette étreinte, amusé malgré tout par la simplicité adolescente de leur échange sur le pas de la porte. Difficile de ne pas sourire devant la tendresse évidente dont Jake faisait preuve envers lui.

Après d'autres baisers langoureux, l'entraîneur se détacha à regret de Brandon et glissa les mains dans ses cheveux.

— Dîner ? suggéra-t-il, un peu essoufflé.

— Bonne idée, acquiesça Brandon. Supermarché ?

Jake déshabilla Brandon du regard, envisageant un instant de satisfaire un tout autre appétit, mais il se contenta de lui adresser un sourire taquin.

— Oui, répondit-il. Et c'est toi qui conduis !

Brandon hocha la tête et traversa le couloir. Jake le suivit du regard avant de lui emboîter le pas, le cœur léger. Brandon attrapa ses clés de voiture sur la petite table de l'entrée, sur laquelle il les avait posées en arrivant.

— On devrait en profiter pour récupérer ton pick-up, proposa-t-il en descendant les quelques marches du perron.

— Bonne idée, acquiesça Jake.

Il fit demi-tour et retourna dans la cuisine pour récupérer ses clés sur le crochet mural où il les avait suspendues un peu plus tôt, après les avoir ramassées sur le sol du salon.

— Il va falloir faire attention, prévint-il d'un air sérieux. Tu sais à quel point les rumeurs circulent vite au lycée.

— Oui, répondit Brandon d'un ton posé en s'arrêtant au bas des marches.

Chaque fois que Jake faisait ce genre d'allusion, Brandon ne pouvait s'empêcher de penser qu'il n'était pas uniquement intéressé par le sexe, tout en sachant qu'il ne plaisantait pas lorsqu'il lui avait dit qu'il n'aimait pas parler de ses sentiments. Bon sang ! Brandon ignorait ce qu'il ressentait exactement lui-même. Une chose était sûre : il était complètement et ridiculement séduit.

— Qu'est-ce qu'il y a ? demanda Jake en revenant de la cuisine. Tu as un air de chien battu. (Un peu inquiet, il s'approcha de Brandon pour l'observer attentivement.) Je ne t'ai pas fait mal au moins ? demanda-t-il, soudain horrifié.

— Non ! s'exclama aussitôt Brandon, surpris par la véhémence de sa réaction. Non, répéta-t-il plus calmement.

Il aurait voulu disparaître dans un trou de souris, et son visage se ferma.

— C'est juste que je ne sais pas à quoi m'attendre, lâcha-t-il finalement.

Il évitait le regard de Jake, de peur d'y trouver une lueur d'agacement ou de moquerie.

— À quoi t'attendre ? répéta Jake, troublé. Comment ça ? (Sa voix était hésitante.) Tu veux dire : si on nous voit ensemble ?

Brandon poussa un soupir et secoua la tête.

— Non, les gens, l'école, tout ça ne me dérange pas. Je suis pour la discrétion, aucun problème.

Enfin… (Il cherchait ses mots.) Je me demande juste ce que tu as dans la tête. Je suis un peu perdu.

Pris de court, Jake cligna des yeux et inclina légèrement la tête.

— Oh, répondit-il un peu bêtement. Eh bien, tu sais… À part penser à te déshabiller, je n'ai pas réfléchi plus loin. J'imagine que j'ai un train de retard sur toi !

Il rougit légèrement, avant de sourire pour masquer la tension qu'il sentait monter en lui.

— Ce n'est rien, assura Brandon en tentant de sourire à son tour, désireux de chasser le malaise qui s'était soudain installé entre eux. Tu sais, je réfléchis trop, j'ai un cerveau trop analytique.

Il se détourna pour se diriger vers la voiture. S'il avait apprécié que Jake lui avoue son désir, il n'oubliait pas qu'il ne l'avait absolument pas rassuré sur ses doutes. Et puis qu'est-ce qui lui avait pris de les exprimer ? Ils s'étaient embrassés pour la première fois à peine douze heures auparavant, et il voulait déjà savoir où cette histoire allait les mener !

Jake le suivit du regard, les sourcils froncés. Soudain, un petit sourire apparut sur son visage à l'idée qui venait de lui traverser l'esprit. Il se baissa pour enlever une de ses tongs, avant de la balancer sur Brandon, en pleine tête.

Totalement éberlué, celui-ci se retourna brusquement.

— Est-ce que tu as vraiment fait ce que je pense que tu as fait ? s'exclama-t-il.

— Ça dépend de ce à quoi tu penses, rétorqua Jake, tout content de lui.

Il descendit les dernières marches et s'avança d'un pas nonchalant pour récupérer sa tong.

— C'est comme ça entre nous, expliqua-t-il. Toi, tu réfléchis, et moi, je balance des trucs. Je te propose un marché. Tu arrêtes de réfléchir… (Il ramassa sa chaussure et l'agita devant lui d'un air menaçant.) Et moi, j'arrête de balancer des trucs.

Brandon éclata de rire. L'expression faussement furieuse de Jake fit redoubler son hilarité, et il dut s'appuyer contre la voiture pour reprendre son souffle.

— Mon Dieu ! lança-t-il. On est diamétralement opposés, pas vrai ?

Après avoir repris ses esprits, il s'installa au volant.

— Puisque tu veux qu'on parle sentiments, dit Jake d'un ton léger en se laissant tomber sur le siège passager, laisse-moi te dire que c'est la voiture la plus gay dans laquelle je sois monté.

Brandon se retourna vers lui d'un air surpris.

— C'est une Jetta verte. En quoi c'est gay ?

Jake rejeta la tête en arrière et se mit à rire tandis que Brandon démarrait, de plus en plus déconcerté.

— T'inquiète, ça va aller, s'esclaffa Jake en lui tapotant le genou.

— Je ne comprends rien à ce que tu me racontes ! Ou alors c'est tes médocs qui commencent à faire effet ? demanda Brandon en regardant Jake d'un air méfiant, tout en prenant la route du *Publix*, le supermarché qu'il connaissait, à quelques kilomètres de là.

— Oui, il y a de ça, reconnut Jake en hochant la tête d'un air satisfait. Excuse-moi.

Brandon laissa échapper un petit rire.

— J'imagine qu'il va falloir que je m'y habitue, dit-il, avant de lui lancer un regard noir. Je te signale que ma voiture n'a rien de gay. Elle est pratique.

— Tu veux rire : on dirait un arc-en-ciel ! gloussa Jake.

Brandon jeta un œil à la peinture vert bouteille de sa voiture et secoua la tête, exaspéré.

— C'est quoi, ces médocs que tu prends ?

— De la bonne came, répondit Jake en s'avachissant sur son siège. (Il tourna la tête vers Brandon et eut un petit rire.) Ta voiture n'a rien de gay, murmura-t-il. Mais j'adore t'embêter.

Brandon leva les yeux au ciel, mais c'était pour mieux masquer son sourire attendri.

— Super, lâcha-t-il avec un soupir faussement outragé. Et, comme je démarre au quart de tour, j'imagine que tu ne vas pas te gêner pour en profiter.

— J'y compte bien ! acquiesça Jake d'un air entendu.

Il s'enfonça davantage dans son siège et posa un pied sur son genou. Dans le silence, il regardait défiler le paysage sans penser à rien, profitant du bref moment de répit offert par les comprimés.

Observant Jake du coin de l'œil, Brandon remarqua l'effet des médicaments. Il essayait de se souvenir de ce qu'on prescrivait dans un cas comme celui-ci, mais les traitements avaient tellement évolué depuis dix ans qu'il n'en avait aucune idée. Il gara la voiture sur le parking du supermarché sans chercher à trouver une place proche de l'entrée.

— Ça ne te dérange pas de marcher ? demanda-t-il poliment.

— Pas du tout, assura Jake. À moins que tu ne veuilles me porter ?

— Moi ? Trimballer un grand gaillard comme toi ? rétorqua Brandon, incrédule. Je risque de finir écrasé.

— Pff! répondit Jake, un large sourire aux lèvres.

Il ouvrit la portière et sortit de la voiture en gémissant.

— Je suis trop grand pour une petite voiture pareille, geignit-il.

— La prochaine fois, c'est toi qui conduis, répliqua Brandon, l'air de rien, avant de verrouiller la voiture et de se diriger vers l'entrée du supermarché.

Jake marmonna un truc incompréhensible et remit ses tongs avant de rattraper Brandon en petites foulées.

— Tu es vraiment une teigne quand tu sors d'une nuit de sexe, murmura-t-il avec un sourire en coin.

Brandon poussa un grognement.

— Ce n'est pas en m'insultant que tu auras le droit de recommencer.

Il attrapa un panier, et ils entrèrent dans le magasin, en commençant par le rayon frais.

— J'imagine que tu veux du jus de fruits, du lait et des trucs dans le genre, je me trompe ? lança Jake en regardant autour de lui d'un air dégoûté.

— Comment tu fais pour garder cette taille de mannequin en t'empiffrant de pizzas, de Twinkies et de Doritos ? demanda Brandon en mettant une pomme et une orange dans un sac.

— Je ne touche pas aux Twinkies, répondit Jake d'un ton boudeur, avant de sourire et d'adresser un clin d'œil à Brandon. Je me charge des liquides, proposa-t-il en partant sur la gauche.

— Va pour les liquides, acquiesça Brandon.

Après avoir mis un sac de carottes déjà préparées dans son panier, il se dirigea vers le rayon Traiteur.

Pendant ce temps, Jake rejoignait l'autre bout du magasin pour trouver le lait et le jus d'orange. En tournant au coin de la dernière allée, il s'arrêta net en voyant une femme qui poussait lentement son chariot à l'autre bout. Trop tard pour l'éviter. Il gémit intérieurement lorsque Misty leva les yeux et découvrit sa présence.

Le regard étincelant d'une lueur de plaisir et de rouerie, elle mit le cap sur sa proie en faisant claquer ses talons.

— Eh bien, Jake, si je m'attendais à tomber sur toi à une heure aussi tardive ! minauda-t-elle en abandonnant son chariot. Et tu te promènes tout seul ?

— On dirait que j'ai été séparé du reste du troupeau.

Il regarda par-dessus son épaule, en faisant mine de chercher quelqu'un, n'importe qui, susceptible de venir à sa rescousse. En vain.

— Misty…, finit-il par lâcher, retenant à grand-peine une grimace.

Ramenant ses cheveux dans son dos, elle s'approcha à quelques centimètres de Jake.

— Et que fais-tu donc ici un samedi soir, dis-moi ? demanda-t-elle d'une voix aguicheuse.

Résistant à l'envie de battre en retraite, Jake baissa les yeux sur la jeune femme, qu'il dominait de toute sa hauteur.

— J'achète du lait, répondit-il, faute de mieux.

Il essayait désespérément de trouver un moyen d'échapper aux insinuations qu'elle ne manquait jamais de faire lorsqu'elle lui adressait la parole. Mais, dans l'état d'euphorie dans lequel il se trouvait, c'était peine perdue.

Misty sourit en posant une main toute menue sur son torse.

— Ne me dis pas que tu fais des courses alors que tu pourrais être n'importe où en train de t'amuser, fit-elle, la bouche en cœur.

Après avoir pris de la viande au rayon Traiteur et quelques petits pains, Brandon rejoignit le fond du magasin, où il eut la surprise de voir Jake au bout de l'allée, en face d'une femme plus petite, qui s'affalait presque sur lui. Clignant des yeux, il regretta de ne pas avoir ses lunettes. Il y voyait plutôt bien au naturel, mais sa vue se brouillait de trop loin ou de trop près. En tout cas, cela ne l'empêcha pas de remarquer l'expression légèrement paniquée de Jake. Il se mordit la lèvre pour retenir un éclat de rire.

Percevant un mouvement à l'autre bout de l'allée, Jake leva les yeux et aperçut Brandon qui, visiblement, semblait trouver la situation très amusante. Il adressa un sourire poli à Misty et retira prudemment la main de la jeune femme de son torse.

— Tu sais quoi ? Tu as tout à fait raison, lâcha-t-il soudainement. Je crois qu'il est temps que j'aille m'amuser ailleurs.

Il s'éloigna à reculons et, une fois en sécurité au bout de l'allée, la salua de loin.

— À lundi ! ajouta-t-il en se retournant pour filer à toute vitesse.

Brandon, plié de rire sur son chariot, s'empressa de faire demi-tour et de se diriger deux allées plus loin pour essayer de rattraper Jake. Qui pouvait bien être cette femme dont il n'avait pu distinguer les traits ?

Jake passa deux allées avant de prendre la suivante le plus vite possible, marchant en pas glissés pour éviter de faire claquer ses tongs sur le sol. Semer quelqu'un dans un supermarché n'avait rien de très compliqué, si ? Arrivé au bout de l'allée, il manqua de renverser Brandon et passa aussitôt derrière lui, l'utilisant comme bouclier humain.

— C'était qui ? demanda Brandon en riant.

— Misty, siffla Jake avec une grimace. L'envoyée du diable. Je me sens souillé. On se tire d'ici, implora-t-il.

— Misty ?

Amusé, Brandon laissa Jake tirer le chariot, et donc lui-même, jusqu'aux caisses.

— J'imagine qu'elle t'a demandé pourquoi tu n'étais pas en bonne compagnie puisqu'elle n'avait pas la chance de passer la soirée avec toi ?

— Un truc dans le genre, grommela Jake en lançant un coup d'œil par-dessus son épaule, avant de se tourner vers Brandon avec de grands yeux. Je vais attendre dans la voiture, déclara-t-il brusquement.

Retenant un nouveau rire, Brandon sortit les clés de sa poche et les lui tendit. Jake les saisit et lui tapota brièvement l'épaule en passant derrière lui.

— Bonne chance, soldat ! lança-t-il en battant en retraite.

Brandon secoua la tête en voyant Jake s'enfuir du magasin. Arrivé devant la caisse, il commença à vider son chariot sur le tapis roulant. Avant même de voir

Misty, il entendit le claquement de ses talons sur le sol. Il se redressa et l'aperçut en train de rejoindre la file d'attente. Brandon doutait qu'elle lui adresse la parole, ils n'étaient pas amis. De plus, il n'avait pas apprécié qu'elle se jette sur Jake de cette façon. Ravalant cet accès de jalousie, il se força à faire bonne figure.

— Bonsoir, Misty, dit-il.

Occupée à scruter les caisses en même temps que le parking à travers les vitres, elle l'avait à peine remarqué.

— Brandon, finit-elle par lâcher, détournant le regard pour placer ses articles sur le tapis roulant. Dis-moi ! dit-elle soudain, la main sur la hanche. Tu n'aurais pas vu Jake Campbell, par hasard ?

— Il se trouve que si, reconnut-il. Je l'ai vu passer à la caisse en libre service, et il est parti.

Il ralentit le rythme pour poser ses articles sur le tapis.

Misty poussa un soupir exaspéré. Elle secoua la tête, les yeux plissés, comme si elle en voulait à Jake d'être aussi difficile à épingler, alors que, de l'avis général, ils allaient si bien ensemble. Elle haussa un sourcil en reportant son attention sur Brandon.

— Tu entraînes l'équipe de baseball, non ? demanda-t-elle.

Elle s'appuya sur la caisse à quelques centimètres de lui, histoire de le mettre mal à l'aise.

— Oui, répondit prudemment Brandon.

Il s'éloigna légèrement lorsque la caissière commença à scanner ses articles. Misty se rapprocha et se pencha vers lui.

— Du coup, tu le vois très souvent, je me trompe ? Tu sais s'il est avec quelqu'un ?

— Euh… (Brandon s'écarta, effrayé par le regard prédateur de Misty, soudain conscient de ce que Jake devait endurer.) En fait, on est tout le temps avec l'équipe. Mais il arrive qu'on se voie après. Pour des réunions, par exemple, précisa Brandon, heureux de n'avoir pas eu besoin de mentir, même s'il était prêt à le faire en cas d'urgence.

Misty soupira, impatiente.

— Ça veut dire non ? insista-t-elle.

— Je ne sais pas quoi te dire, Misty, répondit Brandon, un peu désespéré.

Il tapotait du pied, dans l'espoir d'accélérer le passage en caisse.

Agacée, Misty lui tourna le dos et fit claquer ses talons sur le sol.

— Dans ce cas, réfléchit-elle à voix haute, s'il passe tout son temps libre à s'occuper de baseball, il ne lui en reste pas beaucoup pour sa vie privée.

Elle lança un regard oblique à Brandon, et quelque chose s'illumina dans ses yeux lorsqu'elle se tourna de nouveau vers lui.

— Mon Dieu ! s'exclama-t-elle d'une voix doucereuse. Je manque à toutes les règles de politesse, mon cher Brandon. Je ne t'ai même pas demandé comment tu allais. On devrait parler plus souvent, tu ne trouves pas ?

Elle posa la main sur son épaule. Brandon commençait à se sentir vraiment nerveux.

— Tu sais, dit-il d'une petite voix en sortant sa carte de crédit, on n'est pas dans le même département.

Épinglé à son tour par son regard, il regrettait franchement que Jake ne soit plus là pour l'aider. Il se sentait pris au piège. Plus jamais il ne le taquinerait sur elle.

Misty acquiesça et retira lentement la main.

— Et votre prochain match, c'est quand ?

— Lundi, répondit Brandon. On se déplace à North.

De toute façon, elle aurait bien fini par l'apprendre. Il l'observa avec inquiétude, en se demandant ce qu'elle manigançait. Une lueur étrange était apparue dans son regard.

— Très bien, dit Misty comme si la nouvelle lui faisait plaisir.

La caissière tendit à Brandon un reçu à signer, et Misty s'écarta de lui.

— Peut-être qu'on se verra là-bas, lança-t-elle avec un sourire étincelant.

Brandon se força à le lui rendre, tout en rassemblant ses deux sacs de courses.

— Mais certainement, Misty. Bonne soirée !

Sur ce, il sortit du supermarché comme s'il avait une meute infernale à ses trousses. En montant dans la voiture, il posa les sacs sur la banquette arrière et se laissa tomber sur son siège, agrippé au volant comme à une bouée de sauvetage.

Allongé sur le siège passager, Jake partit d'un rire moqueur.

Brandon retint une réplique bien sentie et démarra la voiture, pressé de disparaître avant que Misty sorte à son tour.

— Je suis de tout cœur avec toi, mon vieux, dit-il en arrivant au feu à quelques rues du supermarché.

Jake sourit dans l'obscurité tandis que la voiture repartait, tournant la tête pour observer Brandon.

— J'étais en train de me dire, murmura-t-il en gigotant sur son siège, alors que je me planquais dans ta voiture, que nous avions toute la journée de demain pour nous.

Brandon jeta un coup d'œil à Jake avant de s'engager dans son quartier.

— Et ? lança-t-il d'une voix qu'il espérait légère. Tu pensais à quelque chose en particulier ?

— Peut-être, répondit Jake avec un large sourire. Parce que j'ai bien l'intention de te garder avec moi demain soir.

Surpris, Brandon garda le regard rivé sur la route et les mains agrippées au volant.

— Vraiment ? Je croyais qu'il fallait qu'on fasse attention, rappela-t-il d'un ton qu'il voulait neutre.

— Tu commences bien à 6 heures lundi matin, non ? demanda Jake en redressant son siège. Ah merde ! On a oublié le pick-up.

— On pourra le récupérer demain, proposa Brandon en se garant dans l'allée devant la maison.

Soudain, il inclina la tête sur le côté, un peu amusé en pensant à un truc qui n'avait rien à voir.

— Au fait, tu viens de me dire que je pouvais rester demain soir, mais tu ne m'as pas parlé de ce soir.

— Je te signale que tu m'as déjà dit oui.

Jake attrapa Brandon par un pan de chemise et l'attira contre lui pour l'embrasser. Le contact des lèvres de Jake, chaudes et impérieuses, lui fit tourner la tête.

— Euh…, bredouilla Brandon. (Lorsque Jake s'écarta légèrement, il s'aperçut qu'il serrait son tee-shirt entre ses doigts.) J'ai dû oublier.

— Je pourrais mal le prendre, lança Jake avec un petit sourire en coin.

— Chaque fois que tu m'embrasses, j'oublie de quoi on était en train de parler, se défendit Brandon.

— Je m'en souviendrai si on se prend la tête un jour, rétorqua Jake avant de sortir de la voiture.

La gorge serrée, Brandon l'imita, récupéra les sacs de courses et le suivit à l'intérieur.

*

Jake se réveilla en gémissant. Il se tourna sur le côté et posa un bras et une jambe sur le corps de l'homme allongé près de lui, avant de s'enrouler autour de lui comme une couverture géante. Il gronda de plaisir et se laissa de nouveau happer par le sommeil.

À peine conscient d'être déplacé, Brandon bascula sur le flanc, abandonnant sa position préférée sur le ventre. Encore à moitié endormi, il se dit qu'il faisait soudain plus chaud. Plus chaud ? Lentement, il ouvrit un œil et prit conscience du corps qui pesait sur le sien. *Oh… Jake* ! Il poussa un long soupir de plaisir.

À moitié endormi, Jake flottait dans un état de béatitude. Suffisamment éveillé pour sentir le corps collé contre le sien, il était encore assez endormi pour ne pas songer à la journée qui s'annonçait. Au bout d'un moment, indisposé par un besoin pressant qui l'arracha au sommeil, il enfouit son nez dans les cheveux de Brandon et prit une longue inspiration, avant de lever la tête et de regarder autour de lui. Le jour se levait à peine.

— Beurk ! bougonna-t-il.

Encore engourdi, Brandon répondit par un petit bruit interrogateur, le visage toujours enfoui dans l'oreiller.

— Il est trop tôt, dit Jake, roulant sur le dos et se débarrassant des couvertures sur ses jambes. Quel jour on est ?

Il se frotta le visage en étouffant un bâillement. Complètement léthargique, Brandon était incapable de bouger sans le réveil qui l'arrachait d'habitude à son sommeil, et il ne put que marmonner de façon indistincte.

— Tout à fait d'accord, acquiesça Jake en s'asseyant au bord du lit.

Il se leva sans ajouter un mot et alla soulager le besoin qui le forçait à abandonner la couette. Au bout de quelques minutes, il regagna la chambre sur la pointe des pieds et jeta un coup d'œil à Brandon. Soudain, il bondit sur le lit, faisant rebondir légèrement son compagnon, avant de s'étaler sur lui et de l'embrasser joyeusement sur l'épaule.

Brandon sursauta et tourna brusquement la tête, découvrant Jake en train de l'escalader. Il referma les yeux pour calmer les battements de son cœur.

— Qu'est-ce qui te prend ? marmonna-t-il d'une voix pâteuse.

— Grognon, murmura Jake avec un petit sourire, effleurant des lèvres l'omoplate de Brandon. Moi qui croyais que tu étais matinal !

— Mais euh ! protesta Brandon, essayant de cacher la tête sous l'oreiller.

Jake poussa un grand soupir et se releva, prenant appui sur les mains et les genoux, avant de se laisser retomber lourdement sur le côté et de rouler sur le dos. Brandon se souleva un peu de l'oreiller et posa sur Jake un regard embrouillé.

— Tu me tiens éveillé toute la nuit, fit-il remarquer doucement, et tu voudrais que je sois matinal alors que le soleil n'est même pas levé ?

— Je ne t'ai pas entendu te plaindre cette nuit, lui rappela Jake.

— Je te l'accorde, admit Brandon avec un grand sourire.

Jake leva les bras au-dessus de la tête et s'étira, posant les mains à plat contre la tête de lit, le corps arqué. Captivé par le spectacle, Brandon haussa un sourcil approbateur. Après s'être tendu au maximum, le corps de Jake se relâcha, agité de petits tremblements.

— Je vote pour rester au lit toute la journée, lança-t-il en souriant.

La tête toujours blottie dans l'oreiller, Brandon acquiesça avec un sourire.

— Plutôt tentant. Mais j'imagine que ton estomac va bientôt crier famine.

— C'est juste un détail, gronda Jake en glissant un bras sous Brandon pour se coller contre lui de manière suggestive.

Le sourire de Brandon s'élargit, et il secoua la tête.

— Tu es un gros nounours, en fin de compte, dit-il, malicieux.

Faussement vexé, Jake fit pression sur l'épaule de son amant pour qu'il se retourne.

— C'est toujours mieux que « ThunderCat », j'imagine, murmura-t-il en faisant courir les lèvres sur le torse de Brandon.

Celui-ci se mit à ronronner et laissa glisser la main le long du corps de Jake pour la faire atterrir sur ses fesses.

— J'aime bien ton côté *ThunderCats*, commenta-t-il d'une voix nonchalante.

En guise de vengeance, Jake lui mordilla le cou avant de poursuivre ses caresses matinales. Brandon soupira de ravissement et se cambra contre lui, vibrant de plaisir. Jake s'empara de sa bouche pour un baiser impérieux, posant les mains sur le ventre de Brandon en un geste possessif.

— Tu as peur que je ne me sauve ? murmura Brandon, ondulant sous le corps de son amant pour en toucher chaque centimètre.

— Pas vraiment, grogna Jake. Si tu tentes quoi que ce soit, je te balancerai d'autres trucs à la tête.

Il glissa un genou entre les cuisses de Brandon.

— J'en tremble déjà, répondit Brandon. Ton lancer de tong est terrifiant.

Il arqua les hanches pour presser son sexe tendu contre la cuisse musclée de Jake, qui lui mordilla le cou avant de se laisser glisser le long de son corps.

Fermant les yeux de plaisir, Brandon fit remonter les mains le long de son dos.

— Bon sang ! murmura-t-il. Ça faisait longtemps que je ne m'étais pas réveillé aussi agréablement.

Ravi, Jake lui déposa un dernier baiser sur le ventre avant de se redresser.

— Parfait, dit-il avec un large sourire. C'est l'heure du petit déjeuner !

Il roula sur le côté et se leva.

— Espèce d'enfoiré ! s'exclama Brandon.

Il lui balança son oreiller à la tête et dégagea ses pieds des draps entortillés autour de lui.

Jake se mordit les lèvres, très content de lui. Les mains sur les hanches, il posait sur Brandon un regard intéressé. Celui-ci plissa les yeux et se redressa sur les genoux, s'avançant vers le bord du lit avant d'attraper Jake par le bras et de l'attirer vers lui.

— Viens là, gronda-t-il.

Jake obtempéra docilement, souriant de plus belle.

— Quoi ? demanda-t-il, faussement naïf.

— Tu joues les abstinents, ce matin ? rétorqua Brandon en pressant son corps contre celui de Jake. Tu es sûr que tu veux toujours manger ? ajouta-t-il en lui caressant les hanches.

— Ça dépend du menu que tu me proposes.

Brandon fit glisser la langue sur le cou de Jake et s'arrêta sur sa bouche.

— Un peu de protéines, ça te dirait ? proposa-t-il d'une voix rauque avant de l'embrasser.

Le petit rire de Jake se mua en grondement sourd. Lentement, il se laissa descendre le long du corps de Brandon, accroché à ses hanches.

Frissonnant, Brandon sentit son sexe durcir dans l'attente du contact de la bouche experte de Jake qui embrassait déjà son sternum. Après avoir exercé une légère pression sur ses hanches pour qu'il se rallonge sur le lit, Jake se redressa et s'empara voluptueusement de sa bouche. Brandon l'accueillit avec abandon, lui entourant le cou de ses bras avant de répondre fiévreusement à son baiser.

Jake s'abandonna longuement à cette étreinte, avant de se détacher et de poursuivre son exploration. Pressant le corps de Brandon au creux du matelas, il donna un premier coup de langue sur son sexe.

Brandon tressaillit et tenta de soulever les hanches.

— Oui, Jake, continue, l'encouragea-t-il. Plus vite tu iras, plus vite je pourrai m'occuper de toi.

— Impatient, avec ça, commenta Jake après un nouveau coup de langue lascif.

— C'est vrai. Mais j'ai cru comprendre hier soir que tu n'étais pas particulièrement patient, toi non plus, répliqua Brandon, taquin.

Pour toute réponse, Jake engloutit le sexe de Brandon.

— Oh, merde ! hoqueta Brandon, frissonnant de plaisir.

Il rejeta la tête en arrière, les mains enfoncées dans les cheveux de Jake qui passa un bras autour des hanches de Brandon pour les soulever. Il imprimait à sa bouche des mouvements sensuels et primaux, attisant l'obscénité verbale de son compagnon. Brandon, à bout de souffle, n'en demandait pas tant.

— Putain, Jake ! Ohhh, putain !

Sa voix n'était plus qu'un murmure, dont la douceur contrastait avec la grossièreté de ses mots et qui céda bientôt la place à un sifflement accentué par chaque va-et-vient de la bouche de Jake.

Celui-ci resserra son étreinte sur les hanches de Brandon, enfonçant les doigts dans sa peau tandis qu'il le rendait fou de sa langue. Excité par les réactions de son compagnon, il poussa un gémissement et bascula sur le côté, entraînant Brandon avec lui et lui permettant une totale liberté de mouvements.

Aussitôt Brandon gronda et donna de grands coups de reins, enfonçant son sexe dans la bouche de Jake, tout le corps tendu. Un frisson le parcourut, et il jouit violemment, suffoquant de plaisir.

— Jake, souffla-t-il tendrement, les yeux fermés, en lui étreignant l'épaule.

Cramponné à ses hanches, son amant avala sa semence, encouragé par les gémissements de Brandon. Celui-ci haleta, submergé de volupté, et tapota doucement le bras de Jake qui le fit basculer sur le dos. Il remonta ensuite le long de son corps pour poser le menton sur son torse.

— Maintenant, je saurai ce qu'il faut faire pour te réveiller le matin, lança-t-il malicieusement en regardant Brandon reprendre son souffle.

Son amant poussa un grognement et se dissimula les yeux derrière un bras.

— Tu y arrives très bien, marmonna-t-il.

Il n'aurait pu mieux dire. Au point où il en était, il suffisait que Jake le regarde pour qu'il se mette à bander. Ses caresses étaient un délice, et sa bouche, à couper le souffle. Quant à sa manière de s'enfoncer en lui…

Jake laissa échapper un petit rire et se redressa légèrement pour embrasser Brandon, ignorant le bras qui dissimulait le haut de son visage.

— Et toi, murmura-t-il, qu'est-ce qui te ferait plaisir pour ton petit déjeuner ? C'est le seul repas de la journée que je suis capable de préparer.

Brandon lui sourit et bascula au-dessus de Jake, déposant un baiser sur ses lèvres.

— Un vrai délice, dit-il.

— Hmmm ! répondit Jake en s'étirant comme un félin sous lui.

Brandon lui effleura le torse des mains d'abord, puis de la langue en suivant le contour de ses muscles et de ses abdos. Il lui embrassa le creux de la cuisse, frottant la joue contre son membre dressé. Jake se raidit brusquement, haletant.

— Je pensais à un vrai petit déjeuner, mais si tu insistes…, murmura-t-il d'une voix éraillée.

— C'est un vrai repas, tu sais, rétorqua Brandon en léchant le sexe de Jake de bas en haut. Protéines, fructose, acides aminés, vitamine C…

Il énumérait les ingrédients en ponctuant chacun de ses mots d'un coup de langue toujours plus appuyé.

— Fructose ? répéta distraitement Jake en arquant le dos, serrant les draps entre ses doigts.

Brandon lécha une goutte de la semence crémeuse.

— Eh oui ! Un sucre simple que l'on trouve notamment dans les fruits. C'est un des trois sucres principaux qu'il y a dans le sang.

Il saisit entre ses lèvres le gland turgescent et le suça délicatement, avant de s'écarter légèrement et de reprendre les caresses de sa langue.

— On en trouve dans le miel, les baies, poursuivit-il d'une voix rauque, et dans certains légumes-racines…

— Oh, ça suffit ! gémit Jake en enfouissant les doigts dans les cheveux de Brandon qui sourit et prit de nouveau le sexe de Jake dans sa bouche.

Jake amorça un mouvement de va-et-vient dans la bouche de Brandon. Comme bien souvent, il laissait son corps prendre le dessus sur son cerveau. À sa grande honte, il réagissait au quart de tour. En même temps, s'il ne jouissait pas rapidement, la mâchoire de Brandon risquait d'en souffrir. Il ouvrit les yeux et regarda le plafond un instant avant de se redresser, en appui sur les coudes, pour profiter du spectacle. Voir le bout de son sexe disparaître entre les lèvres sensuelles et humides de Brandon était le meilleur moyen d'arriver à l'orgasme. Bon sang, rien que le souvenir suffirait à exciter son désir en cas de plaisir solitaire !

Sentant que Jake remuait, Brandon se mit à genoux pour en profiter pleinement et, lorsqu'il entendit un léger râle, leva les yeux vers son amant. Celui-ci haletait, le regard rivé dans le sien.

— Brandon, supplia-t-il.

Il se mordit la lèvre et rejeta la tête en arrière en gémissant doucement.

Brandon reprit ses efforts. Il referma les doigts sur la base du sexe de Jake, concentrant les caresses de sa bouche sur l'extrémité. Attentif aux variations du souffle de son compagnon, il glissa sa main libre entre les jambes de Jake pour aller caresser sa peau tendre.

Jake poussa un cri et se cambra de nouveau, agrippé au drap, emporté sans pouvoir crier gare dans une déferlante de plaisir sous les caresses expertes de Brandon.

La semence épaisse et chaude envahit la bouche de Brandon qui l'avala aussitôt. Lorsque les tremblements de Jake s'apaisèrent, il s'écarta en se léchant les lèvres.

Jake sentit tous ses muscles se relâcher alors qu'il essayait de rouvrir les yeux.

— Mon Dieu ! murmura-t-il stupidement.

— Tu n'arrêtes pas de dire ça, répondit Brandon avec un petit rire, caressant le torse de Jake de façon apaisante, exprimant une tendresse qui ne semblait pas le déranger.

— Tu me tues, grogna Jake, son sourire laissant entendre que c'était une manière merveilleuse de rendre l'âme.

— Pas du tout, répondit Brandon qui s'agenouilla et l'embrassa doucement. C'est juste une petite séance spéciale de physiothérapie, ajouta-t-il.

Jake leva les yeux au ciel, et Brandon éclata de rire.

— Allez, autant s'activer puisqu'on est réveillés. (Il se leva en tendant la main à Jake.) On pourra toujours se faire une petite sieste plus tard.

— S'activer ! s'exclama Jake, incrédule.

Brandon, les mains sur les hanches, essayait en vain de se retenir de rire.

— Ferme-la, marmonna Jake, roulant sur le lit et ramenant les draps sur lui.

— Oh, oh ! s'écria Brandon en le rejoignant. Allez ! Tu m'as promis qu'on passerait chez moi récupérer des vêtements de rechange pour demain, tu t'en souviens ?

Jake se retourna brusquement et l'entoura de ses bras, le plaquant contre lui avant de le recouvrir des draps.

— Jake ! cria Brandon, incapable de bouger.

Avec un petit ricanement diabolique, son amant resserra encore son étreinte.

— Un problème ? demanda-t-il, d'une voix innocente.

Brandon cessa de se débattre et ferma les yeux. *Et puis merde*! *C'est trop bon.* Il inspira profondément, s'abandonnant à la chaleur et à l'odeur du corps de Jake.

— Aucun problème, répondit-il.

Ses mains se promenaient déjà, fébriles, sur la peau de Jake.

— On se calme, lança celui-ci. J'ai besoin de repos pour être beau.

Brandon se blottit contre lui, refermant les bras autour de son corps. Il y avait entre eux une telle connivence qu'il avait l'impression de connaître Jake depuis des mois, et pas seulement depuis quelques heures. Il se sentait à sa place, tout simplement. Il posa les lèvres sur l'épaule de Jake.

— Parfait, murmura celui-ci en souriant. (Il ferma les yeux et attira Brandon tout contre lui, profitant de l'instant.) Tu sais que je pourrais m'y habituer, ajouta-t-il en soupirant.

Brandon resta immobile. Même si les paroles de Jake étaient plutôt encourageantes, le ton de sa voix semblait laisser entendre l'inverse. Comme s'il ne savait pas ce qu'il pensait vraiment. Un peu comme Brandon, d'ailleurs.

— Oui, c'est vrai, acquiesça-t-il.

Jake rouvrit les yeux, à court de mots. Son impulsivité lui avait toujours joué des tours, et, bien souvent, ses coups de tête avaient déstabilisé ses compagnons, parce qu'il se jetait corps et âme dans chaque histoire d'amour à peine commencée. Brandon, lui, s'abandonnait totalement dans les bras de Jake, Heureux de se laisser porter. Jake ne bougea pas jusqu'à ce que son estomac se rappelle à lui. Il cacha son visage contre la joue de Brandon, un peu gêné.

— On ferait mieux de se lever avant que je tombe d'inanition.

— Je ne voudrais pas t'affamer, répondit Brandon, souriant contre sa peau.

Jake lui mordilla le cou, et Brandon émit un petit gémissement. Jake sourit et releva la tête pour l'embrasser doucement.

— Une envie particulière pour le petit déjeuner ? demanda-t-il.

Brandon sourit contre ses lèvres.

— Voilà que tu remets ça !

Il aurait pu le dévorer tout cru. Voilà ce qu'il aurait aimé lui dire. *Je veux me fondre en toi et ne plus bouger.* Mon Dieu, tout allait si vite ! C'était vertigineux. La passion de Jake, son rire, ses grognements, son regard noir profond qui s'assombrissait lorsqu'il avait faim ou quand il le regardait. Tout ça était incroyable. Brandon frissonna et passa les bras autour de son cou, se serrant tout contre lui.

Jake lui donna un petit coup dans les côtes.

— OK, soupira Brandon à regret. On petit-déjeune dehors ? Je connais plusieurs endroits où on peut s'arrêter en allant à Mountain Park. Si tu es toujours partant, bien sûr… Mais, si tu préfères, je peux te déposer à ton pick-up.

Confronté de nouveau à la réalité hors de cette chambre, il se sentait un peu nerveux. Il essayait de se rassurer, mais ça ne changeait pas grand-chose.

— Je vais être obligé de m'habiller, lança l'entraîneur d'une voix plaintive.

— Jake, dit Brandon.

— Oui ? répondit son compagnon, étonné.

Incapable de résister à un désir profond, Brandon posa la main sur le front de Jake et la fit glisser, légère comme une plume, sur ses yeux et ses pommettes jusqu'à sa bouche. Les yeux de Jake se fermèrent aussitôt tandis que ses lèvres esquissaient un sourire. Après avoir soulevé les paupières pour regarder Brandon, il lui déposa un baiser sur le bout des doigts.

Brandon n'avait plus de doute désormais : il était amoureux. *Oh, bougre d'olibrius* !

— Ça va ? demanda Jake

Non. Pas du tout. Bien au contraire, bon sang ! Mais il ne pouvait rien y faire. Il se contenta de hocher la tête, le cœur gonflé par la douceur de l'instant.

— J'ai bien peur que tu ne doives t'habiller, répondit-il. Tu imagines l'émeute si tu débarques en tenue d'Adam chez *Gaufres & Co* ?

— *Gaufres & Co*, répéta Jake. Waouh ! Des gaufres ! OK, vendu ! s'exclama-t-il en se redressant, ravi.

Il embrassa Brandon et se leva.

Brandon était dérouté par son comportement. Cet homme était totalement imprévisible. Où cachait-il cet aspect de sa personnalité à l'époque du lycée ? Il s'extirpa du lit en soupirant et se dirigea vers la salle de bains.

Pendant ce temps, Jake enfilait un vieux pantalon de survêtement et essayait de trouver un tee-shirt et un pull.

— Il te faut d'autres fringues, c'est ça ? demanda-t-il en sortant un second pantalon et en cherchant d'autres vêtements.

— Oui, lança Brandon depuis la salle de bains.

Il avait décidé de se passer de douche parce qu'il voulait garder l'odeur de Jake sur sa peau. En passant devant le miroir, il se figea.

— Bon sang, ce n'est pas qu'une histoire de cul !

— Tu parles de moi ? appela Jake, tendant l'oreille.

Il sortit un vieux pull aux couleurs de sa confrérie étudiante.

— Non, rien, répondit Brandon, les yeux écarquillés.

Il lança le gant de toilette qu'il venait d'utiliser dans le panier à linge sale.

La tête de Jake apparut dans l'encadrement de la porte. Il arborait un grand sourire.

— Tu disais que j'avais un beau cul ? s'enquit-il, taquin.

Il lui adressa un clin d'œil et lui donna les vêtements propres.

— Ton cul est magnifique, confirma Brandon en s'habillant. D'ailleurs, lança-t-il, provocateur, il serait peut-être temps que lui et moi, on fasse plus ample connaissance.

S'il avait plus qu'apprécié de se faire prendre par Jake, à plusieurs reprises, il était curieux de savoir si son amant était partant pour la réciproque. Il valait mieux tâter le terrain plutôt que de se ramasser, le jour où il essaierait.

Jake éclata de rire, et sa tête disparut. Brandon l'entendit farfouiller dans un tiroir et le vit revenir presque aussitôt avec un petit tube de lubrifiant de voyage qu'il lui donna, tout sourires.

— Mets ça dans ton sac à dos pour notre petit tour chez toi, proposa-t-il avec un petit rire, avant de s'éclipser de nouveau.

Brandon baissa les yeux sur le petit tube qu'il avait rattrapé de justesse, et un grand sourire apparut sur son visage.

Chapitre 9

En arrivant à Mountain Park, Brandon prit à travers bois l'une des routes conduisant chez lui. Il digérait tranquillement la tonne de gaufres qu'il avait dévorées, tandis que son passager regardait défiler le paysage.

— C'est vraiment très beau, dit Jake. Mais, si tu as grandi ici, comment se fait-il que tu aies été au lycée dans une autre circonscription ?

— Ma mère bossait pour le bureau scolaire central, du coup mon transfert a été pris en charge. Il y avait plus d'émulation et de débouchés à Parkview. Et plus d'élèves, aussi. Elle pensait que j'aurais du mal à m'adapter à l'université, si je n'allais pas au lycée avec les autres. Jusque-là, j'avais été scolarisé à la maison.

— Oh ! s'exclama Jake, trop surpris pour en dire plus.

Il ne pouvait s'empêcher de penser que ce système était horrible. Ne jamais sortir, ne pas avoir d'amis, rien à part rester à la maison et faire ses devoirs. Il réprima un frisson et reporta son attention sur le paysage.

—Ce n'était pas si atroce, Jake, ajouta Brandon avec un large sourire. J'avais des amis et j'allais au collège du quartier une heure par jour pour les cours de musique et d'éducation physique.

—Beurk! lâcha Jake. Je m'excuse, mais je trouve ça cruel.

—Cruel? Tu m'expliques? demanda Brandon en s'engageant sur une allée qui longeait le lac.

Jake haussa les épaules.

—Oui, cruel. Les enfants ne comprennent pas ce genre de choses, et on est tous les deux bien placés pour savoir qu'à cet âge ils sont sans pitié. Tu m'excuseras, mais penser qu'un môme puisse s'épanouir en le privant des expériences qu'il peut vivre auprès d'enseignants chevronnés ou de ses camarades, je trouve ça plutôt prétentieux.

—Ah, tu veux dire le fait d'être scolarisé à la maison! Je croyais que tu pensais aux cours d'éducation physique. Je ne peux pas dire le contraire, c'est clair. Au début, quand je suis arrivé à Parkview, ça m'a un peu déboussolé, mais, en même temps, ça m'a appris à me concentrer sur l'essentiel. Quand tu es tout seul chez toi, ce n'est pas évident de se motiver. Quand je n'avais pas envie de bosser, je pouvais aller me balader dans les bois ou traîner sans rien faire. Ce n'était pas très cadré.

Jake hocha la tête et laissa échapper un petit soupir. C'était un sujet sensible pour lui, et il avait du mal à ne pas réagir. Bon sang, si la mère de Brandon avait envoyé son fils à l'école plus tôt, sa vie aurait été complètement différente. Avec son physique, il aurait pu faire du sport ou appartenir à un club. Il aurait aussi pu se faire de vrais amis, et pas côtoyer seulement ceux qui profitaient de lui pour les devoirs. Il aurait réussi à s'intégrer bien plus facilement.

Jake secoua la tête, en colère, et pinça les lèvres.

— Jake ? appela Brandon, étonné, en s'engageant dans l'allée de sa maison.

Elle était petite et blanche, de plain-pied, entourée d'arbres et de fleurs sauvages.

— Que se passe-t-il ?

Jake haussa les épaules et secoua la tête.

— Désolé, répondit-il, un peu gêné. Mais ça me fout en rogne, ce truc. Jolie maison.

Brandon murmura un remerciement et coupa le moteur de la voiture, préoccupé par les paroles de Jake.

— En rogne ? Mais pourquoi ? À cause du fait d'être scolarisé à la maison ?

Il avait du mal à comprendre pourquoi ce sujet lui tenait tellement à cœur.

— Oui, admit Jake, refusant d'approfondir la question.

Il venait juste de se rendre compte qu'en continuant sur cette voie il risquait de manquer de respect aux parents de Brandon, tous deux décédés. Et il voulait à tout prix éviter ce sujet délicat.

— J'ai droit à une petite visite ? demanda-t-il en souriant.

Comprenant que Jake ne voulait pas s'étendre davantage, Brandon n'insista pas.

— Bien sûr, répondit-il dit en sortant de la voiture, sourire aux lèvres. Tu veux commencer par quoi : l'intérieur ou l'extérieur ?

— L'intérieur, répondit Jake d'un air coquin. Où est la chambre ? ajouta-t-il d'une voix innocente en regardant la maison.

Brandon leva les yeux au ciel.

— Tu es vraiment obsédé ! marmonna-t-il en agitant les clés.

Il contourna la maison pour accéder à la porte de derrière. L'allée de devant, envahie de fleurs printanières précoces, était inutilisable.

— Eh bien, oui, confirma Jake en lui emboîtant le pas. Sache que mon cerveau est branché non-stop sur les chaînes de sports, de cuisine ou de cul. Quelquefois deux en même temps. Et parfois même les trois.

Il avait l'air très sérieux.

Brandon s'immobilisa et regarda par-dessus son épaule, le regard pétillant de malice.

— Les chaînes de cuisine ? répéta-t-il.

— Oui, dit Jake, sur la défensive. La bouffe, mec !

Brandon se mordit la lèvre inférieure avant de secouer la tête et d'aller ouvrir la porte.

— Que monsieur se donne la peine, annonça-t-il avec un grand geste du bras.

Jake entra et lui caressa le ventre au passage. Brandon retint son souffle, le corps enflammé de désir. Le moindre contact avec Jake l'excitait comme un fou. Il faudrait vraiment qu'il apprenne à se contrôler avant de retourner au lycée et de reprendre les entraînements de baseball. Non pas qu'ils aient souvent l'occasion de se toucher quand ils bossaient, mais la tentation serait présente. Brandon avait découvert que Jake était quelqu'un de très tactile et que lui aimait beaucoup ça. Vraiment beaucoup.

Jake inspira profondément en pénétrant dans la maison et se retourna vers Brandon.

— Ça sent comme toi.

— Si tu le dis ! répondit Brandon en riant. Alors, ici, comme tu peux le voir, c'est la cuisine. Et là-bas, ajouta-t-il en désignant une porte sur la gauche, c'est la buanderie et le cellier. (Il contourna le petit îlot de cuisine et s'arrêta près de deux autres portes.) Ici, c'est le salon télé, dit-il en indiquant la pièce derrière lui. Et, par là, il y a deux chambres et une salle de bains. Ce n'est pas grand-chose, mais c'est bien suffisant pour moi.

Il regarda autour de lui d'un air mélancolique, les yeux soudain voilés par les souvenirs qui l'assaillaient.

— Ce n'est pas trop dur de vivre ici ? demanda soudain Jake.

Tiré de ses pensées, Brandon leva les yeux vers lui et croisa les bras en s'appuyant contre le mur.

— Parfois, confessa-t-il d'une voix calme. Je tombe sur un truc, et ça suffit à… (Son visage s'obscurcit d'un voile de douleur, presque aussitôt dissimulé.) Je n'ai que des bons souvenirs. C'est juste qu'ils me manquent.

Jake resta silencieux, l'observant avec attention. Les yeux de Brandon balayèrent la pièce sans la voir. Il était happé par son passé.

— Oui, c'est dur, murmura-t-il. Mais c'est tout ce qu'il me reste. Je n'ai pas pu leur dire au revoir.

— Je suis désolé, dit Jake d'une voix douce. Tu es plus fort que moi.

Serrant les bras autour de lui, Brandon se tourna vers Jake.

— On ne peut jamais savoir, répondit-il en esquissant un sourire.

Il haussa les épaules pour chasser un peu de sa tristesse. Il se sentait un peu bête, à parler ainsi de ses parents.

— Je te trouve incroyablement fort. Tu saurais très bien supporter une telle situation. Mais je ne te le souhaite pas. Pas avant longtemps, très longtemps.

— Fort ? répéta Jake avec un petit sourire, essayant de détourner la conversation de ce sujet douloureux.

— Oui, reprit Brandon avec un hochement de tête. N'essaie pas de le nier. J'imagine très bien l'enfer que tu as dû traverser avec toutes tes blessures. Pourtant, ça ne t'empêche pas d'entraîner des équipes toute l'année.

— Ce n'est pas la même chose, fit remarquer Jake en s'approchant, irrésistiblement attiré.

— Tu crois ça ? répliqua Brandon, soudain envahi par le désir.

Les yeux noirs de Jake brillaient de cette lueur particulière, celle qui le faisait craquer à tous les coups et supplier. Pour son plus grand plaisir.

— J'en suis sûr, murmura Jake, tout proche. Ce n'est pas facile d'affronter un passé comme le tien.

Sa voix avait pris un ton grave, tandis qu'il coinçait Brandon dans la cuisine. Devant tant de sérieux, celui-ci resta muet, préférant attendre que la chaleur du corps de Jake se diffuse dans le sien. De toute façon, il ne savait pas quoi dire. Jake encadra son visage de ses mains et l'embrassa tendrement.

Le cœur serré, Brandon sentit resurgir la douleur du passé au contact de ce baiser. Mais les paroles de Jake, sa proximité étaient d'un grand réconfort. Il n'avait jamais parlé à personne de la perte de ses parents. Appuyant le front contre celui de Jake pour répondre à ses baisers, il se détendit, à la fois rassuré par sa présence et bouleversé. Jamais il ne pourrait lui avouer ce qu'il ressentait pour lui. C'était bien trop absurde. D'autant que, même s'ils se connaissaient depuis presque quinze ans, leur amitié ne datait que d'un mois et ils n'étaient intimes que depuis la veille. C'était bien trop court pour tomber amoureux. Brandon soupira.

— Tu veux rassembler tes affaires ? demanda Jake doucement, caressant les cheveux de son amant.

Aucun d'eux ne semblait vouloir se séparer de l'autre. Brandon hocha la tête, frottant la joue contre celle de Jake, apaisé par son odeur. Mais il ne voulait pas bouger. En tout cas, pas avant que Jake le fasse.

— On peut aussi rester ici, murmura l'entraîneur avec un sourire, enlaçant Brandon par la taille.

Celui-ci ferma les yeux et s'abandonna. Il passa les bras autour du cou de Jake et posa la tête sur son épaule, sans se soucier de la manière dont son attitude pouvait être interprétée. Il ne voulait pas y penser. Tout ce qui comptait, c'était d'être contre lui.

Jake comprenait ce besoin. Il vivait lui aussi dans la maison où il avait grandi. Et, même si ses parents étaient encore en vie et habitaient simplement dans un autre État, il se sentait parfois submergé par des vagues de mélancolie. Les souvenirs de jours heureux et d'une maison alors pleine de vie étaient quelquefois difficiles à supporter. Il resserra son étreinte.

Brandon inspira longuement à plusieurs reprises, accroché à Jake de toutes ses forces, avant de relâcher la pression.

— Merci, murmura-t-il en l'embrassant dans le cou.

Voyant que Jake ne le repoussait pas et lui caressait même le dos, Brandon avait retrouvé le sourire.

— Tu comptes me garder comme ça encore longtemps ? demanda-t-il, regrettant aussitôt ses paroles, qu'il craignait de voir mal interprétées.

— Oui, répondit Jake avec un petit sourire.

Il glissa les mains sous la ceinture un peu trop large du pantalon qu'il avait prêté à Brandon.

— Pourquoi ? Tu as des obligations ?

— Non, répondit Brandon, en se frottant le nez contre le cou de Jake. Seulement envers toi.

— Voilà qui promet, marmonna Jake en lui mordillant la peau avant de l'écarter du comptoir.

— Mais tout à fait, répondit son amant en se laissant guider.

— Tu n'en as pas encore marre de moi ? plaisanta Jake.

— Je ne vois pas comment tu peux imaginer une chose pareille, répondit Brandon, le souffle court.

— Oh, ça arrivera plus vite que tu ne le crois ! insista Jake en riant. D'ici à une semaine, tu en auras sûrement assez que je te saute dessus chaque fois que je te vois.

Brandon haussa un sourcil dubitatif.

— Tu crois vraiment que je pourrais me lasser de tout ça ? Détrompe-toi, « ThunderCat ».

Jake gronda dangereusement et souleva Brandon du sol, les mains posées sous ses cuisses.

— Répète un peu pour voir.

Riant aux éclats, Brandon entonna le refrain que Jake détestait.

— Oh, oh, tu cherches les ennuis ! lança Jake.

— Vas-y, baby ! Montre-nous de quoi tu es capable, le provoqua Brandon.

Il avait du mal à parler tellement il riait. À peine furent-ils arrivés dans la chambre que Jake le plaqua contre le mur et l'embrassa sauvagement. Le sexe de Brandon était déjà dur comme de l'acier, et sa réaction tout aussi ardente. Il se frottait contre Jake, agrippé à sa chemise.

— Tu as fait quoi du lubrifiant ? demanda Jake.

— Dans... dans ma poche, réussit à dire Brandon.

Il plongea une main fébrile dans la poche du pantalon de survêtement et en ressortit le tube. Jake l'attrapa et recula d'un pas, l'entraînant avec lui, avant de le pousser sur le lit. Brandon atterrit sur le matelas et roula sur le dos, retirant son pantalon et le balançant au sol d'un coup de pied.

Jake le rejoignit sur le matelas et l'embrassa de nouveau. Brandon allait-il prendre le contrôle, comme il en avait exprimé le souhait un peu plus tôt ? Dès que Jake s'installa contre lui, Brandon le fit basculer sur le dos et s'allongea sur lui en s'emparant de sa bouche. Jake poussa un gémissement et se cambra pour profiter de la pression du corps de Brandon sur le sien.

Brandon gronda et lui mordilla la clavicule, frottant son érection contre la sienne.

— Jake ? dit-il d'une voix enrouée.

— Quoi ?

— J'ai envie de toi, répondit Brandon. Est-ce que je peux... ? Je veux m'enfoncer en toi et te faire hurler de plaisir.

Le souffle court, Jake frissonna.

— Qu'est-ce que tu attends, alors ? murmura-t-il.

Brandon ferma les yeux quelques instants, avant de se redresser et de pousser Jake pour qu'il se place au centre du lit, tandis qu'il ouvrait le tube de lubrifiant. Il se positionna ensuite entre ses jambes et se pencha pour lui embrasser le ventre avant de se concentrer sur son entrejambe. Il effleura de la langue le bout de son sexe, enfonçant en même temps les doigts en lui, déclenchant des frissons incontrôlables.

Jake parcourut les épaules de Brandon de ses mains fébriles, en quête d'une prise, sans en trouver aucune. Il étira les bras et posa les mains à plat sur la tête de lit, le dos arqué, vibrant sous les caresses de Brandon.

Après avoir relevé le genou de Jake, Brandon commença à s'immiscer en lui, enivré par les sensations. Tête baissée, il essayait de contrôler son ardeur.

— Je comprends mieux pourquoi tu disais que la première fois c'était une question de secondes, lâcha-t-il entre ses dents serrées.

Jake souleva les hanches, essayant de lutter contre la sensation de brûlure, les jambes enroulées autour de la taille de Brandon.

— Tu parles trop, dit-il entre deux soupirs.

Il sourit et posa les mains sur ses épaules.

Retenant son souffle quelques instants, Brandon donna un brusque coup de reins, baissant les yeux pour voir son sexe disparaître dans le corps de Jake.

— Putain ! murmura-t-il, avant d'onduler des hanches.

Jake se blottit contre lui, haletant, les doigts enfoncés dans les muscles de Brandon qui progressait lentement au creux de lui.

— Ça va ? s'inquiéta celui-ci.

Jake se cambra de nouveau, frémissant et luttant contre cette intrusion en même temps qu'il vibrait ardemment de désir.

— Oui, réussit-il à murmurer d'une voix âpre.

Il accentua la pression de sa main sur l'épaule de Brandon pour qu'il accélère le mouvement. Brandon se retira légèrement, avant d'assener un coup de reins puissant.

Jake poussa un hurlement inarticulé et reprit appui contre la tête de lit, poussé par les à-coups de Brandon.

Celui-ci empoigna les hanches de Jake, puis ses fesses, sans cesser de les pilonner de plus en plus fort.

— Tu es vraiment magnifique, lâcha-t-il.

Jake l'entendait à peine, captivé par cette pression au plus profond de lui et le plaisir qu'il en retirait. Pour toute réponse, il gémit avant de resserrer l'étreinte de ses jambes autour de la taille de Brandon.

Devant cet abandon, Brandon accéléra le rythme. Il voulait le faire hurler de plaisir.

— Oh, putain ! haleta Jake, ivre de désir.

Il rejeta brusquement la tête en arrière, tandis que ses bras venaient se presser contre la tête de lit au rythme des assauts violents de Brandon.

— Brandon ! supplia-t-il.

Fermant les yeux, son amant réussit à maintenir cette cadence infernale, se félicitant de l'endurance que sa longue pratique de la course de fond lui avait donnée. Pourtant, la pression humide et moite autour de son sexe commençait à devenir insoutenable.

Abandonnant la tête de lit, Jake ne put résister au désir impérieux d'enlacer Brandon. Ses mains glissèrent le long de son dos, et il pressa son visage contre son épaule. Il poussait des hurlements irrépressibles et ondulait contre Brandon, en pleine jouissance.

Ces réactions sauvages firent basculer Brandon, et, après deux ou trois coups de boutoir impitoyables, il fut emporté par l'orgasme. Il se pencha sur Jake et le serra contre lui d'un geste protecteur, tandis que son amant essayait de reprendre son souffle.

Il frissonna. À bout de souffle, il s'accrochait à cet homme qui l'accueillait de manière intime. Envahi par l'émotion, il ignora le petit picotement au coin de son œil et, pour ne pas flancher, s'autorisa un baiser tendre sur le crâne de Jake, inquiet de sa réaction devant cette marque d'affection. Jake leva la tête pour profiter de cette caresse et accepta un baiser langoureux, exprimant ce qu'il n'osait dire à haute voix tant il se sentait vulnérable. Brandon savait qu'il devait se reprendre d'un instant à l'autre. Il fallait qu'il soit prudent, ce qui était atrocement injuste.

*

Assis à son bureau, Brandon faisait semblant de corriger ses copies, pendant que les élèves travaillaient en groupes sur leur projet de semestre. Apparemment concentré, son esprit se préoccupait davantage de biologie que d'évaluation.

La sonnerie insupportable du réveil l'avait arraché aux bras de Jake à 5 h 30 du matin. Il avait eu encore plus de mal à le quitter après un baiser tendre sur son front endormi.

La matinée s'était déroulée plus facilement qu'il ne l'avait pensé. Il avait réussi à rester à peu près concentré, comme si le souvenir du week-end s'estompait naturellement, toujours aussi présent mais ne venant pas le troubler, à moins qu'il n'y repense volontairement. Comme en cet instant.

Le mélange de passion brute et de tendresse de leurs ébats de la veille était suffisamment contradictoire et perturbant pour déstabiliser l'esprit d'analyse de Brandon s'il n'y prenait garde. Il faisait de son mieux pour éviter que Jake n'ait une raison de lui balancer un autre truc à la tête. Et là, loin de lui, il luttait pour ne pas aller le retrouver au gymnase. Il hésitait à aller déjeuner en salle des profs dans moins d'une heure, en se demandant s'il allait croiser l'homme qui était devenu « Mon Jake », à la place de « coach Campbell ». Son amant avait vraiment une double personnalité.

« Son amant. » C'était bizarre de penser ainsi. Est-ce que deux jours suffisaient pour avoir le droit d'utiliser ce terme ? Ou fallait-il plus longtemps ? Les gestes, mais aussi les paroles, de Jake semblaient indiquer qu'il avait envie de poursuivre leur relation, et Brandon n'avait rien contre. La façon dont Jake l'avait tenu dans ses bras lorsqu'ils s'étaient abandonnés au sommeil l'avait convaincu qu'il ressentait quelque chose pour lui, même si ce n'était qu'un sentiment d'amitié teinté de désir dévorant.

Une de ses élèves attira son attention et l'arracha à ses pensées. Repoussant les copies, il se concentra sur sa classe. Mais Jake était toujours là, affleurant à sa conscience.

Pendant ce temps, Jake faisait les cent pas dans la cantine noire de monde, fustigeant du regard les élèves trop bruyants ou volant quelques frites à ceux qu'il connaissait. Il n'avait aucun mal à mettre de côté ce qui s'était passé au cours du week-end. Il avait appris à donner le change depuis des années. Un instant déconcerté de se retrouver seul à son réveil, un grand sourire était apparu sur son visage à la pensée de la nuit qu'il venait de passer. Il s'était aussi brièvement inquiété en se demandant comment Brandon et lui allaient se conduire s'ils se voyaient avant l'entraînement. Jake ignorait franchement comment il réagirait. Allait-il se montrer amical et chaleureux avec lui ? Ou allait-il se dissimuler derrière son journal, comme à son habitude ?

Alors que la sonnerie retentissait, il pria pour la première hypothèse tout en redoutant un peu la seconde.

Brandon n'était toujours pas sûr de vouloir rejoindre la salle des profs pour déjeuner. Cela dépendrait en grande partie du travail qu'il voulait abattre. Malgré son manque de motivation au cours du week-end, il n'avait pas pris tant de retard que ça, étant donné qu'il se trouvait entre deux séries de contrôles. Il jeta un œil aux copies sans la moindre motivation pour les corriger. Il avait plus envie d'aller dans la salle des profs au cas où Jake s'y trouverait.

Il n'avait aucune idée de ce qu'il allait dire ou faire. Il craignait de se renfoncer dans sa coquille si d'autres personnes étaient présentes ou si le Jake chahuteur et provocateur réapparaissait. Se retrouver seul avec lui n'était pas forcément mieux. Serait-il aussi à l'aise avec lui que pendant le week-end ou allait-il se replier sur lui-même, comme cela lui arrivait si souvent ?

Lassé de toutes ces questions, il leva les yeux au ciel. Bon sang, il se comportait comme un ado éperdument amoureux ! *Mais tu es éperdument amoureux*, se dit-il en grimaçant. Le temps dirait à quel point il était atteint, mais, en cet instant, il n'en menait pas large. Pourtant, il refusait de se cacher et se devait d'affronter la salle des profs. Il attrapa son cahier de bord, une pomme et le sandwich qu'il s'était préparé la veille chez Jake, et il quitta sa salle de classe pour rejoindre les parties communes de l'établissement.

Jake était au milieu du couloir et surveillait les dernières vagues d'élèves qui allaient et venaient dans le self, une longue canne posée sur l'épaule, comme un porteur d'eau. Il était en « opération anti-émeutes ». Dès que les lieux se seraient vidés à la fin de ce troisième service, il pourrait s'occuper de son repas.

Un œil sur son cahier de bord et l'autre sur les élèves devant lui, Brandon se dirigeait vers le large couloir qui menait aux lieux de vie du lycée, se laissant parfois bousculer par les élèves qui allaient déjeuner. Il marmonnait un bonjour et remontait ses lunettes lorsque certains le saluaient.

Jake se retourna et reconnut son amant, à la tête baissée de manière si particulière. Il esquissa un petit sourire, et son estomac se retourna. Traversant la foule d'élèves qui se clairsemait, il vint se planter devant Brandon qui approchait lentement.

Brandon tourna la tête vers un groupe de filles qui venaient de le bousculer légèrement en passant devant lui sans même s'arrêter, mais en s'excusant de loin. Amusé, il s'arrêta net devant un torse qu'il aurait reconnu entre mille. Il écarquilla les yeux et jongla un instant avec son cahier de bord, sa pomme et son sandwich, tout en risquant un regard en direction de Jake qui lui adressa un sourire et un clin d'œil.

— Fais attention où tu mets les pieds ! murmura-t-il.

Il ne voulait pas que les élèves l'entendent ou puissent imaginer autre chose qu'une plaisanterie.

Les lèvres de Brandon frémirent, et un sourire apparut sur son visage. Tout allait bien se passer. Maintenant qu'il était avec Jake, tout irait bien.

— Salut, coach. Le week-end s'est bien passé ?

Sa voix était calme, mais ses yeux pétillaient. Ils étaient deux profs en train de discuter dans un couloir, rien qui puisse éveiller les soupçons.

— J'ai connu mieux, répondit Jake en haussant les épaules, retenant un sourire.

— Ah, c'est bien dommage ! compatit Brandon, souriant, avant de saluer un joueur de l'équipe première qui passait. Parce que moi, j'ai passé un week-end sensationnel. Tu vas déjeuner ?

Il tendit la pomme devant lui.

— Ouais, répondit Jake avec un immense sourire en s'emparant du fruit.

Il ponctua son geste d'un « Merci » teinté d'ironie, sans que Brandon fasse le moindre geste pour récupérer son bien.

— Salle des profs ? proposa Brandon en continuant d'avancer dans le couloir.

Jake releva brusquement la tête, avant de balayer une dernière fois le couloir du regard. La plupart des élèves étaient sortis des salles à manger, et son devoir était terminé. Il rejoignit Brandon pour marcher à côté de lui, s'appuyant discrètement sur sa canne.

— Tu as passé une bonne journée ? demanda-t-il avec un sourire impossible à réprimer.

— Pas mal, pour un lundi, répondit Brandon. Je n'ai pas trop de retard dans mes copies. Et comment va ton genou ?

— C'est l'enfer, confessa Jake d'une voix désinvolte, sans se départir de son sourire empreint d'une certaine sérénité. Le tendon est un peu raide.

Il se rendait compte qu'il n'avait jamais parlé autant de ses douleurs jusqu'ici, même avec ses amis les plus proches.

Brandon pinça les lèvres. La veille, ils avaient été tellement absorbés l'un par l'autre qu'il n'avait pas eu le temps d'essayer de le soulager, et Jake avait prétendu qu'il n'avait pas du tout mal.

— Désolé de l'apprendre, dit-il avec sincérité. Et on t'oblige à clopiner comme ça tous les midis ?

— Je suis le seul prof qui n'a pas peur de donner du bâton aux élèves, rétorqua Jake en agitant sa canne. En fait, je suis de corvée trois jours par semaine, sauf quand il y a un match.

— C'est beaucoup ! Pour moi, c'est seulement une fois toutes les deux semaines, fit remarquer Brandon en ouvrant la porte de la salle.

— Bienvenue dans le monde des profs de sport, dit Jake avec un petit rire en lui emboîtant le pas.

Voyant que la salle était vide, Jake cala la porte avec sa canne dès qu'elle se referma, puis il gratifia Brandon d'un baiser furtif, avant de s'écarter aussitôt.

— Salut, dit-il.

À ce contact bref et soudain, Brandon écarquilla les yeux.

— Salut, répondit-il avec un sourire.

— Je n'aime pas du tout que tu t'en ailles à des heures aussi matinales, marmonna Jake.

Le cœur de Brandon bondit dans sa poitrine.

— Ah bon ?

— Non, assura Jake sur un ton boudeur.

Il attendit que les pas derrière la porte s'éloignent dans le couloir avant de poursuivre, tout sourires.

— Tu me ramènes chez moi tout à l'heure ? demanda-t-il doucement.

— Avec plaisir, murmura Brandon en s'éloignant de la porte et de Jake, regrettant déjà la chaleur de son corps.

Jake le déshabilla du regard, avant de sourire et de hocher la tête. Il libéra la porte et retrouva son masque d'entraîneur. Il croqua dans la pomme volée à Brandon et indiqua d'un signe de tête la table dans un coin de la salle. Brandon s'y dirigea après avoir salué les deux profs qui venaient d'entrer. Il s'arrêta devant le distributeur de boissons et prit un soda allégé, tandis que Jake allait chercher sa bouteille d'eau dans le mini-frigo. Rien d'exceptionnel à cela, puisqu'il leur arrivait parfois de déjeuner ensemble et de parler baseball. Tout semblait pourtant différent.

Jake croqua de nouveau dans sa pomme et sourit de plaisir. La porte de la salle s'ouvrit sans qu'il se retourne pour savoir qui entrait.

— Ça t'arrive d'écouter tes messages, Brandon ? Je t'ai appelé ce week-end pour le dossier sur les classes avancées.

Rhonda faisait son entrée. Elle se dirigea vers leur table et se planta devant eux.

— Salut, Jake, dit-elle avec un sourire enjôleur. Je crois que nous n'avons jamais vraiment été présentés.

Elle lança un regard implorant à Brandon, et il s'éclaircit la voix.

— Rhonda, je te présente Jake Campbell, professeur d'éducation physique et responsable de l'entraînement des équipes de football, d'haltérophilie et de baseball. Jake, voici Rhonda Anderson, professeur de chimie et responsable de l'équipe académique.

— Jake, souffla-t-elle en lui tendant la main. Brandon m'a tellement parlé de toi.

Celui-ci lui lança un regard plus que perplexe.

— C'est vrai, ça ? répondit Jake en jetant un coup d'œil à son amant.

Il retint un petit rire et prit la main de Rhonda. Brandon avait du mal à se contenir.

— Oh oui ! Et les gosses t'adorent comme entraîneur. C'est quoi, ton secret, dis-moi ?

Elle minaudait de manière éhontée.

Jake sourit en lui relâchant la main et toussota.

— Si je te le révèle, ce ne sera plus un secret ! esquiva-t-il en reculant sur sa chaise pour garder ses distances.

Brandon pinça les lèvres, et le visage de Rhonda se décomposa.

— Bon, ce n'est que partie remise, alors. À très bientôt, Jake.

Rhonda tourna les talons et s'éclipsa, déconfite, sans prendre le temps de saluer son collègue de sciences.

Jake baissa légèrement la tête en observant du coin de l'œil la porte se refermer, avant de soupirer. Brandon lui lança un regard désolé. Jake haussa les épaules en rapprochant sa chaise, avant de poser les deux coudes sur la table et de mordre une nouvelle fois dans sa pomme.

Brandon déballa son sandwich et en posa la moitié sur une serviette qu'il fit glisser au centre de la table.

— Tu manges n'importe quoi, je te l'ai déjà dit, murmura-t-il avant de prendre une bouchée de son sandwich.

— Ah oui ? Tu veux vraiment que je mange ce truc ? demanda Jake d'un air soupçonneux.

— C'est l'hôpital qui se fout de la charité !

Jake agita la pomme pour montrer qu'il avait de quoi se sustenter, puis il haussa un sourcil.

— J'ai aussi avalé une dizaine de frites pendant que je surveillais le self, lança-t-il.

Brandon retroussa le nez.

— Moi, je pense à ma ligne, dit-il. Ce genre de bouffe, ça me fait grossir à vue d'œil.

— Seules les filles pensent à leur ligne, rétorqua Jake avant d'afficher un grand sourire.

Piqué au vif, Brandon lui balança un grain de raisin qui rebondit sur son nez, avant de rouler sur le sol.

— Aïe ! grogna Jake, avant de sauter sur ses pieds et de pointer le doigt sur Brandon. Carton jaune, carton jaune !

Brandon éclata de rire et se détendit, oubliant les autres profs qui les regardaient, étonnés de cette franche et nouvelle camaraderie entre les deux hommes. Jake attrapa sa canne et tapota l'épaule de Brandon.

— Espèce de brute, lança-t-il avant de se rasseoir.

Brandon éclata de rire et, tout en essayant de chasser la canne d'un revers de main, reprit une bouchée de son sandwich.

— Chochotte ! rétorqua-t-il, en pensant évidemment le contraire.

Jake émit un petit couinement outré et porta la main à son cœur, comme s'il venait de recevoir une blessure mortelle.

— Je retourne à mon bureau, soupira-t-il en se relevant. N'oublie pas ta pochette à stylos pour le prochain match !

Il se dirigea vers la porte en se gardant de boiter devant les autres profs.

— Très drôle, Campbell ! répliqua Brandon.

Il le regarda partir avant de retourner à son sandwich en soupirant intérieurement. Ouf. Tout s'était bien passé. Ils avaient réussi à être côte à côte en public sans se sauter dessus, parvenant même à avoir une conversation normale. Soulagé, Brandon se concentra sur son prochain cours.

*

Brandon se laissa aller contre la barrière en se cachant le visage dans les mains. Un vrai cauchemar. L'équipe perdait 9 à 1, sept coups sûrs à un, zéro erreur contre quatre. L'air abattu, les joueurs se mirent en place pour la dernière manche. Brandon observa Jake qui trépignait, les dents serrées, l'œil gauche agité de petits tressautements.

Aucun entraîneur n'aurait pu aider son équipe dans un tel match. Appuyé contre le mur à bonne distance de ses joueurs, qui faisaient tout pour l'éviter, Jake observait le terrain d'un œil noir.

Lorsque la partie se termina, Brandon poussa ses adolescents à aller saluer l'autre équipe et il échangea quelques mots avec son lanceur sénior, qui allait se faire passer un savon sur le banc de touche. L'élève l'écouta en hochant la tête avant de rejoindre ses coéquipiers alignés pour féliciter leurs adversaires et de rassembler son équipement sans un mot. Brandon les fit retourner directement au bus, sachant que personne n'avait envie de s'éterniser plus longtemps.

Il regarda les élèves monter dans le véhicule et blêmit soudain en voyant approcher Misty et sa horde de pom-pom girls, tandis que Jake rangeait les équipements dans la soute à bagages. Merde ! Ça allait mal tourner.

Jake déposa le sac de battes dans la soute et tentait de refermer la porte à bout de bras lorsqu'il vit venir Misty. Il étouffa un juron, faisant mine de ne pas la voir.

Désireux d'éviter une catastrophe, du moins du côté de Misty, Brandon s'empressa de les rejoindre et d'une voix suffisamment forte pour que la femme l'entende il interpella Jake.

— Hé, coach ! Jeremy est en train de craquer dans le bus, il voudrait te parler, lança-t-il d'un air inquiet.

Du coin de l'œil, il vit Misty hésiter. Au moins, le bien-être des élèves passait en premier dans ses priorités, c'était déjà ça.

— J'arrive, grogna Jake, soulagé.

Il tourna ostensiblement le dos à Misty, que Brandon salua de la main comme s'il venait juste de la voir avant de refermer la deuxième soute à bagages et de houspiller deux garçons qui traînaient encore à l'extérieur. Il monta en dernier dans le bus et s'assit à l'avant, de l'autre côté du siège conducteur, où Jake était déjà installé.

— Il vaut mieux qu'on se barre vite fait avant qu'elle décide de s'incruster et de rentrer avec nous.

Jake referma les portes du bus et jeta un coup d'œil à Brandon.

— On est au complet ?

— Dix-huit, dix-neuf, vingt, vingt et un, termina de compter Brandon. C'est bon, Jake, on peut y aller.

L'entraîneur enclencha la première et commença à traverser le parking, sans un mot. Les joueurs savaient qu'ils allaient se faire remonter les bretelles sous peu. Tout le monde était amorphe dans le bus, et, lorsque certains parlaient, c'était en chuchotant. Finalement, quand le bus arriva sur l'autoroute, Jake se tourna vers Brandon.

— Merci pour le coup de main tout à l'heure.

— Tu n'avais vraiment pas besoin de ces conneries après ce match, répondit Brandon, juste assez fort pour couvrir le bruit du moteur.

— Ça m'angoisse toujours, avoua Jake sans quitter la route des yeux, quand elle se ramène avec toute la troupe. En général, ça veut dire qu'elle manigance quelque chose. La dernière fois, c'était une vente aux enchères « Soirée à deux » en soutien à une association caritative.

— « Soirée à deux » ? répéta Brandon, incrédule. Pas pour gagner une soirée avec un élève, quand même !

— Les élèves font des offres pour les autres élèves, et les adultes pour les profs, expliqua Jake en frissonnant à ce souvenir.

— Comment j'ai pu rater ça ? C'était quand ?

— Ça n'a jamais eu lieu, assura Jake, ironique. Apparemment, je n'étais pas le seul que l'idée scandalisait.

Soulagé, Brandon secoua la tête.

— Les élèves achetant un rendez-vous aux enchères… Quelle idée merveilleuse ! Pourquoi pas une vente aux enchères d'esclaves pendant qu'on y est ?

C'était peut-être cynique, mais il se souvenait encore des rituels de certaines fraternités à l'époque de l'université.

Jake haussa les épaules et posa la main droite sur sa cuisse, histoire de se détendre un peu le bras. Dans ces moments-là, il se demandait s'il ne ferait pas mieux de démissionner.

Brandon se déplaça sur son fauteuil pour s'adosser à la vitre et pouvoir regarder Jake sans avoir à tourner la tête. L'entraîneur avait l'air fatigué et contrarié, ce qui n'avait rien de surprenant. Brandon soupira et se frotta les yeux. Il lui restait encore des copies à corriger pour le lendemain et un ou deux contrôles à préparer. De plus, il fallait absolument qu'il prenne le temps de courir, cela lui manquait trop depuis deux jours. Il regarda par la fenêtre. Si le bus arrivait dans moins d'une demi-heure au lycée, il pouvait espérer être chez lui vers 22 heures. Ensuite, il irait courir, préparerait les contrôles, corrigerait quelques copies et s'effondrerait dans son lit vers 2 heures du matin. Il pourrait toujours finir de corriger pendant le soutien.

À moins qu'il ne reste éveillé toute la nuit à penser à Jake.

Comme prévu, il était 21 h 10 lorsque Brandon gara sa voiture dans l'allée de Jake, et il ne savait toujours pas ce qu'il allait faire. S'il s'était écouté, il serait resté. Il savait qu'il lui suffisait de demander, mais après le trajet de retour morose il n'osait pas s'y risquer. Il tourna la tête vers Jake, sans pouvoir distinguer ses traits dans l'obscurité.

— Essaie de te reposer, murmura-t-il. On décortiquera la partie demain.

Jake tourna légèrement la tête, et, si son regard ne cherchait pas à éviter celui de Brandon, il ne cherchait pas non plus à le croiser. Brandon songea qu'il avait bien fait de ne pas insister. Il posa la main sur la poignée de la portière, craignant le mouvement où la lumière illuminerait automatiquement l'habitacle.

Il avait envie d'enlacer Jake et de l'embrasser, mais il se força à poser la main sur le levier de vitesse. Jake n'était pas quelqu'un de timide. S'il avait voulu qu'il reste, il le lui aurait sûrement demandé.

Jake ne savait pas quoi faire. Il ferma les yeux en se disant qu'il n'avait qu'à demander à Brandon de rester. Il avait mal partout, il se sentait abattu, d'une humeur de chien et malheureux. Tout ce qu'il voulait, c'était se blottir contre un corps rassurant. Il aperçut la main de Brandon sur le levier de vitesse, comme s'il attendait que Jake sorte de la voiture pour pouvoir rentrer chez lui. L'entraîneur retint un soupir et hocha la tête.

— Merci de m'avoir raccompagné, dit-il, sortant lentement de la voiture, avant de récupérer son sac à l'arrière. Bonne nuit.

Il referma la portière avant que Brandon puisse voir à quel point il souffrait de le voir partir.

Brandon était sur le point de dire quelque chose, n'importe quoi qui aurait pu l'arrêter, mais Jake était déjà sur les marches du perron. Il attendit que son amant soit entré pour faire marche arrière et reprendre la route. Le trajet du retour se fit en pilote automatique pendant que, dans sa tête, il rejouait inlassablement cette dernière scène. Quand il se gara devant chez lui, il baissa la tête et frappa le volant plusieurs fois d'affilée. Une fois à l'intérieur de la maison, il posa son sac à dos et ses papiers sur la table, et son regard tomba sur le téléphone. Résistant à la tentation, il rejoignit la buanderie, où il se déshabilla avant d'enfiler son short et son tee-shirt de footing.

Il avait du mal à ne pas regarder le téléphone. Il alla récupérer ses baskets dans la chambre et s'arrêta net en entrant. Sur le lit, les draps chiffonnés firent resurgir dans sa mémoire leurs ébats de la veille.

Il craqua. Il attrapa le téléphone sans fil et composa le numéro de Jake. Il s'en voulait de se conduire comme une jeune lycéenne, sans pour autant se résoudre à raccrocher.

Jake sortait de la douche quand le téléphone sonna. Sa dose quotidienne de pilules et de bière, suivie d'une douche chaude, avait commencé à l'assoupir. Une serviette sur l'épaule et le corps encore dégoulinant d'eau, il se dirigea lentement vers son portable.

— Allô ? répondit-il d'une voix endormie, sans même penser à regarder le numéro affiché.

Au son de la voix de Jake, Brandon ferma les yeux, en proie à une vague de désir. La dernière fois que Jake avait eu cette voix, c'était la veille, dans son lit, entre ses bras, juste avant qu'ils s'endorment.

— Salut, dit-il d'une voix rauque.

— Brandon ? s'exclama Jake, surpris.

Il baissa les yeux sur son poignet pour regarder l'heure, avant de se rendre compte qu'il avait enlevé sa montre. Est-ce que Brandon était déjà rentré chez lui ?

— Ça va ? demanda-t-il, inquiet.

Non. Comment ça pourrait aller alors que je suis loin de toi ?

— Oui, ça va, dit Brandon. Je t'appelais juste… Euh… pour savoir si ton genou allait mieux.

Il grimaça, atterré par son excuse bancale.

Jake cligna des yeux, toujours aussi perdu, et fronça les sourcils en entendant la note étrange dans la voix de Brandon.

— Euh…, bafouilla-t-il. Rien de neuf, la routine.

— Bon, dit Brandon, avant de se reprendre. Enfin, je suis désolé, je veux dire. J'imagine que t'as déjà pris tes médocs.

Il n'en revenait pas de patauger ainsi, à l'inverse de ce qu'il ressentait quand il était avec lui.

— Oui, assura Jake, un peu rougissant.

Debout à côté de son lit, le corps encore humide, il se demandait pourquoi il avait soudain honte de ses cocktails antidouleur.

— Bon, répéta Brandon.

C'était affligeant. Il ne savait plus quoi dire, mais il refusait d'interrompre ce lien infime qui le connectait encore à Jake.

L'entraîneur resta silencieux, songeant qu'il aurait dû prendre sur lui et demander à Brandon de rester. Il aurait sûrement réussi à le convaincre. Si celui-ci l'appelait maintenant, ça voulait peut-être dire qu'en fait il ne voulait pas rentrer chez lui.

— Tu n'aurais pas dû partir, lâcha-t-il.

— J'aurais préféré rester, reconnut Brandon en fermant les yeux.

— Il faut vraiment qu'on revoie notre stratégie de communication, finit par dire Jake, le cœur serré par cette occasion ratée.

— Je suis d'accord, répondit Brandon en se laissant glisser contre le mur pour s'accroupir, tête baissée. Je manque un peu de confiance en moi, j'imagine, murmura-t-il.

— Moi aussi, marmonna Jake en se frottant la nuque, attrapant sa serviette pour sécher son corps encore humide. C'est un peu débile, non, vu le week-end qu'on vient de passer ?

Brandon gémit.

— Si tu pouvais éviter de m'y faire penser, ça m'arrangerait. Non pas que l'idée me déplaise, au contraire. J'ai pensé à toi pendant tout le trajet, à ce que j'aurais dû te dire. Je ne t'ai même pas embrassé pour te souhaiter bonne nuit.

Jake baissa la tête, amusé. Visiblement, le téléphone aidait Brandon à se confier. Lui, en revanche, ça le bloquait complètement. Il se mordit la lèvre se forçant à articuler une réponse.

— Tu aurais dû, finit-il par dire.

Brandon n'avait qu'une envie : sauter dans sa voiture et retourner chez Jake sur-le-champ.

— Je m'en souviendrai, assura-t-il d'une voix rauque.

Il n'allait jamais pouvoir dormir à présent. En tout cas, pas avant de prendre les choses en main.

— J'ai pensé à toi quand j'étais sous la douche, confia Jake en rougissant. J'ai vidé le ballon d'eau chaude.

— Bon sang, Jake ! s'exclama Brandon, dont la voix se brisa. Je ne vais plus pouvoir courir, avec une érection pareille.

Jake sourit, ravi. L'idée qu'un simple coup de fil excite autant Brandon n'était pas pour lui déplaire.

— Il fallait y penser avant, le sermonna-t-il, d'une voix légèrement plus grave que d'habitude.

Brandon gémit de nouveau, un peu plus fort.

— Je réfléchis à l'envers en ce moment, marmonna-t-il. Mais je suis quand même content d'avoir appelé.

— Moi aussi, assura Jake, frissonnant lorsque sa serviette tomba au sol. Tu vas vraiment aller courir ?

Pourquoi continuait-il cette conversation ? Au fond de lui, voulait-il retenir Brandon et s'endormir au son de sa voix ? *Et merde !*

— Je préférerais continuer à parler avec toi, avoua Brandon, presque malgré lui.

Jake s'assit au bord du lit. Il commençait à trembler légèrement, sans vraiment savoir pourquoi. Il avait envie de demander à Brandon de venir le retrouver. De toute façon, il fallait qu'il fasse le trajet le matin, ça ne changerait pas grand-chose. Rougissant de son égoïsme, il préféra ne pas insister.

— Ça peut durer longtemps, murmura-t-il. Je me sentirais coupable de t'empêcher de te reposer.

— Tu as vraiment l'air épuisé, dit Brandon, le corps brûlant. Je vais aller courir un peu et ensuite je corrigerai quelques copies.

Il avait mal au cœur en prononçant ces mots. Peut-être allait-il se contenter de s'enrouler dans les draps pour essayer de retrouver l'odeur de Jake.

— Essaie de dormir, OK ? ajouta-t-il.

— Mon oreiller a encore ton odeur, confessa Jake avec un petit sourire. Ça devrait m'aider à dormir.

— Enfoiré ! marmonna Brandon. Bonne nuit.

— Bonne nuit, Brandon, souffla Jake. Je suis content que tu aies appelé, ajouta-t-il, soulagé.

— Moi aussi.

Il raccrocha en se forçant à éloigner le téléphone de son oreille, avant de le poser contre son front. Il ne s'était jamais senti aussi seul. Au bout d'un moment, il réussit à se relever et regarda son lit. En moins de quelques secondes, il avait pris sa décision. Il lâcha le téléphone et s'enroula dans les draps, pour revivre sa nuit avec Jake et rêver.

Jake soupira en entendant Brandon raccrocher. Il baissa les yeux vers le téléphone et l'éteignit. Sans la voix de Brandon, il ressentait un grand vide.

Chapitre 10

Il faisait un temps idéal pour courir. Vingt degrés à peine, un vent léger et un ciel à peine couvert. Brandon maintenait un rythme rapide depuis plus de sept tours et il s'apprêtait à finir son troisième kilomètre. Un regard à sa montre lui apprit qu'il avait encore le temps d'en faire deux de plus, avant d'aller prendre une douche. Il commençait à évacuer son stress. Il fallait vraiment qu'il reprenne le temps de courir. Cela l'aidait à garder les idées claires et il en avait besoin. Histoire de se distraire, il commença à réfléchir à des questions pour le contrôle qu'il devait préparer. Il n'aurait plus qu'à le taper en rentrant. Il avait réussi à corriger un bon tas de copies pendant l'heure de soutien. Il faudrait qu'il recommence plus souvent s'il voulait se libérer du temps pour courir le soir.

Il passa devant la tribune de presse à grandes enjambées. Quand il courait, il faisait abstraction de tout ce qui l'entourait. Des élèves sortaient peu à peu du gymnase par groupes de deux ou trois. Certains portaient des ballons de foot ou de football américain, et discutaient joyeusement, tandis que d'autres, aux aguets, essayaient de trouver un moyen de sécher le cours. L'entraîneur sortit en dernier du bâtiment. Porte-bloc à la main et sifflet entre les lèvres, il comptait ses élèves. Rares étaient ceux qui osaient sécher le cours de Jake. Contrairement aux autres profs, il était assez vache pour les retrouver et les ramener par la peau des fesses.

Jake aperçut la silhouette solitaire, longue et élancée, d'un homme en train de courir autour du terrain et de se jouer des distances à grandes foulées gracieuses. Il cligna des yeux en sentant une vague de désir le traverser et détourna aussitôt le regard. Bon Dieu, qu'est-ce qui lui prenait ? Lorsqu'il tourna malgré lui la tête vers le coureur de nouveau, il ressentit une décharge émotionnelle en se rendant compte qu'il s'agissait de Brandon.

Le son des voix autour de lui attira l'attention de Brandon qui vit des élèves traverser la piste du terrain de foot, ballon déjà au pied pour certains. Un cours d'éducation physique. Cela signifiait que Jake ne devait pas être loin. Ignorant son cœur qui s'emballait soudain, Brandon se força à garder une respiration calme et régulière, sans jamais ralentir le rythme, même lorsqu'il leva la main en direction d'un groupe d'élèves qui venaient de le saluer.

Jake s'approcha des bancs installés le long du terrain de foot et s'y laissa tomber sans pouvoir quitter des yeux la silhouette de Brandon qui allait forcément passer devant lui. À ce moment-là, il baissa la tête en se mordant la lèvre et en se concentrant de toutes ses forces sur la partie de foot un peu désordonnée qui se déroulait sur le terrain. Quand il le vit reparaître plus loin sur la piste, il reprit son observation. C'était la première fois qu'il le voyait courir ainsi. Il savait qu'il en était capable, forcément, mais le voir l'aidait à y croire. La gorge serrée, il s'efforça de se concentrer sur ses élèves.

Au bout du cinquième kilomètre, Brandon prit conscience de la présence de Jake qui, il en était persuadé, l'observait de loin. Il continua comme si de rien n'était, capable de maîtriser son rythme tandis que son esprit restait libre de vagabonder. Suffisamment échauffé, il accéléra à l'entame du sixième kilomètre pour finir en beauté et ressentir en soirée les effets agréables d'une bonne fatigue. Il se demandait distraitement ce que Jake pensait de ses efforts, s'il était effectivement en train de le regarder.

S'il avait connu en détail les pensées de Jake, il aurait probablement été incapable de finir son tour de piste.

Après avoir forcé encore cinq minutes, Brandon ralentit la cadence et, sur la moitié d'un tour, se mit à courir en petites foulées, avant de passer à une marche rapide, étirant les bras au-dessus de la tête pour se détendre. Il se sentait beaucoup mieux qu'au réveil. Il s'arrêta pour récupérer sa serviette sur la barrière et essuyer le plus gros de sa sueur. Lorsqu'il se retourna, son regard tomba sur Jake, assis sur un banc le long de la ligne de touche. Il se dirigea tranquillement vers lui, la serviette autour du cou.

Tournant légèrement la tête, Jake aperçut Brandon qui venait vers lui. Lorsque leurs regards se croisèrent, il ne put s'empêcher de sourire.

— On dirait que tu n'as pas réussi à courir hier soir ? lança-t-il d'une voix emplie de sous-entendus.

Brandon aurait piqué un fard sur-le-champ si ses joues n'avaient pas déjà été rougies par l'effort. Il s'appuya contre la barrière à quelques mètres de Jake.

— Effectivement, reconnut-il. J'avais l'esprit bien trop occupé, si tu vois ce que je veux dire.

Excité et revigoré par l'effort de la course et luttant contre le désir qui commençait à le tenailler, Brandon était prêt à sauter sur Jake. *Doucement, Bartlett, ce n'est pas le moment de t'enflammer. Avec ton short, tu aurais l'air complètement débile.*

— Ah oui ? répondit Jake d'une voix innocente. La nuit a été dure ?

Brandon plissa les yeux, essayant de trouver une réplique qui puisse mettre Jake dans le même état que lui.

— Pas que la nuit. En tout cas, au début. Ensuite, j'ai réussi à me calmer et à m'endormir.

Jake réprima un sourire et hocha la tête.

— Moi aussi, j'ai eu une nuit agitée.

Il posa la cheville sur son genou pour l'empêcher de rebondir de manière incontrôlée.

— Tu m'en vois désolé, répondit Brandon, amusé mais frustré de devoir rester vague. Il faut que je file sous la douche, ajouta-t-il à regret. Mon prochain cours commence dans moins d'une demi-heure.

Jake leva les yeux vers Brandon. Son sourire avait disparu, et une lueur était apparue dans son regard soudain plus sombre.

— Tu me ramènes chez moi, ce soir ? demanda-t-il à voix basse pour ne pas attirer l'attention.

Contrairement à la veille, Brandon était sûr de ce qu'il voulait. Les yeux de Jake offraient une promesse.

— Oui.

— Cool, murmura Jake, avec un petit rictus diabolique. J'ai hâte d'y être.

Brandon savait que ce sourire allait le poursuivre toute la journée.

— Cool, répéta-t-il, joueur.

Il se redressa et fit demi-tour pour rejoindre le gymnase en petites foulées.

S'obligeant à ne pas le suivre du regard, Jake reporta son attention sur ses élèves, en se demandant comment il allait pouvoir tenir jusqu'au soir.

Comme prévu, le sourire de Jake hanta Brandon toute la journée, que ce soit pendant les cours, la pause-déjeuner ou l'entraînement. Occupé à ranger les équipements avec Jonathan, il y pensait encore. Il se cala contre la barrière en attendant que Jake finisse, abasourdi de voir à quel point cet homme le captivait. Il savait que ce qu'il ressentait n'était pas seulement une passade et qu'il aurait du mal à se lasser de l'énergie débordante de Jake et de ses réactions contradictoires. Mais ce qui le tracassait, c'était de savoir combien de temps Jake allait supporter le prof de sciences un peu trop sérieux qu'il était censé être. Celui-là même qui avait décidé de se lâcher un peu en essayant, au moins en apparence, d'assumer son nouveau rôle d'entraîneur.

Jake observa une dernière fois le terrain pour vérifier que tout était en ordre, puis il se dirigea vers les autres entraîneurs qui l'attendaient près de la barrière.

— Alors, coach, qu'en penses-tu ? Tu ne leur as pas fait de cadeau, aujourd'hui. Tu crois que ça va suffire à leur faire oublier leur défaite ? demanda Troy.

— Ce n'est pas gagné, répondit Jake.

Agacé, il donna un coup de pied dans la barrière.

— Mais ça viendra, ajouta-t-il, plus que déterminé, en suivant des yeux le dernier élève qui s'en allait, l'air épuisé. Allons-y, je n'en peux plus.

Jonathan et les étudiants assistants se saluèrent puis s'éloignèrent, tandis que Troy sautait dans sa voiturette de golf. Jake et Brandon se retrouvèrent seuls dans le parking pour rejoindre la Jetta. Après un trajet silencieux, Brandon gara la voiture devant chez Jake, et le silence s'épaissit.

L'entraîneur tourna la tête et observa sa maison, perdu dans ses pensées.

— Qu'est-ce qui ne va pas, cette année ? lança-t-il soudain. Qu'est-ce que je ne fais pas pour qu'ils soient aussi nuls ?

— Je ne suis pas sûr de pouvoir répondre à cette question, commença Brandon, étonné par cette réaction. Mais, si tu veux, je peux te dire ce que j'en pense.

— OK, acquiesça Jake.

— Je crois qu'ils sont un peu nerveux. Ils veulent te faire plaisir, et ça les stresse tellement qu'ils sont incapables de se concentrer.

Jake sursauta et tourna la tête vers Brandon.

— Ça n'a jamais posé de problème jusqu'ici.

— Et ils n'ont jamais été aussi près du but, répondit Brandon doucement. Ils veulent réussir et, surtout, ils savent ce que tu attends d'eux. Il n'y a rien de mal à ça, Jake. C'est juste qu'ils se mettent trop la pression. Il faut qu'ils se détendent un peu et qu'ils se fassent plaisir.

L'entraîneur resta silencieux, réfléchissant à ce que Brandon venait de dire. Il devait se reprendre avant qu'il soit trop tard. Il avait relâché son attention et il commençait juste à s'en rendre compte.

— Il faut que tu te détendes, Jake. Quand ils te voient aussi tendu, ça les stresse encore plus. C'est physique. Plus tu t'angoisses, et plus ils seront nerveux ! L'angoisse attire l'angoisse. Tu comprends ?

— Oui, répondit Jake d'une voix tendue.

Brandon ferma les yeux un instant pour essayer de ne pas se laisser blesser par le ton de Jake.

— OK, murmura-t-il sans bouger, ignorant ce qu'il pouvait faire ou dire de plus.

— Merci, dit Jake d'un air coupable, avant d'indiquer sa maison d'un signe de tête, un petit sourire aux lèvres. Tu as toujours envie de rester ?

— Oui, répondit Brandon, soulagé.

Après l'avoir regardé un instant, Jake soupira.

— Et toi aussi, je te rends nerveux ?

— Ça arrive, reconnut Brandon d'un ton sérieux, avant d'afficher un sourire malicieux. Mais en général c'est plutôt agréable.

— Vraiment ? demanda Jake, de nouveau tendu.

Le moment était critique. De la décision de Brandon dépendrait tout le reste. D'un côté, il pouvait rester seul chez lui. Et de l'autre… Il hocha la tête et regarda Jake droit dans les yeux, sans dissimuler pour une fois l'émotion qu'on pouvait lire dans les siens. Il ne pouvait pas reculer.

— Oui.

Jake sentit son cœur se serrer et il dévisagea Brandon sans un mot avant de se pencher en avant pour l'embrasser.

C'était comme s'ils répétaient leur premier baiser, sur le canapé, fébriles. Paralysé un instant par la surprise, Brandon s'abandonna peu à peu. Sans doute Jake avait-il deviné ce qu'il ressentait.

Lorsque l'entraîneur s'écarta légèrement, il enfouit son visage dans le cou de Brandon. Son cœur était sur le point d'exploser, et il avait le souffle court.

— Je pourrais vraiment y prendre goût, murmura-t-il.

— Dans une voiture, ce n'est pas l'idéal, souffla Brandon, enivré par un désir presque douloureux.

Pourtant, il n'avait pas la moindre envie de se détacher de son amant.

— Je te l'accorde, répondit Jake en l'embrassant de nouveau.

Brandon gémit contre ses lèvres. Il posa la main sur la nuque de Jake, perdant peu à peu le contrôle, et soupira son nom entre deux baisers.

— On rentre ? proposa Jake sans cesser de l'embrasser.

— Oui, maintenant ! l'implora Brandon.

Il l'embrassa passionnément une dernière fois, avant de se détacher de lui et de sortir de la voiture en chancelant.

La portière claqua, et Jake se retrouva seul dans la voiture, la gorge nouée et l'esprit embrumé par un désir farouche. Il sortit et rattrapa Brandon, le poussant sur le capot pour l'embrasser fiévreusement, à découvert ou presque, au beau milieu de la grande cour arborée de sa maison.

Le souffle coupé par la surprise et le poids du corps de Jake qui se pressait contre le sien, en proie à une passion que rien ne semblait pouvoir rassasier, Brandon avait l'impression de se faire dévorer. Il entoura ses larges épaules de son bras et enroula sa jambe autour de ses cuisses d'acier, en même temps qu'il relevait le genou pour que Jake puisse se frotter contre lui. Il avait à peine conscience de la brise légère à travers les arbres et du soleil couchant.

Jake le dévorait littéralement. Il le pressait contre le capot et l'embrassait comme après une longue séparation. Ses mains couraient sur le corps de Brandon, et il ondulait contre lui, insatiable.

Brandon ne pouvait résister à un tel déchaînement. Il avait besoin d'être rassuré. Le désirait. Éperdument. *Oh, mon Dieu!* Son sexe était dur comme de l'acier, et il était prêt à hurler. Il allait exploser de désir si ça continuait.

Quelque part, un chien se mit à japper. Mais rien ne pouvait troubler Jake. Il embrassait toujours Brandon, donnant libre cours à la fureur de son désir, sans qu'aucun puisse reprendre son souffle.

Brandon se cambra contre lui, et ses gémissements de désir se perdirent dans leur baiser. Il enfonça les doigts dans les épaules de Jake avant de descendre jusqu'à sa taille pour tenter de s'insinuer sous ses vêtements et de toucher sa peau douce et chaude.

Jake gronda et souleva Brandon du capot de la voiture pour mieux l'y presser et s'abattre sur lui, forçant le passage entre ses cuisses.

Brandon glissa les mains dans le pantalon moulant de Jake et s'accrocha à ses hanches, submergé de désir, encerclant son corps de ses jambes tremblantes et soulevant le bassin. Il devenait complètement fou.

Jake ondulait contre lui. Il enfouit une main dans ses cheveux et lui tira la tête vers l'arrière pour accéder à son cou. Il s'étendit de tout son long contre lui et mordilla la peau sensible, la naissance du lobe de son oreille, déclenchant de délicieux gémissements et lui faisant crier son nom.

Jake recouvrit la bouche de Brandon de la sienne, la dévorant de baisers furieux.

— Chut, ordonna-t-il.

Brandon fut pris de violents tremblements dans les bras de Jake et il jouit brusquement en gémissant contre ses lèvres, les hanches agitées de spasmes de volupté incontrôlables qui firent perdre tout contrôle à Jake, haletant dans son cou.

Brandon rejeta la tête en arrière, le cou offert, à bout de souffle. Il avait le vertige. Jake ralentit le mouvement, puis couvrit la gorge de son amant de baisers frénétiques avant de remonter vers son menton, de s'emparer brusquement de sa bouche et de revenir lui mordiller le cou.

Blotti contre lui, Brandon soupira, tout en essayant de retrouver ses esprits.

— Jake, dit-il doucement, emmène-moi à l'intérieur. Tu ne peux pas me prendre ici.

— Je suis capable de tout, crois-moi, répondit Jake en grognant, avant de l'embrasser de nouveau.

Brandon gémit doucement, traversé par une nouvelle vague de désir. Il s'accrocha à Jake qui le déposa au sol en douceur et s'écarta légèrement. Brandon posa un regard voilé sur son amant, qui lui décocha un sourire amusé.

— Tu vas rester planté là ou il va falloir que je te porte ?

Brandon éclata de rire.

— Tu comptes me porter ? demanda-t-il, dubitatif.

— Si tu ne te bouges pas le cul, oui, menaça Jake en montrant la maison, sa voix trahissant un désir dévorant.

Un peu chancelant, Brandon s'appuya au pare-chocs de la voiture un instant, avant de se diriger vers les marches d'un pas décidé. Jake le suivit. Dès que Brandon franchit la porte, il se jeta sur lui, le fit basculer sur le canapé en le caressant de ses mains avides. Sous cet assaut soudain, Brandon poussa un cri perçant et se retourna juste à temps pour attraper Jake par la taille et l'entraîner dans sa chute.

— Bon sang, Jake ! s'exclama-t-il en riant, tout en l'aidant à le débarrasser de ses vêtements.

— C'est ce que tu voulais, non ? dit Jake en tirant avec impatience sur les tissus.

— Ce que je voulais ? répéta Brandon qui luttait pour retirer son maillot. Et tu sais ça comment ?

— Aucune idée, dit Jake au supplice, en retirant son propre maillot avant d'étreindre Brandon sur le canapé. Mais je suis sûr que j'ai raison.

Brandon s'en moquait. Pour toute réponse, il posa les mains sur la peau brûlante de son amant. Il réussit à se débarrasser de ses chaussures et, les jambes écartées, s'offrit à Jake.

Qui ne se fit pas prier. Il tira sur les cuisses de Brandon et le fit glisser jusqu'au bord du canapé. Il s'assit à califourchon sur lui et l'assaillit de baisers fiévreux.

Brandon y répondait avec la même intensité, et une nouvelle vague de désir monta en lui. Il ne pouvait imaginer ce que Jake ressentait. Le contrôle dont il faisait preuve, contrairement à lui, était tout bonnement hallucinant. Brandon poussa un gémissement et mordilla la lèvre inférieure de Jake, tout en l'attirant contre lui de sa main posée sur sa nuque.

— Pas facile d'improviser, dit Jake, un peu désespéré.

Il se redressa et regarda l'escalier, estimant la distance qui les séparait de sa chambre.

— Pousse-toi, grande brute, lança Brandon avec un sourire. Je te promets que je ne vais pas m'enfuir.

Jake lui tendit la main pour l'aider à se relever. Tout son corps frémissait. Brandon se retrouva face à son amant, torse contre torse, et, incapable de résister à la tentation, il l'embrassa avant de l'entraîner dans l'escalier et jusqu'à la chambre.

Jake déboucla sa ceinture et fit glisser son pantalon de baseball au sol, oubliant qu'il n'avait même pas enlevé ses chaussures. Il s'avança vers le lit en tirant sur ses vêtements dans tous les sens, avant de les balancer dans la chambre un à un, ponctuant chacun de ses gestes d'un grognement.

Brandon se débarrassa en une seconde de son pantalon, et ne put s'empêcher de grimacer en découvrant l'état pitoyable de son caleçon, humide et poisseux.

— Tout ça, c'est ta faute, lança-t-il.

— Il est grand temps que tu prennes ta revanche, répliqua Jake.

Brandon soupira, retira son caleçon et s'en servit pour s'essuyer un minimum, avant de le balancer et de s'approcher du lit.

Le corps de Jake s'enflamma à l'idée de sentir celui de Brandon contre le sien. Pour une fois, il était incapable de bouger. Brandon s'arrêta juste devant lui et lui caressa les cheveux.

— Tu veux peut-être que je t'oblige à nettoyer ? dit Brandon, d'une voix rauque.

Comment allait réagir Jake devant son audace, cette inversion des rôles, même si jusqu'ici il avait pris plaisir à se laisser diriger ?

Les épaules de Jake se crispèrent brusquement, il avait du mal à soutenir le regard de Brandon. Il le trouvait complètement imprévisible. Bon sang, il y avait vraiment deux personnes différentes à l'intérieur de cet homme, qu'il commençait à considérer comme son amant. Il réfléchit un instant avant d'empoigner les hanches de Brandon et de se mettre à genoux devant lui.

La gorge serrée, Brandon lui caressa la tête de manière rassurante. Bon sang, il aurait été tout autant excité si Jake était resté simplement assis sur le lit. Les rares fois où il avait pris l'initiative, il s'était attendu à ce que Jake le repousse. Mais ce n'était encore jamais arrivé.

Jake inclina la tête et lui lécha le bout du sexe avec gourmandise, fermant les yeux et gémissant en refermant les lèvres dessus. Brandon frémit et donna un léger coup de reins.

Jake se redressa un peu, le prenant plus profondément, et fit glisser les mains sur ses fesses pour rapprocher son bassin. Il savait qu'il ne tiendrait pas la position assez longtemps pour le faire jouir une deuxième fois. De toute façon, ce n'était pas le but. Il voulait surtout que Brandon comprenne qu'il pouvait lâcher prise. Assumer ses désirs.

Brandon gémit en sentant la bouche chaude et humide de Jake aller et venir sur son sexe. C'était plus qu'agréable, mais il ne voulait pas que Jake souffre à genoux. Il se retira peu à peu, et la vue de son sexe à moitié en érection sortant de la bouche de son amant le fit gonfler plus encore.

— Viens, dit-il en se penchant pour aider Jake à se relever.

Mais, au lieu de se redresser, Jake l'attira à lui de manière incroyablement tendre.

Surpris, Brandon eut un mouvement de recul et se redressa sur un genou en fronçant les sourcils. Sans un mot, Jake lui entoura le visage des mains et l'embrassa. Déstabilisé par sa douceur, Brandon se lova contre lui, et ils continuèrent à s'embrasser tendrement, presque amoureusement. *Oh, mon Dieu !* Il fallait qu'il arrête de se faire des idées, sinon ça finirait mal. Même si, jusque-là, tout se déroulait à merveille. Il posa la main sur le torse de Jake, appréciant ce simple contact.

Les doigts de Jake recouvrirent les siens, tandis que le pouce de son autre main, restée sur le visage de Brandon, venait effleurer sa joue. Jake en oubliait les tourments du désir tant leur étreinte sensuelle l'étourdissait. De son côté, Brandon se retenait de bouger, effrayé à l'idée de briser la magie de l'instant. Il n'avait jamais ressenti cela, son cœur se serrait sous tant d'attentions délicates.

Chaque fois que Jake essayait de s'éloigner de la bouche de Brandon, il revenait s'y abreuver, toujours avec la même tendresse. Son cœur s'emballait, il avait le souffle coupé, comme lorsqu'on respire dans le vent glacé. Il se sentait bien. À sa place.

— Jake, murmura Brandon, d'une voix brisée.

Il voulait comprendre ce qui se passait, il voulait savoir si Jake ressentait la même chose. Mais il était incapable de parler. Tout comme il était incapable de bouger.

— Tu veux que j'arrête ? s'enquit Jake doucement, la gorge nouée.

— Jamais, répondit aussitôt Brandon.

Les yeux clos, il agrippa l'épaule de Jake qui revint lui caresser les lèvres des siennes avec un gémissement. Son désir de posséder Brandon avait reparu et dissipait la magie irréelle de leur étreinte.

— Ne t'arrête pas, je t'en prie, souffla Brandon entre deux baisers.

— J'ai envie de toi, souffla Jake, la voix enrouée de désir.

— Je suis à toi, soupira Brandon.

Jake fut pris de court par la vague d'émotion provoquée en lui par la force de ces mots. Il hésitait, voulant prolonger l'instant, mais son désir l'emporta, et il se leva péniblement, entraînant Brandon avec lui. Celui-ci tremblait tellement qu'il se blottit un instant contre Jake, accroché à lui de toutes ses forces.

Jake l'allongea doucement sur le lit, avant de lui recouvrir le corps du sien. Il ouvrit le tiroir de la table de nuit d'une main tremblante.

Enivré par son odeur, Brandon enfouit le visage contre son cou. Caressant tour à tour les bras puis le dos de son amant, il rouvrit les yeux pour poser sur lui un regard intense.

Jake attrapa le lubrifiant et caressa de sa main libre le torse de Brandon.

— Quand je t'ai vu courir ce matin, confia-t-il, je ne savais même pas que c'était toi et pourtant je te désirais.

— Attention, murmura Brandon en lui caressant le visage. Je pourrais être jaloux que tu aies envie de te taper un inconnu qui court autour d'un stade.

— Ça m'a fait culpabiliser, avoua Jake, souffle court, inclinant la tête pour savourer la tendresse du geste.

— Culpabiliser ? répéta Brandon. Parce que tu as eu envie de coucher avec un inconnu ?

Jake hocha la tête et rougit légèrement, les yeux clos, en parcourant la cuisse de son amant du bout des doigts.

— Et quand tu as découvert que c'était moi ? insista Brandon en haussant un sourcil.

Le souffle court, Jake baissa la tête et lui souleva la jambe pour l'enrouler autour de sa taille.

— Ça m'a soulagé.

Brandon resserra sa prise sur les hanches de Jake et l'attrapa par le cou. Il voulait poser la question mais n'osait pas. Soulagé que ce ne soit pas quelqu'un d'autre ? Ou soulagé parce qu'il ressentait quelque chose de fort pour lui ? Refusant d'insister, il préféra en rire.

— J'aime quand tu flattes mon ego, dit-il.

Jake l'embrassa fougueusement en se postant entre ses cuisses.

— Ça veut dire qu'entre vendredi et ce matin, murmura-t-il, le cœur battant la chamade, j'ai craqué pour toi.

— Craqué ? Pour moi ? s'exclama Brandon, stupéfait, pris d'un espoir fou.

— Oui, acquiesça Jake en hochant la tête, incapable de le regarder en face.

Brandon lui saisit le visage et déposa sur ses lèvres un baiser empli de tendresse.

— Moi aussi, souffla-t-il.

Jake lui rendit son baiser, abasourdi, et, glissant une main entre leurs deux corps, il enfonça lentement un doigt à l'intérieur de Brandon.

Un instant décontenancé et frissonnant, celui-ci s'abandonna à leur étreinte. Leur histoire n'était plus seulement une histoire de cul. En tout cas, plus pour lui.

— Bon sang, dans quoi on s'embarque ? haleta Jake, préparant le corps de son amant aussi rapidement qu'il l'osait sans le blesser.

— Je m'en fiche, mais surtout ne t'arrête pas, implora Brandon entre deux baisers, en ondulant sous Jake.

Jake se redressa pour recouvrir son sexe de lubrifiant, avant de reprendre les lèvres de Brandon et de se positionner.

— Jake, gémit Brandon. Oh, je t'en prie, prends-moi !

Il ferma les yeux, totalement offert.

— Oh, je t'en prie !

Ces mots rendaient Jake complètement fou, le feu allumé dans son cœur se propageait dans tout son corps. Il gronda en donnant de légers coups de reins pour pénétrer son amant, l'attirant contre lui.

— Maintenant, Jake. Maintenant, souffla Brandon.

Jake se recula légèrement avant de s'enfouir profondément en lui et d'entamer un mouvement frénétique de va-et-vient. Il gémissait sans relâche le nom de Brandon en essayant de maintenir sa cadence infernale, poussé par les cris de plaisir de son amant. Celui-ci était tout aussi déchaîné, galvanisé par les coups de reins sauvages de Jake qui gémissait, au bord de l'abîme, luttant pour ne pas basculer. Il ondulait des hanches, donnant toujours plus d'ampleur à ses mouvements, aiguillonné par son désir de donner du plaisir. Cette déferlante de sensations lui faisait tourner la tête, anéantissant toutes ses résistances. Il poussa un cri, avant de se redresser sur les genoux et d'attirer les hanches de Brandon contre lui, comme s'il voulait à tout prix refréner sa jouissance pour continuer à le pénétrer.

Au son de ce cri éperdu, Brandon se cambra brusquement et hurla à son tour ce plaisir insoutenable. Tout son corps se tendit, et, rejetant la tête en arrière, il gémit le nom de Jake en se laissant emporter par un flot de jouissance qui se répandit sur leur peau, moite et humide. Le corps de Jake se pencha sur le sien, et, ralentissant le rythme, il s'agrippa à Brandon pour céder à l'orgasme dans un cri déchirant.

Jake ne pouvait s'arrêter de trembler. Après ce qui lui parut être une éternité, il se redressa et regarda Brandon qui reprenait son souffle, les yeux fermés et la peau luisante de sueur. Sans un mot, il se retira lentement avant de rouler sur le flanc.

Aussitôt, Brandon se blottit contre lui et l'entoura de ses bras, la respiration laborieuse.

Jake le serra contre lui et ferma les yeux en se souvenant de ses paroles. Bon sang, il aurait mieux fait de se taire ! Pourtant, il n'avait pas menti. Et, à sa grande surprise, Brandon partageait les mêmes sentiments.

— Nous voilà dans de beaux draps, murmura-t-il d'un ton affectueux.

Brandon hocha la tête contre le torse de Jake. Il ne se sentait pas prêt à parler, effrayé à l'avance par ce qu'il pourrait dire.

N'obtenant pas de réponse, Jake fronça les sourcils, inquiet, puis il déposa un baiser sur le front de Brandon.

— Je t'ai fait mal ? demanda-t-il doucement.

— Non, répondit Brandon. Dans de beaux draps, hein ?

— Oui, je ne sais plus où j'en suis, acquiesça Jake.

— Ce n'est pas tout à fait ce que tu as dit, précisa Brandon avec un petit rire. Tu parlais de nous deux.

— Eh bien, on est tous les deux dans de beaux draps, précisa Jake. Ça ne veut pas dire qu'à l'intérieur je ne suis pas en train de danser comme Snoopy.

Brandon s'écarta un peu pour le regarder d'un air incrédule en retenant un fou rire.

— Danser comme Snoopy ?

— Ne me dis pas que tu ne sais pas de quoi je parle, rétorqua Jake d'un ton hautain, retenant un sourire.

— Non, c'est bon, dit Brandon, plus intéressé par le reste de la phrase de Jake. Je suis heureux de te donner envie de danser, même intérieurement.

Il déposa un baiser à la commissure des lèvres de Jake qui tourna la tête pour approfondir la caresse. Brandon soupira, mais il voulait des réponses, sous peine de s'angoisser toute la nuit.

— Jake, explique-toi, murmura-t-il.

Jake poussa un soupir avant de reposer la tête sur l'oreiller.

— Si on découvre notre relation, ça pourrait nous pourrir la vie. Et maintenant on risque en plus d'avoir le cœur brisé au cas où ça tournerait mal.

Brandon inspira profondément. Il ne s'attendait pas à une réponse aussi franche, mais au moins il était fixé.

— Qu'est-ce qu'on fait alors ? demanda-t-il doucement en pressant le visage contre l'épaule de Jake, effrayé de le regarder en face. On arrête ?

Sa voix se brisa tant il redoutait cette option. Bon sang, ils n'étaient ensemble que depuis trois jours ! Trois petits jours.

— Pfft ! Je suis peut-être cynique mais pas maso, répondit Jake avec un petit rire en le serrant contre lui.

Instantanément soulagé, Brandon se détendit. Jake baissa la tête et frotta le nez contre la tempe de Brandon.

— Il faut que je prenne mes médicaments, dit-il à regret.

Il n'avait aucune envie de se lever, mais, s'il attendait plus longtemps, il risquait de souffrir toute la nuit.

— Reste ici. Je m'en occupe, proposa Brandon en se levant.

— N'oublie pas l'alcool ! cria Jake, frissonnant sans les bras de Brandon autour de lui.

— Arrête de rêver ! répliqua Brandon en descendant l'escalier.

Grimaçant au contact du carrelage froid sur le sol de la cuisine, il ouvrit le petit placard dans lequel Jake gardait ses cachets. Il fronça les sourcils en voyant le nombre de flacons qui s'y trouvaient, puis il commença à lire les étiquettes.

En pensant à son placard à médocs, Jake roula hors du lit en grimaçant. Sans la douleur, il aurait apprécié les montées d'adrénaline. Après avoir traversé le couloir, descendu l'escalier et être entré dans la cuisine, il se glissa derrière Brandon pour attraper le grand flacon sur l'étagère du bas. Il lui embrassa l'épaule et se dirigea vers le frigo.

— Jake, la plupart de ces trucs sont périmés, dit Brandon en fouillant dans le placard. Pourquoi tu les gardes ? Ils ne font plus effet. Autant avaler un placébo. Et ça peut être dangereux de les mélanger.

— Les étiquettes ne veulent rien dire, répondit Jake en attrapant une bière avant de s'adosser à l'îlot de cuisine.

— Je t'en prie, dis-moi que tu ne fais pas de mélanges, insista Brandon. Je suis sérieux.

Jake haussa les épaules et mit les deux cachets dans sa bouche avant de décapsuler sa bière. Brandon se sentait nerveux, presque angoissé. Il regarda le placard, puis Jake.

— Si j'arrête de t'embêter pour les relaxants musculaires et la bière, énonça-t-il d'un ton grave, est-ce que tu me promets de te débarrasser du reste ?

— Peut-être.

— Jake ! protesta Brandon, peiné. Je veux être sûr que tu vas te réveiller chaque matin.

Jake soupira, et ses épaules se voûtèrent.

— Ce n'est pas si grave.

Brandon grimaça avant de détourner vivement le visage, incapable de parler. Il avait l'impression d'avoir reçu un coup de poing dans l'estomac. Il s'accrocha au comptoir pour résister à l'envie de prendre Jake dans ses bras.

En voyant sa réaction, Jake sentit son cœur se serrer. Il poussa un petit soupir, tapotant le goulot de sa bouteille.

— Brandon, appela-t-il.

Son amant prit une profonde inspiration et cligna des yeux pour refouler son chagrin, se contentant d'un petit signe du menton pour seule réponse. Jake s'avança et se glissa derrière lui, avant de l'enlacer et de poser la bouteille sur le comptoir. Blotti contre le dos de Brandon, il regarda le petit placard encore ouvert.

— Que veux-tu que je fasse ? demanda-t-il doucement.

Brandon savait que Jake faisait référence aux cachets et, après avoir observé les rangées de flacons, il ne put s'empêcher de dire ce qu'il avait sur le cœur.

— Je veux être sûr que tu te réveilles chaque matin, Jake, répéta-t-il. À mes côtés.

Jake tourna la tête, juste assez pour frotter le nez contre le cou de Brandon. Ces paroles étaient à double sens, il en avait conscience. Est-ce qu'il faisait encore référence aux cachets et aux risques encourus, ou est-ce qu'il sous-entendait quelque chose de plus personnel ? Quoi qu'il en soit, c'était un sujet délicat.

— Alors, reste ici avec moi, répondit-il.

Brandon se laissa aller contre lui, faisant glisser les mains le long de ses bras pour les poser sur les siennes. Il regrettait de s'être aventuré en terrain miné et s'en voulait d'être aussi sérieux aussi vite, même si Jake ne semblait pas lui en vouloir.

— C'est ce que je souhaite, murmura-t-il avant de se ressaisir. Comme je souhaite aussi balancer ces merdes dans tes toilettes.

— Ça pourrait me mettre de mauvaise humeur, marmonna Jake. Tu t'es peut-être rendu compte que, pour la plupart, elles ne sont même pas sur ordonnance. Je les ai mises dans les petites bouteilles pour gagner de la place. Quant aux médicaments que je me fais prescrire, ce sont les seuls qui me soulagent vraiment.

— Je veux que tu prennes soin de toi, dit Brandon, radouci. Je ne supporte pas de te voir souffrir.

— Moi non plus, répliqua Jake, ironique.

Il attrapa une bouteille au hasard dans le placard. Après l'avoir ouverte, il versa plusieurs cachets sur le comptoir.

— Tylenol. Douleurs arthritiques, énonça-t-il.

Il retourna un gros cachet blanc pour que son nom soit lisible. Il prit une autre bouteille et fit apparaître un tas de minuscules cachets roses, du Benadryl. Le flacon suivant contenait des cachets bleu et blanc de Tylenol PM. Quant au dernier, il renfermait des comprimés de Tylox, que Jake montra à Brandon.

— Je suis allergique à ceux-là, mais ils sont plus forts. Quand j'ai vraiment mal, j'en prends un avec deux Benadryl.

Brandon ne disait rien, surpris de voir Jake lui expliquer tout cela. Il n'en espérait pas tant. En regardant tous ces cachets étalés sur le comptoir, il songea à toutes les opérations qu'avait subies Jake et à toutes ses douleurs, et son cœur se serra.

— Je crois que je comprends mieux la bière, murmura-t-il.

Il n'aimait pas ça, mais il comprenait. Même s'il était bouleversé par la souffrance que Jake supportait au quotidien. Il devait vivre avec elle, tout simplement.

Jake esquissa un sourire.

— Et… (Il retint son souffle un instant, avant d'expirer longuement et de pousser la bouteille de Vicodin.) Si tu veux vraiment que je me débarrasse de tout ça, sache qu'il faut compter plusieurs semaines pour la période de sevrage. Si tu n'y vois pas d'inconvénient, je préférerais attendre l'été.

La colère de Brandon s'évanouit lorsqu'il comprit ce que proposait Jake.

— Et si on en parlait à la fin de l'année scolaire ? suggéra-t-il, dans le même ordre d'idées.

— Et tu cesseras de t'inquiéter jusque-là ? rétorqua Jake.

Brandon se mordit la lèvre en regardant de nouveau le placard et les bouteilles qu'il contenait.

— Je ferai de mon mieux, promit-il d'une voix rauque.

Jake soupira et hocha la tête, avant de déposer un baiser sur l'épaule de Brandon.

— Ça fait dix ans que je prends ces trucs, souffla-t-il. Et je vais bien. Ça va aller.

Bien que se voulant rassurante, sa voix se teinta d'une pointe d'amertume et de tristesse. De toute évidence, Jake s'était résigné à souffrir depuis bien longtemps. Et, s'il voulait se débarrasser des comprimés les plus forts, c'est qu'en réalité ils ne le soulageaient pas tant que ça.

Essayant de chasser ses doutes et son inquiétude, Brandon jeta un coup d'œil à la pendule.

— Ça te dit de manger un bout ? proposa-t-il. Il est encore tôt, et on a zappé le dîner.

— Bonne idée.

Il l'embrassa une dernière fois dans le cou, histoire de marquer l'instant, puis il recula pour le laisser libre de ses mouvements, l'examinant de la tête aux pieds avec un petit sourire en coin.

— Tu comptes t'habiller ?

— Quoi ? demanda Brandon d'une voix apaisée. Le spectacle ne te plaît pas ?

— Le mystère est attirant, répliqua Jake. Mais je te déconseille sérieusement de cuisiner à poil.

— Alors c'est toi qui ferais mieux d'aller t'habiller, « ThunderCat », se moqua Brandon. Parce que ma cuisine est catastrophique. Je ne t'ai pas menti quand je t'ai dit que je ne savais pas m'y prendre.

— Des pâtes, ça te va ? dit Jake, amusé.

Brandon hocha la tête et se pencha pour l'embrasser tendrement.

— Je file sous la douche. Tu veux des vêtements ?

Jake accepta d'un grognement et lui entoura la taille de son bras pour lui caresser les fesses sans la moindre gêne.

Environ une heure plus tard, ils avaient rejoint le canapé dans le salon. Brandon corrigeait ses copies, avec des vêtements de Jake, tandis que celui-ci regardait un match de baseball. Brandon levait les yeux chaque fois que son amant sautait de joie ou se mettait à jurer comme un charretier, mais il ne disait rien, concentré sur son travail. C'était agréable et apaisant. Réconfortant.

À la fin du match, Brandon regarda l'heure en grognant : 23 h 30. Il rassembla ses papiers et, résigné, les glissa dans son sac à dos. Jake lui avait offert de rester lorsqu'il lui avait avoué son désir de se réveiller à ses côtés. Mais, ce soir, ce n'était pas possible. Il n'avait pas de quoi se changer, et les contrôles du lendemain étaient chez lui, sur son ordinateur.

— Les matchs de pré-saison, ça peut vraiment être chiant, maugréa Jake.

Il éteignit la télévision et retint un soupir en regardant Brandon se préparer à rentrer chez lui.

— La saison commence la semaine prochaine, rappela son amant avec un petit rire.

Il ferma son sac à dos et se leva. Sur le canapé, Jake affichait un air malheureux.

— Bon sang, s'il te plaît, Jake, ne fais pas ça ! Sinon, je vais avoir envie de revenir en plein milieu de la nuit.

Jake le regarda d'un air surpris avant de se lever lentement.

— Il vaut mieux que tu y ailles si tu veux dormir un peu, reconnut-il en s'approchant pour l'enlacer par la taille.

— Tu sais que je n'ai pas envie de partir, n'est-ce pas ? murmura Brandon. (Jake acquiesça.) On se voit demain. N'oublie pas de laver ma tenue de baseball, OK ? Au moins le pantalon et le caleçon.

— OK, je vois, s'amusa Jake. Non seulement tu m'abandonnes, mais en plus tu me laisses les basses besognes. (Il déposa un baiser sur l'oreille de Brandon avant de s'écarter.) C'est bon, compte sur moi.

— Merci, dit Brandon en souriant.

Il se força à faire un pas en arrière, prit son sac et se dirigea vers la porte.

Jake le regarda partir, les épaules voûtées et les mains enfoncées dans les poches de son pull. Ce ne serait pas juste de lui demander de rester ou de revenir. Et, comme c'était justement ce dont il avait envie, il préféra se taire.

— Hé, Jake ? lança Brandon depuis le couloir, son trousseau de clés à la main.

— Oui ? répondit-il, en essayant de ne pas laisser transparaître son émotion.

Brandon avait tellement de choses à lui dire qu'il crut un instant qu'il allait tout déballer. Après un long silence, il opta pour un aveu simple :

— Tu me manques déjà.

Sur ce, il sortit avant de changer d'avis. Le monde continuait de tourner, même si devoir abandonner son amant le rendait malade.

La porte se referma, et Jake alla à la fenêtre pour le regarder partir.

Chapitre 11

Debout près du bus avec son porte-bloc, Brandon tentait de donner des consignes aux joueurs. Deux élèves par chambre, et si possible du même âge. Jonathan et lui avaient passé une soirée entière à se prendre la tête pour former les binômes les moins explosifs possible. Le matériel et les sacs des joueurs étaient éparpillés autour du bus et bloquaient un coin du parking de l'*Holiday Inn* de la baie de Tampa.

Brandon soupira, agacé par leur incapacité à l'écouter, puis finit par exploser.

— Si vous ne voulez pas tous passer la nuit dans ce foutu bus, hurla-t-il, fermez-la et mettez-vous en rang !

Stupéfaits, les élèves se turent aussitôt. Ils n'avaient jamais vu coach Bartlett perdre son sang-froid.

Jake leva la tête pour observer la scène par la vitre, aussi surpris que les adolescents qui, calmés, rassemblaient leurs affaires avant de récupérer leurs clés de chambre auprès des autres entraîneurs.

Sans un mot, craignant un nouveau savon de coach Bartlett, les élèves entrèrent dans l'hôtel, heureux de pouvoir échapper un instant à la surveillance de leurs profs mais sans oublier la menace impitoyable de l'entraîneur Campbell s'ils se risquaient à sortir sans permission.

Brandon soupira avant de marmonner un « oui » en réponse à l'un des étudiants assistants qui lui demandait si tout allait bien. Non, ça n'allait pas du tout. Il était épuisé. Et le fait de dormir pendant tout le trajet n'avait rien arrangé. Ça faisait une éternité qu'il ne s'était pas senti d'aussi mauvaise humeur. Ébahi, Jonathan poussa un petit sifflement et remonta dans le bus en évitant soigneusement Brandon.

— Hé, coach ! lança-t-il à voix basse. Qu'est-ce qui lui prend à Bartlett ? C'est un vrai ours aujourd'hui.

— Aucune idée, murmura Jake en regardant son amant à travers la vitre.

— Eh bien, j'espère que ça va lui passer d'ici à ce soir, ajouta Jonathan en prenant son sac de sport. Je n'ai pas envie qu'il me grogne dessus toute la nuit.

— Je croyais qu'on avait des chambres individuelles, dit Jake, étonné, relevant la tête de son sac, dans lequel il fouillait.

— Moi aussi, avant de passer à la réception. Apparemment ils ont accepté trop de réservations, et on va devoir se serrer un peu. Je t'ai mis avec Troy, expliqua Jonathan, avant de froncer les sourcils. C'est peut-être pour ça qu'il est à cran. Il pensait pouvoir être tranquille dans sa chambre.

Jake cherchait désespérément une idée pour remédier à la situation sans éveiller le moindre soupçon. Au bout de quelques secondes, un petit sourire apparut sur ses lèvres, tandis qu'il enfonçait une dernière chemise dans son sac.

— Je t'échange Troy contre Brandon, si tu veux, proposa-t-il d'un air joueur en refermant le sac. Cet enfoiré de Brandon ronfle comme un sonneur.

— Comment tu sais… ? Ah ouais ! Parce qu'il dort chez toi après les matchs à l'extérieur. Je ne peux pas refuser une telle offre. Et puis je gagne au change. Les ronflements, je m'en fiche, mais Troy est bien plus mignon. (Il éclata de rire et tendit sa clé à Jake.) Tiens.

— Tu choisis tes compagnons de chambre en fonction de leur look ? plaisanta Jake en prenant la clé.

— Non, répliqua l'entraîneur en traversant le bus. En fonction de la probabilité d'une folle nuit de sexe. Et comme avec Brandon les probabilités sont presque nulles, ça ne peut pas être pire avec Troy.

Il sortit du bus en riant de sa propre blague.

Jake haussa un sourcil et sourit, avant de jeter coup d'œil songeur à Brandon. Qu'est-ce qui pouvait bien le préoccuper ? Bien qu'ils soient ensemble depuis un mois, il avait honte de s'avouer qu'il n'en avait pas la moindre idée. Ses chances de bénéficier d'une folle nuit de sexe n'étaient pas bien hautes non plus.

Brandon avait tout à fait conscience d'être insupportable, mais il était éreinté, stressé et agacé.

Avant la nouvelle répartition des chambres, il se faisait un plaisir de passer la nuit avec Jake, mais c'était fichu.

La dernière semaine de cours avant les vacances avait été un véritable enfer. Les évaluations nationales avaient commencé, et il avait aussi dû finir de noter les tests de fin d'année, faire ses moyennes et préparer l'examen pour les options avancées. Sans compter les quatre soirs par semaine d'entraînement. Il n'avait pas fermé l'œil plus de trois heures, même en dormant chez Jake. Il était à bout et il comptait sur ce petit séjour pour souffler un peu.

Il jeta son sac sur l'épaule et ferma violemment la soute à bagages. Jake s'avança vers la porte du bus et s'arrêta sur les marches en regardant autour de lui pour s'assurer qu'il ne restait plus personne. Il rejoignit Brandon d'un pas nonchalant, un sourire bravache aux lèvres.

— On est de mauvais poil ? demanda-t-il.

Brandon lui adressa un regard signifiant qu'il valait mieux éviter de le chercher.

— Tu n'as même pas idée, marmonna-t-il.

Le changement de dernière minute l'énervait encore plus maintenant que son amant était juste à côté de lui. Il fallait absolument qu'ils réussissent à s'isoler un peu à un moment ou à un autre, sinon il allait péter un câble.

Jake agita devant lui la clé échangée avec Jonathan, avant de sourire devant l'air abattu de Brandon.

— J'ai oublié de demander à Jonathan le numéro de la chambre.

— Quelle chambre ? demanda Brandon d'un air las.

Il tapotait ses poches, à la recherche de la clé magnétique qu'il n'arrivait plus à retrouver.

— La nôtre, répondit Jake, en l'observant avec attention.

— La nôtre ? murmura-t-il, avec une lueur d'espoir naissante dans le regard.

— Jonathan m'a supplié de le remplacer, répondit Jake, parce qu'il craignait de se faire bouffer pendant son sommeil.

Brandon fournissait un effort surhumain pour se retenir de se jeter dans ses bras, et ça se voyait.

— Oh, merci, mon Dieu ! souffla-t-il.

— Peut-être que tu pourras m'expliquer ce qui te tracasse une fois qu'on y sera ? proposa Jake avec un sourire avant de se diriger vers l'entrée de l'hôtel.

Brandon soupira, l'air piteux.

— Ouais. Rien de grave. Je suis juste de mauvaise humeur.

L'équipe de Parkview occupait toutes les chambres de l'hôtel à gauche de la piscine, et les entraîneurs étaient stratégiquement placés à intervalles réguliers. Brandon regarda sa clé magnétique en faisant une petite grimace. Apparemment, ils seraient dans la chambre du fond, tout au bout.

— Waouh, t'as vu ?! s'exclama Jake, ravi. Une piscine avec bar !

Brandon leva les yeux au ciel avant de lui emboîter le pas, laissant tomber ses sacs sur le sol recouvert d'un plancher d'extérieur. Jake était déjà en train de commander une bière. Brandon le rejoignit et s'assit en soupirant sur un tabouret à côté de lui.

— Vodka citron, dit-il au barman qui prenait sa commande. Une double.

— Oh, oh ! murmura Jake en attrapant la bouteille de bière que lui tendait le serveur. Tu as des problèmes d'alcool, c'est ça ? demanda-t-il, plaisantant à moitié.

Brandon se frotta les yeux tout en remerciant le barman qui venait de poser son verre sur le comptoir. Il avala une gorgée de vodka et grimaça.

— Je suis au bout du rouleau, marmonna-t-il.

— Pourquoi ? demanda Jake en fronçant les sourcils.

— Tu te rappelles quand on parlait de burn-out en début de saison ? dit Brandon d'une voix abattue, avant de vider son verre et d'en commander un deuxième d'un geste de la main.

— Oui, répondit Jake, inquiet, en le regardant terminer le verre.

Il lui avait offert son aide à plusieurs reprises, tout en sachant que ses talents en matière de correction de copies ou de préparation de cours n'étaient pas à la hauteur des critères que s'imposait Brandon.

— J'ai atteint mes limites, cette semaine.

Brandon saisit le deuxième verre et avala une nouvelle gorgée de vodka. Jake se contenta de hocher la tête, en se demandant s'il allait devoir le porter jusqu'à leur chambre. Il ne l'avait jamais vu boire plus de deux ou trois bières.

Brandon soupira et appuya le petit verre contre son front.

— Pourtant, même avec un peu d'aide, ça n'a rien changé, continua-t-il, la voix un peu pâteuse. Tom m'a enlevé les heures de soutien, mais ça n'a servi à rien. Je me sens comme une merde.

Jake pinça les lèvres et jeta un œil au hall d'entrée de l'hôtel, disposé sur deux étages avec une piscine couverte, un Jacuzzi, un restaurant et un bar.

— Tu peux toujours rentrer en avion, suggéra-t-il prudemment.

Brandon leva les yeux vers lui, en regrettant de ne pas pouvoir lui crier ce qu'il s'empêchait de dire depuis presque un mois maintenant. Ils étaient ensemble depuis sept semaines et, selon lui, tout allait de mieux en mieux, si ce n'est qu'il n'avait plus le temps de dormir, et à peine celui de tirer un petit coup vite fait avec son homme.

— Je n'en ai pas envie, dit-il en grimaçant.

— Tu n'as qu'à dormir demain matin au lieu de participer au match, proposa alors Jake. On dira que tu es malade et que tu dois te reposer. Sans l'équipe des troisième, on a bien assez d'entraîneurs.

Malgré sa mauvaise humeur, Brandon réprima son envie de faire la moue. Il voulait dormir, mais seulement avec Jake. D'ailleurs, plus le temps passait, et moins il avait envie de faire de choses sans lui. Il vida son verre et posa un billet de 20 dollars sur le comptoir.

— Ça te dit qu'on continue à picoler dans la chambre ? Ce fichu bus m'a démoli les fesses.

— Ça marche, acquiesça Jake en prenant sa bouteille.

Il n'avait même pas eu le temps de poser son sac.

Brandon se pencha à grand-peine pour récupérer ses affaires et se dirigea péniblement vers la chambre en longeant la piscine et en lisant les numéros à voix basse. Une fois au bout du couloir, ils n'avaient toujours pas trouvé leur chambre. Brandon fronça les sourcils et aperçut un petit renfoncement, juste à côté des distributeurs, dans lequel se cachait une dernière chambre, accessible aux personnes handicapées. Bingo ! Il ouvrit la porte et entra.

— Classe, marmonna Jake en suivant son amant grognon.

Brandon laissa tomber ses sacs sur le sol et se retourna pour se diriger droit vers Jake et lui passer un bras autour du cou, l'autre autour de la taille. Il enfouit le visage dans son épaule et se blottit contre lui. Jake le serra contre lui, en fredonnant d'un ton rassurant. Il lui était aussi arrivé de se retrouver dans le même état et il savait que dans ces moments-là la tendresse était le seul remède.

Brandon s'accrocha à lui, se laissant aller lentement, en sécurité dans les bras de Jake. Les caresses et les sons doux commençaient à faire effet.

— Tu veux bien me tenir dans tes bras pendant que je dors ? Juste un peu ? demanda-t-il.

— Bien sûr, murmura Jake en l'embrassant sur la joue. Mais je dois d'abord aller voir ce qui se passe dans les chambres. OK ?

Brandon hocha la tête et s'écarta. Il enleva son pull, révélant le tee-shirt que Jake lui avait donné longtemps auparavant.

— Je vais défaire mes sacs, dit-il.

Jake tira sur un pan du tee-shirt et attira Brandon contre lui, avant de l'embrasser lentement.

— Pourquoi tu ne te coucherais pas tout de suite ? proposa-t-il.

Brandon soupira lorsque les lèvres de Jake quittèrent les siennes, et il cligna des yeux, à moitié endormi.

— J'ai envie de t'attendre, avoua-t-il.

Un peu surpris, Jake pencha la tête sur le côté et esquissa un sourire.

— Je me dépêche, alors, promit-il.

Il recula, puis sortit.

Brandon le regarda partir. Trop crevé pour avoir envie de le suivre, il attrapa son bagage et le posa sur la commode, avant de soulever son sac à dos. Il avait sérieusement envie de le balancer par la fenêtre.

Dommage que leur chambre ne soit pas au dernier étage, ça aurait été plus impressionnant.

Pendant ce temps, Jake récupérait la liste des élèves dans la chambre de Troy et de Jonathan, et vérifiait la présence des adolescents chambre par chambre. Tous lui remirent leur carte d'identité, même les fausses, sans rechigner, parce qu'ils savaient qu'elle leur serait rendue à leur retour sans le moindre commentaire. Ensuite, comme à son habitude, Jake leur rappela ce qu'ils risquaient s'ils étaient pris en train de vadrouiller hors de leur chambre. Il ne leur resterait plus qu'à se payer un billet de retour et à quitter l'équipe.

Jake prenait son temps, car il voulait être sûr qu'aucun ne dépasserait les bornes. Au bout d'une heure, il put enfin rejoindre la chambre où Brandon l'attendait.

Après avoir résisté pendant vingt minutes, son amant s'était assis au bord du lit. Au bout de dix minutes, il s'adossait à la tête de lit. Et cinq minutes plus tard il s'effondrait dans un sommeil troublé en serrant un oreiller dans ses bras. Il ne savait plus dormir sans Jake, comme s'il ne pouvait se reposer qu'avec lui.

Jake entra dans la chambre et s'approcha du lit. Avec un petit sourire, il retira tous ses vêtements et se retrouva en caleçon. Il n'osait pas le retirer, de peur que quelqu'un ne vienne frapper à la porte au mauvais moment. Il rejoignit Brandon et se glissa derrière lui, avant de l'entourer de son corps et de l'embrasser doucement dans le cou.

Au contact de la chaleur de son corps, Brandon commença à se détendre et, à moitié endormi, soupira le nom de son amant.

— Hey, chuchota Jake à son oreille en l'attirant tout contre lui.

— Hmmm ? marmonna Brandon en se retournant instinctivement.

Jake resserra l'étreinte de ses bras et l'embrassa.

— Tu es bourré ? demanda-t-il, amusé.

— Mon Dieu, si seulement ! dit Brandon, amusé En même temps, je ne pourrais pas apprécier cet instant.

Il colla son torse contre celui de Jake et blottit son visage au creux de son cou, pressant les lèvres contre sa peau douce.

— Un de ces quatre, promit Jake avec un petit sourire, je vais te faire picoler, histoire de profiter de ton corps.

— Tu n'oserais pas ! L'alcool me rend idiot.

— C'est vrai que dans ton état normal tu ne l'es pas du tout, se moqua Jake

Un sourire joyeux apparut sur le visage de Brandon, et il caressa le torse de son amant.

— Ça me manquait, chuchota-t-il.

— Je n'ai jamais été loin, murmura Jake en l'embrassant doucement.

— Je n'ai pas été juste avec toi, s'excusa Brandon en soupirant.

— Ne t'en fais pas, le rassura Jake avec un nouveau baiser. Te tenir dans mes bras comme ça tous les soirs, ça me suffit amplement.

Brandon avait envie de dormir, mais il voulait profiter de ces quelques instants auprès de son compagnon.

— Il faut que je réduise tout ça, murmura-t-il. Nous deux, c'est plus important.

Jake fronça les sourcils, posant la joue sur les cheveux de Brandon.

— Réduire ? répéta-t-il. Réduire quoi ?

— Le boulot, expliqua Brandon d'une voix assoupie. Si je continue, je vais finir par y laisser ma peau. Je préfère passer du temps avec toi.

— Tu es en train de me dire que tu veux arrêter d'être entraîneur ? demanda Jake d'un ton calme, plus contrarié qu'il ne l'aurait imaginé.

— Non, corrigea aussitôt Brandon, en se réveillant un peu. Je pensais plutôt à remettre à plus tard mon doctorat et à abandonner les cours de soutien. Tu penses que je devrais arrêter le baseball ?

— Qu'est-ce que tu préfères ? demanda Jake, pensif.

Brandon se redressa légèrement pour réfléchir sérieusement à la question, tout en essayant de mettre de côté le fait que l'entraînement était synonyme de plus de temps avec Jake. Il appréciait encore les heures de soutien, même si ce n'était pas très motivant. Quant à son doctorat, il ne savait plus très bien où ça allait le mener. Avec l'équipe de baseball, en revanche, il se sentait accepté et valorisé.

— Être entraîneur, souffla-t-il.

— Alors, je pense que tu dois continuer.

— Tu as l'air surpris.

Lui-même l'était. Cela dit, tellement de choses avaient changé dans sa vie au cours de ces deux derniers mois !

Jake, se sentant un peu coupable, haussa les épaules avant de sourire.

— Tu n'arrêtes pas de me surprendre, avoua-t-il en posant la tête sur l'oreiller.

— Pourquoi ? demanda Brandon, amusé.

Jake rougit légèrement, attirant Brandon contre lui pour dissimuler son visage dans son cou. Le professeur de sciences éclata de rire.

— Alors ? insista-t-il.

Jake s'installa sur lui avec un grognement joueur.

— Eh bien ! s'exclama Brandon en riant. Tu es sacrément secret. Très bien. Si je me fie à ce que je ressens, je dirais que tu tiens un peu à moi.

— C'est vrai, je tiens un peu à toi, confirma Jake, taquin, entre deux baisers.

— J'espère bien. Tu es prêt à me supporter matin et soir ? Je ne voudrais pas abuser de ton hospitalité. Je passe déjà le plus clair de mon temps chez toi.

Brandon avait beau plaisanter, ses sentiments étaient sincères bien qu'il ne soit sûr de rien.

— Ce serait plus facile, c'est ça ? demanda Jake en fronçant les sourcils, se redressant légèrement pour regarder Brandon dans les yeux. C'est pour ça que tu veux vivre avec moi ?

— Je ne suis pas avec toi par facilité, rétorqué Brandon, soudain sérieux.

Jake, tout aussi sérieux, soutint son regard avant de sourire malicieusement.

— Tu restes avec moi parce que c'est dur ? demanda-t-il d'une voix faussement naïve.

Brandon sourit et assena une tape sur le torse de Jake tout en secouant la tête.

— Tout à fait, répondit-il d'un ton ironique. C'est exactement ça.

Il commençait à se rendre compte que Jake ne s'exprimait pas avec des mots. Les actes, tendres et beaux, devaient lui suffire.

— Vraiment ? demanda Jake beaucoup plus sérieusement, en se penchant pour l'embrasser de nouveau.

— Pas exactement, murmura Brandon contre sa bouche, en lui caressant les cheveux.

Jake poussa un petit grognement et l'embrassa.

— Dis-le-moi, insista-t-il.

Un frisson parcourut le corps de Brandon, et il ferma les yeux.

— Te dire quoi ? Pourquoi je reste avec toi ?

Ses doigts s'enfoncèrent dans la peau de Jake. Il s'accrochait à lui, terrifié à l'idée de tout faire foirer. Jake lui effleura la joue du bout du nez.

Brandon avait presque envie de continuer ce petit jeu de questions-réponses à l'infini, de tourner autour du pot de manière insensée, en évitant le cœur du sujet. Mais il ne le supporterait pas. Il était tellement à bout, physiquement et émotionnellement, qu'il avait laissé leur conversation s'enliser. Il sentit son cœur s'emballer.

— Parce que j'en ai envie. J'ai envie d'être avec toi. Et j'espère… (Sa voix se brisa, et il se força à continuer.) J'espère qu'un jour tu en voudras plus.

Jake ferma les yeux et sourit contre la bouche de Brandon.

— C'est déjà le cas, avoua-t-il.

— Bon sang ! s'étrangla Brandon, le cœur battant la chamade. Pourquoi tu me tortures comme ça ?

— Quelle torture ? demanda Jake d'un air innocent.

Brandon grogna et se vengea à coups de chatouilles.

— Enfoiré ! lança-t-il.

Jake se laissa retomber sur le côté, protégeant son ventre tel un chat.

— J'ai rien fait ! s'écria-t-il en repoussant les attaques de Brandon.

Celui-ci était loin de vouloir jeter l'éponge. Il s'attaqua à la peau sensible derrière le genou de Jake. Pestant comme un diable, il essayait de le retourner sur le dos. Jake suivit le mouvement et l'entoura de ses bras pour l'attirer contre lui et l'immobiliser.

— Méchant, gronda-t-il.

— Méchant ? répéta Brandon. Moi ? Méchant ? Espèce de salaud. Et moi qui voulais te protéger. Tu n'arrêtes pas de me taquiner et de tout tourner en dérision.

— Mais…

— Il n'y a pas de « mais » qui tienne ! insista Brandon.

Et, sans prévenir, il s'assit à califourchon sur Jake en lui bloquant les poignets.

— Je veux que tu me le dises, maintenant, Jake. Rien qu'une fois.

— Que je te dise quoi ? plaisanta Jake. (Il sourit en s'étirant sous le corps de son amant, avant de se calmer et de river un regard grave dans le sien.) Que je crois que je t'aime ? continua-t-il le plus sérieusement du monde.

Brandon écarquilla les yeux et resta sans voix un instant, avant de se reprendre.

— Non… non, bafouilla-t-il. À moins que tu ne le penses vraiment.

Il retint son souffle en voyant le regard de Jake briller d'une lueur qui le rendait fou.

— Je suis certain que je t'aime, affirma-t-il calmement.

Brandon crut que son cœur allait lâcher. Lentement, il libéra les poignets de Jake et posa les mains sur son torse, le regardant d'un air émerveillé.

Jake esquissa un sourire timide, avant de hausser les épaules.

— Tu ne plaisantes pas, souffla Brandon.

— Non, répondit Jake en secouant la tête.

N'avait-il pas un peu précipité les choses ? Connaissant Brandon, il pensait avoir vu juste et s'attendait au même aveu de sa part. Un peu nerveux, il rougit de plus belle.

En le voyant réagir de la sorte, Brandon sourit. Il s'allongea sur le torse de Jake et lui effleura les lèvres d'un baiser. Il avait fermé les yeux, et ses cils lui caressaient les pommettes. La langue de Brandon vint taquiner celle de Jake et se lova doucement contre elle en un lent baiser tranquille. Quand ils se séparèrent, Brandon soupira.

— Moi aussi, je t'aime.

Sa voix n'était plus qu'un souffle.

Jake resta immobile. Il gardait les yeux fermés et tentait de reprendre sa respiration. Jamais il n'avait avoué à quelqu'un qu'il l'aimait. Jamais non plus, il n'avait été aussi heureux qu'on le lui dise. Un frisson lui parcourut le corps, et il glissa les mains dans le dos de son amant.

Brandon n'avait plus rien à dire. De toute façon, aucun mot n'aurait pu dépasser ceux qu'ils venaient de prononcer. Jake avait avoué son amour en premier. Il n'en revenait toujours pas. L'étau qui lui comprimait la poitrine se desserra soudain, et il se redressa lentement pour contempler Jake. L'homme qu'il aimait.

Jake ouvrit les yeux et plongea le regard dans le sien.

— Tu es toujours fatigué ?

— Je ne sais pas pourquoi, mais je sens que mon énergie est en train de revenir. Je crois que je m'effondrerai plus tard.

Jake se mordilla la lèvre inférieure, soudain soucieux. Il ne savait plus quoi dire, et son cœur battait à toute vitesse.

Brandon fronça les sourcils et caressa du pouce sa lèvre meurtrie.

— Tu veux me dire quelque chose ? s'enquit-il d'une voix douce.

— Tu me laisses sans voix, avoua Jake avec un petit rire.

— Pas de commentaire ironique ? insista Brandon avec un grand sourire.

— Embrasse-moi.

Trop heureux de s'exécuter, Brandon n'hésita pas une seconde. Sa bouche s'empara de celle de Jake et lui offrit un long baiser sensuel. Lorsqu'il voulut s'écarter, Jake le retint pour un nouveau baiser, en gémissant de plaisir.

Succombant au désir qu'il sentait monter en lui, Brandon pressa le corps contre celui de Jake, ondulant des hanches. Chacune de ses caresses, chacun des sons qu'il laissait échapper prenait désormais un autre sens. Sa main tremblait lorsqu'elle se posa sur le visage de Jake.

L'entraîneur gémit et leva un genou pour attirer le corps de Brandon entre ses cuisses, avant de sursauter brusquement en entendant des coups à la porte. Il se redressa soudainement, et Brandon manqua de tomber, s'accrochant aux épaules de son amant, le souffle court.

— Merde ! siffla-t-il.

Sous son jean, son sexe venait se frotter à celui de Jake à travers l'étoffe de son caleçon.

— Oui ? cria Jake d'une voix un peu rauque.

— Coach, j'ai une petite surprise pour toi, annonça la voix de Troy.

Brandon posa un instant le front sur l'épaule de Jake avant de s'écarter. Jake se laissa retomber sur le matelas en soupirant pour tenter de se calmer. Après quelques instants, il se leva et enfila le pantalon de survêtement et le tee-shirt dont il s'était débarrassé avant de rejoindre Brandon. Lentement, il se traîna jusqu'à la porte.

Brandon s'assit à la table et remit ses lunettes avant de farfouiller dans ses papiers. Lorsque la porte s'ouvrit, il aperçut Troy, tête baissée, qui regardait Jake d'un air coupable. À ses côtés se tenait Misty, en compagnie de quatre de ses pom-pom girls, un sourire aimable aux lèvres. Brandon sentit son estomac se nouer.

— Euh…, lâcha Jake.

— Elles ont fait tout ce chemin pour soutenir l'équipe, lança Troy d'une voix suppliante. Mais elles n'ont pas pensé à réserver de chambres. Il va falloir demander aux élèves de se serrer un peu.

Jake hocha la tête, un peu paumé, et se retourna à moitié avant de changer d'avis. S'il allait chercher le porte-bloc, il risquait de voir Misty s'engouffrer dans la pièce.

— On va libérer deux chambres, finit-il par dire, peinant à dissimuler son agacement, mais juste pour ce soir. Pour les nuits suivantes, ajouta-t-il d'une voix glaciale, vous n'aurez qu'à vous débrouiller.

Misty grimaça, et Brandon craignit le pire. Ce qu'elle s'empressa de lui confirmer.

— Tu ne peux pas nous laisser tomber, Jake, assena-t-elle d'une voix doucereuse insupportable. On a fait tout ce chemin pour vous. Je vois qu'il y a deux lits dans cette chambre. Les entraîneurs aussi pourraient se serrer un peu pour nous faire de la place.

— Oui, en effet, on aurait pu, répondit Jake, intraitable. Si on avait su que tu allais débarquer. En fait, Troy, tu n'as qu'à libérer qu'une seule chambre. On demandera un lit d'appoint.

Il se retourna et alla récupérer le porte-bloc.

Brandon n'en revenait pas. Il tressaillit lorsque Misty menaça d'appeler Tom. Troy et les autres filles, visiblement embarrassés, reculèrent dans le couloir. Voyant les épaules de Jake se contracter dangereusement, Brandon se leva précipitamment pour se poster derrière lui. Tout en faisant semblant de jeter un coup d'œil à son porte-bloc, il posa la main sur son épaule, un geste naturel qui ne risquait pas d'être mal interprété. Il espérait ainsi éviter à Jake de céder à la colère et de régler son compte à cette harpie hystérique.

Comme prévu, Misty réussit à entrer dans la chambre. Et, malgré la tentative de Brandon, Jake explosa. Il fourra le porte-bloc dans les mains de Brandon et le poussa dehors, avant de claquer violemment la porte et de fondre sur Misty. Leurs cris résonnèrent jusque dans le couloir. Troy se débarrassa des quatre pom-pom girls en leur disant d'aller attendre dans le hall d'entrée de l'hôtel, puis il se tourna vers Brandon.

— Tu as ta clé ?

Brandon quitta à grand-peine la porte des yeux pour regarder Troy, avant de tapoter ses poches et de secouer la tête.

— Elles sont sûrement sur la table de chevet, dit-il, inquiet, et pas pour Misty.

Troy s'avança et se mit à frapper à la porte.

— Jake ! appela-t-il. On a besoin d'aide avec les élèves !

Cet argument était le seul qui pouvait stopper la rage de l'entraîneur. Quelques minutes et quelques coups de gueule plus tard, Jake sortait dans le couloir et passait devant eux sans un mot.

Brandon le regarda partir, scotché par l'état de tension dans lequel se trouvait son amant. Il avait mal pour lui. Et dire que dix minutes à peine auparavant ils… Il soupira et retourna dans la chambre, non sans assister au départ de Misty qui, le visage écarlate, s'enfuit sans les regarder.

Il récupéra sa clé et retrouva Troy dans le couloir, prenant soin de refermer la porte derrière lui.

— Viens, dit-il à son ami. On ferait mieux de le suivre.

Quand ils rattrapèrent Jake, il était planté devant la première chambre sur sa liste, en train de fulminer en attendant que les élèves lui ouvrent la porte.

Brandon s'approcha de lui tandis que Troy, familier des coups de sang de l'entraîneur, préférait rester en retrait.

— Elle est partie, murmura Brandon d'un ton calme. Tu ne veux pas que je m'occupe de tout ça ?

— Ça va, lança Jake entre ses dents serrées.

Brandon recula d'un pas, glissa une main dans sa poche et se força à esquisser un petit sourire. Il avait calculé les risques de sa manœuvre.

— Si tu le dis, coach, dit-il peu convaincu, tout en voyant du coin de l'œil Troy reculer encore d'un pas.

Jake se retourna et dévisagea Brandon un instant. Ce dernier, priant pour que son visage soit aussi neutre que possible, haussa un sourcil sans rien dire. Jake fit face à la porte de nouveau, les mâchoires serrées et le regard étincelant, tandis qu'elle s'ouvrait sur un élève à l'air fatigué. L'entraîneur resta silencieux quelques secondes, essayant de retrouver son calme.

Lorsque le joueur découvrit son expression, il jeta un regard interrogateur aux deux autres hommes.

— Oui, coach ? demanda-t-il d'une petite voix.

— Il faut qu'on réattribue certaines chambres, réussit à articuler Jake. Rassemblez vos affaires. C'est juste pour cette nuit.

L'élève hocha la tête et retourna dans sa chambre en laissant la porte entrouverte. Brandon se recula et se posta à côté de Troy qui lui donna un petit coup de coude dans le bras.

— Bon sang, Bartlett ! souffla-t-il. Qu'est-ce qui t'a pris ? Tu cherches à te faire casser le nez ou quoi ? Parce que c'est ce qui va t'arriver si tu continues !

— Je savais que je pouvais compter sur ton aide, rétorqua Brandon, ironique, en lui lançant un regard noir.

— Ça fait un bout de temps que je n'interviens plus, répondit Troy à voix basse. Il doit bien t'aimer, sinon tu serais déjà mort.

Brandon reporta son attention sur Jake : il expliquait la situation aux deux élèves, qui avaient libéré leur chambre en un rien de temps.

Tandis que les adolescents emportaient leurs affaires dans le couloir jusqu'à la chambre voisine, Jake se tourna vers les deux entraîneurs. Son regard accrocha celui de Brandon pendant de longues minutes. La tension était palpable. Puis il alla frapper à la porte de la chambre suivante. Brandon se demandait s'il avait fait ce qu'il fallait. Il avait agi d'instinct, sans aucune préméditation. Il resta dans le couloir aux côtés de Troy sans lâcher un mot pendant tout le processus.

Une fois les élèves réinstallés et après avoir récupéré leurs clés, Jake se dirigea vers le hall de réception. Toujours hors de lui, il s'interdisait d'accorder la moindre attention aux deux entraîneurs de peur de leur grogner dessus. Après avoir retrouvé les filles, qui n'en menaient pas large et discutaient nerveusement, il leur remit les clés et le numéro des chambres.

— Où est votre coach ? demanda-t-il, impassible.

Les filles désignèrent le bar et détalèrent sans demander leur reste en direction de leurs chambres.

Troy en profita pour marmonner un « tu es un homme mort, bonne chance quand même » avant de disparaître. Brandon se retint de lui dire le fond de sa pensée et jeta un coup d'œil en direction de Jake qui regardait fixement le bar. Visiblement, sa colère n'était pas redescendue. Décidant qu'il ne lui était d'aucune aide, comme quand il l'avait laissé seul avec Misty, Brandon fit demi-tour sans un mot et retourna à leur chambre. Le regain d'énergie qu'il avait ressenti s'était envolé. Il était vidé. S'il devait se faire engueuler, autant qu'il dorme un peu avant. Une seconde plus tard, Jake apparaissait à ses côtés. Il l'avait rejoint en silence sans même avoir essayé d'approcher Misty. Brandon n'avait aucune envie de parler, même lorsque Jake sortit sa clé magnétique pour ouvrir la chambre et l'inviter à entrer.

Jake le suivit et resta près de la porte en regardant d'un air morose la pièce plongée dans la pénombre.

— Quelle salope ! grogna-t-il avant d'enlever son tee-shirt.

Brandon posa ses lunettes sur la table, au milieu de ses cours éparpillés. Il ôta son tee-shirt et commença à retirer son jean. La tension s'était envolée dès le retour de Jake, et il faisait de son mieux pour ne pas s'effondrer sur le lit.

— Elle ne va quand même pas me harceler toute ma vie ! marmonna Jake, comme s'il envisageait tout juste cette possibilité.

Brandon laissa échapper un petit rire.

— Je ne vois pas ce qu'il y a de drôle, souligna Jake d'un ton sérieux. Qu'est-ce qu'on fait si elle décide de débarquer chez moi ?

Brandon leva brusquement la tête et le regarda d'un air incrédule. *Bordel de merde* ! Qu'elle ne s'amuse pas à s'en prendre à Jake, sinon il n'hésiterait pas à en venir aux mains avec elle. Ce qui ne tournerait peut-être pas en sa faveur…

— Imagine qu'elle se doute d'un truc et qu'elle mette toute son énergie à se venger, suggéra Jake, soudain inquiet.

— On peut tout imaginer. Mais ça ne sert à rien, dit Brandon, aussi agacé que résigné. Ça va changer quelque chose ? Si oui, je préfère le savoir tout de suite.

Il avait posé la question d'un ton calme. Il savait qu'il aimait Jake passionnément, même s'il avait longtemps réprimé ce sentiment. S'ils devaient se séparer maintenant, il ignorait quelle serait sa réaction.

— Ce que ça va changer ? demanda Jake, confus.

Brandon se laissa tomber sur le bord du lit et se frotta le visage.

— Si Misty découvrait notre relation et s'y attaquait, est-ce que ça changerait quelque chose entre nous ?

— Non, répondit Jake, étonné, en venant s'asseoir à côté de lui. Bien sûr que non. C'est juste que… elle est effrayante.

— Je comprends, dit doucement Brandon, la tête entre les mains et les yeux clos. Si ça arrive, on trouvera une solution tous les deux.

— Tous les deux ? répéta Jake avec un léger sourire.

Brandon leva la tête et lui adressa un clin d'œil.

— Bien sûr. Ça t'étonne ? Tu crois peut-être que je vais t'abandonner aux griffes de cette tigresse ?

— Tu n'as pas intérêt, grogna Jake.

— Aucun risque, assura Brandon.

Jake se pencha vers lui et l'embrassa spontanément, avant de le faire basculer sur le matelas pour laisser libre cours à son désir.

— Rassure-moi, murmura Brandon en lui entourant le cou de ses bras, tu as bien verrouillé la porte ?

— Inutile. On est dans un hôtel, elle se ferme toute seule.

— Génial. Au boulot, alors ! gémit Brandon. On n'a rien de prévu avant demain après-midi, et j'ai bien l'intention de traîner au lit avec toi toute la matinée.

— Au boulot ? s'exclama Jake, faussement outré. Au boulot ?

Riant doucement contre les lèvres de son amant, Brandon écarta les jambes et les enroula autour des siennes.

— L'animal sauvage ne veut pas de mon réconfort ? plaisanta-t-il entre deux baisers.

— Bon sang ! gronda Jake en se mettant à quatre pattes, pris d'un fou rire. Tu me coupes mes moyens !

Brandon sourit et l'attira de nouveau sur lui, lui coinçant les hanches entre ses genoux.

— Au boulot, il me dit…, marmonna Jake en essayant de lui retirer son caleçon.

Brandon laissa retomber les jambes pour l'aider et tenta à son tour de le déshabiller. Jake s'acharna sans succès avant de déchirer violemment le caleçon de Brandon, l'embrassant avec fougue.

Le rire de Brandon se mua en un gémissement profond. Il s'agrippa à Jake, le sexe frémissant et le ventre noué.

— J'ai envie de toi, souffla-t-il en se cambrant contre lui. J'ai besoin de toi.

— Voilà qui est mieux, gronda Jake. Rassure-moi : tu es venu préparé ?

— Bien évidemment, assura Brandon, déjà à bout de souffle. Je croyais être obligé de t'attirer hors de l'hôtel pour avoir une chance de te mettre la main dessus.

Il désigna son grand sac de sport à côté du lit.

— C'est mon jour de chance, dit Jake en l'embrassant.

Il se releva et, après avoir fouillé rapidement dans le sac pour en sortir le flacon de lubrifiant, il finit de se déshabiller et se rallongea sur Brandon.

— Évite juste de crier, prévint-il.

— Moi, crier ? protesta Brandon.

Il ne put se retenir lorsqu'il sentit les doigts de Jake s'immiscer entre ses jambes.

— Chut, lui intima son amant.

Il s'empara de la bouche de Brandon pour étouffer ses paroles avant d'amorcer un mouvement sensuel au creux de son corps.

Brandon serra violemment les épaules de Jake entre ses mains.

— Je t'en prie, gémit-il, soulevant les hanches au rythme imposé par la main de Jake. Oui, oui, je t'en prie !

— Chut, répéta Jake d'une voix apaisante.

Il retira ses doigts et guida son sexe en lui. Brandon referma les bras et les jambes autour de lui, offert aux coups de reins que lui assenait Jake, une main enfoncée dans les cheveux de son amant.

— Oh oui ! siffla-t-il.

Il souleva les genoux et cacha le visage dans le cou de Jake pour étouffer un long gémissement. Cet homme lui appartenait. Il était à lui. Et jamais Misty ne pourrait l'avoir. Il n'avait jamais ressenti un tel sentiment de possessivité, et il l'exprima en posant une main sur la nuque de Jake.

Son amant appuya les lèvres sur sa gorge, le pénétrant toujours plus profondément. Brandon lui enfonça les doigts dans la nuque et se redressa pour presser la bouche contre son oreille.

— Tu es à moi, gronda-t-il.

— Oui, haleta Jake, éperdu, accélérant le rythme de ses coups de reins.

Brandon rejeta la tête en arrière en se mordant les lèvres pour s'empêcher de hurler sous les assauts qui le consumaient. À bout de souffle, Jake resserra son étreinte sur lui lorsque le corps de son amant se contracta autour de son sexe, le faisant basculer dans l'orgasme. Emporté par les sensations, Brandon jouit à son tour en étranglant un soupir, traversé par une déferlante de plaisir.

Jake gémissait, en proie à des ondes de choc successives. Accroché à Brandon, il pressa les lèvres contre sa peau en sueur.

— À moi, chuchota-t-il presque imperceptiblement.

Si Jake n'avait pas été tout contre lui, Brandon ne l'aurait même pas entendu. Et ces deux petits mots tout simples lui gonflèrent le cœur, comme lorsqu'il lui avait avoué son amour. Il tourna légèrement la tête et lui effleura la gorge d'un baiser.

—Je suis tout à toi, acquiesça-t-il.

Chapitre 12

Après avoir pris quelques notes supplémentaires, Brandon posa son crayon et se redressa sur sa chaise. Il avait enfin terminé ! Les notes de fin d'année étaient rendues. Les vacances d'été arrivaient à grands pas, et il avait hâte d'y être. La remise des diplômes aurait lieu dans deux jours, il ne lui restait plus qu'un jour de boulot. Ensuite, il n'aurait plus qu'à récupérer Jake, et ils pourraient s'échapper. Après le tournoi national de la semaine à venir, les choses se calmeraient un peu.

Brandon avait vraiment besoin de passer du temps en amoureux avec Jake, sans être interrompu. Ils avaient même parlé de prendre une semaine de vacances, le plus loin possible. Brandon avait proposé Denver, où ils pourraient assister aux trois matchs entre les Braves et les Rockies. Jake, lui, préférait San Francisco avec des matchs sur quatre jours et un petit détour par San Diego. Leur décision n'était pas encore prise, mais où qu'ils aillent le baseball était incontournable.

Se rappelant qu'il avait promis à Jake d'établir les statistiques de l'équipe de réserve et des troisième,

Brandon se mit en quête des carnets de pointage des deux équipes. Après avoir fouillé sous les piles de papiers qui se trouvaient sur son bureau, il les découvrit sous son cahier de bord. Il avait décidé de commencer par l'équipe de réserve, avant de passer aux troisième. Les statistiques de l'équipe première avaient déjà été faites, et les trophées commandés. Jake était parti les récupérer à Atlanta.

Il sortit un calepin et se mit au travail. Au fur et à mesure qu'il tournait les pages, il retirait des feuilles volantes pliées en deux. L'une d'elles attira son attention : une partie du texte avait été entourée au feutre noir. Intrigué, il la déplia et se raidit sur sa chaise. C'était un mail envoyé à l'adresse professionnelle de Jake, et la partie entourée, un numéro de téléphone longue distance.

Bonjour coach Campbell,
Sur les conseils de coach Chester de l'université de Fresno, je me permets de vous envoyer cette offre d'emploi. Nous sommes à la recherche d'une personne capable de prendre en main l'équipe première de football. Après vérification, il semblerait que votre profil hautement qualifié corresponde à nos attentes. Nous garantissons un salaire à la hauteur de vos compétences. J'en profite pour vous féliciter de votre saison

en championnat et de votre parcours au titre régional.

En espérant que vous accorderez tout votre intérêt à ce poste, je reste à votre disposition pour toute question.

Bien à vous,

Sam Weatherby
Directeur sportif
Lycée Theodore-Roosevelt
559-555-0134

Une petite annonce pour un poste d'entraîneur-chef pour les équipes de football d'une université de Fresno en Californie y était jointe. D'après la coupure de presse, l'école ne gagnait plus aucun trophée depuis quarante ans et cherchait désespérément un entraîneur de football ayant fait la preuve de ses compétences tant sur le plan sportif que logistique. Le salaire était avantageux si le candidat avait une licence, ce qui était le cas de Jake, et il s'agissait d'enseigner l'haltérophilie et le football. Il n'y avait aucun cours d'éducation physique, juste deux blocs de formation pour mener à bien un programme apparemment prestigieux, de niveau quasiment universitaire. Le poste s'adressait clairement à des candidats ambitieux et ne pouvait que susciter l'intérêt d'un esprit compétitif tel que celui de Jake.

Sous le choc, Brandon resta figé devant la lettre pendant un long moment. Elle datait de deux semaines, et Jake ne lui en avait rien dit.

Lentement et avec des gestes mécaniques, il la replia et la remit dans le calepin avec les autres papiers. Surtout ne pas se monter la tête. Seul un footing pourrait l'aider à sortir de cet état de choc, courir pendant des heures sans penser à la douleur. Abandonnant tous ses papiers sur le bureau, il partit se changer. Il allait prendre sa voiture et rentrer chez lui pour courir dans le parc. Il avait besoin de calme.

Ce n'était probablement rien de grave, mais il serrait les dents en faisant son sac.

La porte d'entrée claqua, et Jake entra brusquement, les bras chargés d'un lourd carton rempli de trophées.

— Regarde-moi ça ! s'écria-t-il, hors de lui. Ils mettent des femmes sur ces trophées !

Dans la chambre où il était occupé à lacer ses chaussures, Brandon se redressa. Il avait espéré être parti avant le retour de Jake, histoire de prendre le temps de se rappeler que son amant ne ferait jamais rien d'aussi irréfléchi. Enfin, peut-être… Il attrapa un tee-shirt sans manches et se dirigea vers l'escalier avec son sac de sport. Il s'arrêta dans l'entrée et jeta à son amant un regard interrogateur.

— Des femmes ? demanda-t-il avec douceur, soulagé que sa voix ne laisse rien transparaître de son trouble.

Jake extirpa un trophée du carton qu'il avait ouvert et le tendit à Brandon.

— Ils ont même ajouté des queues-de-cheval, maugréa-t-il en regardant la statuette d'un air dégoûté, avant de lever les yeux vers Brandon, surpris de le voir avec son sac de sport. Tu vas quelque part ?

— Je vais courir, répondit Brandon en allant prendre une bouteille de Gatorade dans le frigo. J'avais envie de passer chez moi prendre quelques affaires et en profiter pour courir autour du lac.

En lui tournant le dos, il pouvait plus facilement dissimuler son malaise.

— D'accord, dit Jake, un peu déconcerté. Tu es sûr que ça va ?

Brandon ne put s'empêcher de sourire. Depuis son burn-out au printemps, Jake se faisait du souci pour lui.

— Oui, je pensais aux moyennes de fin d'année, c'est tout.

Il se retourna et s'arrêta devant Jake pour lui donner un long baiser tendre qui contredisait son cœur atrocement lourd.

— OK, marmonna Jake, toujours surpris et ne se gênant pas pour le montrer.

Ignorant volontairement son étonnement, Brandon partit sans se retourner en balançant un rapide salut par-dessus son épaule, avant de s'enfuir aussi dignement que possible. Il monta en voiture, roula un moment et s'arrêta au feu rouge. Ses mains tremblaient sur le volant. Pris d'un accès de colère, il y asscna un coup de poing violent.

Jake resta figé sur place. Il nageait en plein désarroi, le regard fixé sur la porte d'entrée et son carton de trophées toujours sous le bras. Au bout d'un moment, il alla inspecter la maison, espérant trouver un indice expliquant ce qui avait contrarié Brandon, mais en vain. Il poussa un profond soupir et se dirigea vers la cuisine, y déposant le carton pour ouvrir le placard à pharmacie.

Brandon n'arrivait pas à se concentrer sur la route, l'esprit occupé par ce fichu mail. Après avoir mis la musique à fond, il ouvrit les vitres en grand, essayant de penser à leurs prochaines vacances pour se remonter le moral. Il n'aurait pas dû. Un affreux doute naquit en lui. Fresno ? Ce n'était pas très loin de San Francisco ou de San Diego… Pris de vertige, il aurait aimé pouvoir éteindre son cerveau. Il était tellement préoccupé qu'au feu suivant il manqua de percuter la voiture de devant. Il fallait qu'il se reprenne.

Une heure après le départ de Brandon, Jake s'assit au bureau pour vérifier s'il avait fini de s'occuper des statistiques. Il ouvrit le carnet de pointage et tomba directement sur le mail. Il se releva aussitôt en jurant, avant de se précipiter sur le téléphone, espérant joindre Brandon chez lui.

Mais Brandon n'avait même pas pris la peine d'entrer dans sa maison. Il avait balancé les clés sur la véranda et s'était dirigé directement vers le lac. Bien qu'il ait eu le temps de se calmer un peu, il avait encore besoin de courir pour se vider l'esprit. Il avait même réussi à se convaincre que ce mail ne voulait rien dire. Jake l'aimait. Il ne pouvait pas le quitter comme ça. Pourtant, même en courant à un bon rythme, une sensation d'angoisse le taraudait.

Après avoir laissé sonner pendant de longues minutes, Jake raccrocha brutalement en inventant de nouveaux jurons. Qu'est-ce que Brandon avait bien pu s'imaginer, nom de Dieu, pour fuir de cette façon ? Il n'avait même pas pris la peine de lui parler du mail, si c'était bien ce qui l'avait contrarié. Jake passait de pièce en pièce, balançant des coups de pied dans les objets qui croisaient son chemin. *Quel con !* Il connaissait bien Brandon, mais jamais il n'aurait pensé que la lâcheté pouvait constituer un trait de sa personnalité.

Brandon courut jusqu'à l'épuisement, ou presque. Il lui restait juste assez d'énergie pour revenir sur la véranda, s'effondrer sur les marches et s'allonger sur les planches de bois. Il avait réussi à faire le vide pendant un temps, mais son angoisse n'avait pas disparu. Il se frotta les yeux en gémissant. Il allait devenir fou s'il restait plus longtemps dans le doute. Il se releva péniblement et retourna chercher son sac dans la voiture, avant d'entrer dans la maison.

Plus le temps passait, et plus Jake s'énervait. Il avait le coup de sang facile, certes, mais il était également terrifié à l'idée que leur relation, construite peu à peu, s'effondre d'un seul coup sans qu'il puisse rien y faire. Il y avait de quoi s'énerver. Lorsque le téléphone sonna, Jake se jeta dessus, l'arracha du mur et le jeta à travers la cuisine. Après l'avoir toisé avec mépris, il sortit dans le jardin et disparut au milieu des arbres.

Brandon s'immobilisa, le regard fixé sur le téléphone. Maintenant qu'il avait retrouvé son calme, il avait honte de son comportement. Jamais il n'avait fui Jake, même lorsqu'il était fou de rage. Il ne lui avait jamais menti non plus. Et son amant ne lui avait jamais rien caché. Il inspira profondément et posa la main sur le téléphone, avant de décrocher et de composer le numéro. Résigné, il écoutait les sonneries se succéder sans interruption. Il finit par raccrocher et appuya le front contre le mur. Peut-être Jake était-il sous la douche ? Il regarda la pendule. Le banquet commençait dans moins de quatre heures. Il avait amplement le temps de retourner chez Jake et de lui parler. Il était incapable de penser à autre chose, que ce soit sous la douche ou dans la voiture sur le trajet du retour. Quand il se gara dans l'allée, il savait ce qu'il voulait dire.

En entrant dans la maison, il appela Jake, mais personne ne répondit. Des débris de téléphone jonchaient le couloir. Et sur le comptoir une petite statuette en or trônait, la batte pointée en direction du placard à pharmacie. Sa queue-de-cheval avait été arrachée et accrochée au bout de la batte.

Brandon contempla le massacre un long moment, avant de tourner la tête en direction du bureau. Le carnet de pointage était grand ouvert, et le mail posé en évidence. *Bon sang*! *Sur ce coup, j'ai vraiment tout foiré.* Il commença à remettre de l'ordre, en se disant que Jake allait forcément revenir puisqu'il devait récupérer les carnets de pointage et les statistiques pour le banquet prévu dans la soirée.

Jake était toujours dans les bois. Pendant une heure, il avait arpenté la petite clairière où il avait passé son enfance à frapper dans des pierres. Il tournait en rond, ramassait des graviers et des bouts de bois. Ensuite, il lançait un gravier en l'air puis le frappait, et ce des heures durant. D'ailleurs, il avait toujours la vieille batte usée dont il se servait à l'époque, exposée sur une étagère de sa chambre.

Immobile, il songeait à ces vingt dernières années en se disant que le chemin parcouru était différent de celui qu'il imaginait alors. Différent mais pas mauvais. Petit à petit, sa respiration s'apaisa, sa colère retomba, et il se retrouva au milieu de la clairière, la gorge serrée et le cœur lourd, à se demander où ses pas allaient le conduire, ce qu'il avait à gagner en partant.

Tête baissée, il se dirigea lentement vers la maison.

Brandon était appuyé contre le mur, en face de la porte. Il attendait. Il avait l'impression que le temps s'était arrêté. Il entendit des pas s'approcher, et la porte s'ouvrit lentement sur Jake. L'expression de son visage était déchirante.

— Jake, souffla-t-il.

— J'ai besoin d'une douche, lança l'entraîneur sans s'arrêter.

Brandon se planta devant lui pour lui bloquer le passage.

— Je veux venir avec toi, déclara-t-il.

Jake s'immobilisa.

— Pardon ?

— Si tu pars, je veux venir avec toi.

— Qu'est-ce qui te fait croire que je veux partir ? demanda Jake d'un ton las. Qu'est-ce qui te fait penser que j'aurais pu envisager de partir sans même t'en parler ?

— J'ai paniqué, Jake, répondit Brandon d'un ton grave. Je sais que j'ai réagi trop fort, mais en dehors des prochaines vacances, du prochain week-end ou du prochain match, dis-moi quand on a pris le temps de parler de l'avenir ? Je me suis rendu compte que si tu décidais de partir, ajouta-t-il d'un air malheureux, il ne me resterait plus rien.

Jake baissa les yeux.

— Si je décidais de partir, il ne me resterait plus rien non plus, murmura-t-il.

Brandon s'approcha de lui et lui caressa la joue.

— Je suis désolé de t'avoir fait peur. Je me suis monté la tête tout seul.

— Bordel ! jura Jake d'un ton dur. Tu es parti comme ça. Sans rien dire.

Brandon laissa retomber la main. Le reproche était mérité.

— Oui, acquiesça-t-il, honteux. Je suis vraiment désolé. Je sais que j'ai mal réagi.

— En effet, acquiesça Jake. Mais tu n'es pas le seul.

— Est-ce que… est-ce que tu crois que ça va aller ? demanda Brandon d'une petite voix. Nous deux, je veux dire.

— Tu es prêt à déménager en Californie avec moi ? murmura Jake.

— Je te suivrais même au pôle Nord, assura Brandon.

Jake l'attira contre lui, avant de l'embrasser passionnément. Il le poussa contre le mur sans cesser de lui dévorer la bouche.

Brandon noua les bras autour du cou de Jake, s'abandonnant éperdument à son étreinte. *Merci, mon Dieu. Merci, mon Dieu. Merci, mon Dieu…*

— Ne me fais plus jamais ça, supplia Jake.

— Je te le promets. Je t'aime.

— Je suis désolé, reprit Jake en appuyant le front contre celui de Brandon, lui encadrant le visage de ses mains.

— Je t'en prie, ne m'abandonne pas, supplia Brandon d'une voix brisée.

— Tu es à moi, répondit Jake en secouant la tête. Comment je pourrais t'abandonner ?

Brandon réclama un nouveau baiser. Soudain, il tressaillit et s'étrangla de surprise en voyant la porte s'ouvrir.

— Hé, Jake, je suis venu te filer un coup de main pour les… tro… les trophées…

Troy ouvrit de grands yeux, abasourdi. Jake resta immobile, les yeux fermés et blotti contre Brandon.

— C'est de la merde, ces trophées, répondit-il calmement.

Il n'avait pas l'intention de culpabiliser parce qu'il embrassait l'homme de sa vie dans sa propre maison.

— Brandon ? fit Troy, toujours aussi éberlué.

Le grand corps de Jake dissimulait presque entièrement celui de Brandon. Finalement, Jake s'écarta, croisant le regard un peu effrayé de son amant. Il se retourna vers Troy sans un mot, attendant sa réaction.

Leur ami les dévisagea tour à tour pendant de longues secondes, puis son visage s'éclaira d'un immense sourire.

— Jonathan me doit 50 dollars ! s'écria-t-il.

Le couple en resta bouche bée.

— Quoi ? s'exclama Jake d'une voix rauque.

— Hé hé hé ! s'esclaffa Troy. Je le lui avais dit. J'étais sûr qu'il y avait un truc entre vous. C'était obligé. Il ne voulait pas me croire. Il est bien trop hétéro, ce gamin. Ça le perdra. (Son regard pétillait.) C'est génial !

Jake était sans voix.

— Quoi ? fit Troy. C'était évident. Votre bonne humeur est suspecte depuis les vacances de printemps. Mais j'ai commencé à me douter de quelque chose quand j'ai vu que Brandon avait toujours sa tête, après la crise de Misty.

— Sa réaction est un peu excessive, tu ne trouves pas ? dit Brandon en levant les yeux vers son amant.

— Il a dû fumer, répondit Jake. Si ça se trouve, demain il aura tout oublié.

— Tu peux toujours rêver, espèce de naze, ricana Troy. J'avais raison ? Vous êtes ensemble ? Enfin, je veux dire, ce n'est pas seulement une histoire de cul, vous êtes vraiment ensemble ?

— Pour quelqu'un qui a fumé la moquette, lança Brandon, il est plutôt perspicace.

Il restait un peu sceptique et regardait Troy comme s'il avait perdu la raison. Il n'aurait jamais pensé que son collègue réagirait de la sorte en découvrant qu'il était avec Jake.

— Ça ne te dérange pas ? demanda Jake à son meilleur ami, incrédule.

— Bon sang, Jake! s'exclama Troy d'un ton sérieux. Ça me fait super plaisir de te voir heureux avec quelqu'un. Même si c'est avec un binoclard coincé, ajouta-t-il, le regard pétillant.

Piqué au vif, Brandon s'avança pour faire face à Troy, menaçant.

— Tu sais ce qu'il te dit, le binoclard coincé?

Troy éclata de rire, et Jake s'empressa de retenir son amant.

— Je t'en prie, laisse-moi le frapper, juste un tout petit peu!

Jake le serrait contre lui en lui caressant distraitement la tête, le regard rivé à celui de Troy. Il n'aurait jamais cru à un tel dénouement. Bouleversé, il sourit à Troy en lui adressant un « merci » silencieux.

Son ami se moquait ouvertement de Brandon, mais son expression restait chaleureuse et compréhensive. Il hocha la tête et adressa un sourire à son plus vieux pote.

Brandon soupira et s'appuya contre le torse de Jake en boudant. Il n'en fallut pas plus pour déclencher l'hilarité de Troy

— C'est comme ça que tu t'y prends quand tu veux obtenir quelque chose de Jake? demanda-t-il.

Brandon lui tira la langue, avant que la main de Jake vienne lui recouvrir la bouche. Il la lui mordilla pour se venger.

— Bon, comme Jonathan est censé être mon pote, je ne lui demanderai pas les 50 dollars, décida Troy en riant. J'espère juste qu'il s'en souviendra. Et sinon on vous voit ce soir au banquet ?

— Beurk ! répondit Jake en levant les yeux au ciel, songeant aux trophées. Viens voir ça, c'est à gerber.

— Tu n'aurais même pas dû les rapporter, dit Brandon. À ta place, je les leur aurais balancés à la figure.

— Ils étaient emballés, répliqua Jake pour se défendre. Si j'ai ouvert le carton, c'est parce que je suis tombé sur un bouchon en rentrant et que j'avais besoin d'une distraction.

— Tu sais très bien qu'il faut toujours vérifier la marchandise avant de s'en aller, lança Brandon. Tu n'as plus qu'à y retourner pour les échanger ou te faire rembourser. Quoi ? Qu'est-ce qu'il y a de si drôle ? demanda-t-il en surprenant le sourire moqueur de Troy.

— Vous deux, répondit-il. On dirait un vieux couple.

Jake prit la tête de la statuette défigurée et l'en menaça.

— Si c'est comme ça, je me casse. Ma voiturette m'attend, décréta Troy. Je vous laisse vous bécoter en paix.

Il se dirigea vers la porte en leur lançant un clin d'œil, puis disparut en sifflotant.

— Crétin, marmonna Jake.

— Tu t'attendais à ça ?

— Pas du tout. Non, je me disais… je me disais que j'allais le perdre.

— Les amis, c'est fait pour ça, non ? Estime-toi heureux. Moi, je n'en ai jamais eu.

— Tu en as, maintenant, répondit Jake d'une voix douce.

Un sourire joyeux naquit sur les lèvres de Brandon, et il hocha la tête, avant d'enlacer Jake par la taille.

— Alors ? reprit-il, éprouvant le besoin de le taquiner. Tu crois qu'un jour on va devenir le vieux couple dont il parlait ?

— Pas en Géorgie, en tout cas, dit Jake en riant.

— Peu importe. Tant que tu restes avec moi.

— Grand sentimental, va, dit Jake avec un petit sourire et en lui volant un baiser.

Brandon leva les yeux au ciel.

— Qu'est-ce que tu attends pour me traîner dans ton lit, Cro-Magnon ?

— Hmm, on n'a plus le temps, répondit Jake en secouant la tête. Avec tout ce que j'ai envie de te faire, ça ne va pas être possible.

— Ah bon ? répondit Brandon en haussant un sourcil intrigué. Et je peux savoir ce que tu as l'intention de faire qui nécessiterait plus… (Il se pencha pour regarder la pendule.) d'une heure et demie ?

— Tout, fanfaronna Jake.

— Tout ? répéta Brandon en riant. Waouh ! Euh… ce n'est pas rien, dis-moi. Et on commence quand ?

— Ce soir, répliqua Jake. Il faut que je décompresse un peu. Par ta faute, la journée a été rude.

— Vivement ce soir, « ThunderCat », ronronna Brandon en lui mordillant les lèvres.

Lorsque Jake lui donna un coup de coude dans les côtes, Brandon poussa un cri et tenta de lui échapper en riant.

— Enfoiré ! gronda Jake, amusé.

Il l'attrapa et le cloua au sol. Brandon tenta de se libérer tout en sachant qu'il ne pouvait échapper à Jake. Il était conquis. Et il n'avait plus la moindre envie de fuir.

DÉCOUVREZ AUSSI CHEZ MILADY ROMANCE :

SLASH

30 OCTOBRE 2015

- **L.A. Witt**, Tucker Springs, *Soumets-nous à la tentation*

ÉMOTIONS

CE MOIS-CI

- **Cindi Madsen**, *Mariage sur mesure*

30 OCTOBRE 2015

- **Catherine Kalengula**, *Keep Calm & Love Me*

SENSATIONS

30 OCTOBRE 2015

- **J. Lynn**, Les Frères Gamble – 3, *Garde du corps et quiproquos*

The Fell Types are digitally reproduced by Igino Marini.
www.iginomarini.com

Achevé d'imprimer en août 2015
Par CPI Brodard & Taupin - La Flèche (France)
N° d'impression : 3012167
Dépôt légal : septembre 2015
Imprimé en France
81121555-1